D1350079

Girl power

Voor Marion Lloyd

Girl power

Terence Blacker

lannoo

www.lannoo.nl/kindenjeugd

Copyright © Terence Blacker 2004. Oorspronkelijke titel *Boy2Girl*, gepubliceerd
door Macmillan Children's Books, Londen. Niets uit deze uitgave mag worden
verveelvoudigd en/of openbaar gemaakt, in enige vorm of op welke wijze ook,
zonder voorafgaande schriftelijke toestemming van Uitgeverij Lannoo NV,
Tielt/Arnhem.

Vertaling Jan Smit
Omslagontwerp Studio Jan de Boer
Zetwerk Scriptura

ISBN 90 8568 021 2
NUR 283

*Als dit verhaal een nummer van The Doors was, welk nummer
zou het dan zijn?*

'Strange Days'?

'Ship of Fools'?

'Take It As It Comes'?

Misschien toch 'Wild Child' …

I

Matthew Burton

Probeer het voor ogen te houden, dat beeld van Sam Lopez zoals hij voor het eerst bij mij op de stoep stond. Hou het in gedachten, ook als er later veel leuker beelden opduiken – van Sam met een paardenstaart, Sam die Elena en de rest van het stel American football probeert te leren op het schoolplein, Sam die zingt met zijn eigen meidengroep, Sam als de babe van de klas. Want dit, onthoud het goed, is de échte, onvervalste Sam Lopez.

Daar stond hij dan, met een versleten plunjezak over zijn schouder, in een jas die hem ongeveer drie maten te groot was, en wijde jeans waarvan de pijpen zowat tot op de grond zakten. Zijn gezicht was wit weggetrokken achter een gordijn van sluik, schouderlang haar.

'Hé, Matthew.' Mijn moeder, die vlak achter hem stond, had die gespannen blik in haar ogen van ik-ben-heus-niet-in-paniek, die ik zo goed van haar ken. 'Dit is je beroemde neef Sam.'

Terwijl ik een begroeting mompelde perste mijn neef zich

langs me, waardoor me twee dingen opvielen: a) hoe klein hij was, en b) dat hij zich al een tijdje niet had gewassen.

'Geef mij je jas maar, Sam,' zei mijn vader, die ergens achter me in de gang had afgewacht. Maar de nieuwkomer negeerde hem en liep in één keer door naar de keuken. Toen we achter hem aan kwamen, zagen we dat hij om zich heen keek en even zijn neus in de lucht stak als een rat die de luchtjes van zijn omgeving opsnoof.

'Dus hier woon ik nou,' zei hij schor, maar met een opvallend hoge stem.

In een verhaal over Sams moeder, tante Galaxy, had mijn moeder Sam ooit 'een ongelukje' genoemd. Toen was me niet duidelijk wat ze bedoelde, maar nu ik hier in de keuken stond, begreep ik het opeens.

Zo zag een ongeluk er dus uit, een ongeluk in mensengedaante, een ongeluk dat elk moment kon plaatsvinden.

Mevrouw Burton

Ik was nog nooit zo blij geweest om thuis te zijn. Toen ik Matthew zag, die zijn best deed om verheugd te kijken bij de aankomst van zijn neef, en die lieve David, achter hem in de gang, met een beleefde en bereidwillige glimlach om zijn lippen, barstte ik bijna in tranen uit.

Het was een afschuwelijke reis geweest. Eerst de begrafenis, toen het gesprek met de advocaat en de terugreis over de Atlantische Oceaan met een humeurig en zwaar aangeslagen joch van dertien. We zouden onze handen vol hebben aan Sam, maar in elk geval was hij nu veilig bij mijn eigen kleine gezinnetje. Samen zouden we het wel redden.

Matthew

Acht dagen geleden was mijn leven nog simpel. De grote vakantie was net begonnen, ik was behoorlijk moe na die lange ruk vanaf de paasvakantie en ik verheugde me op 's ochtends uitslapen, 's middags wat met mijn vrienden rondhangen en 's avonds lekker lui voor de televisie liggen.
Maar toen kwam het nieuws uit Amerika. De jongste zus van mijn moeder, Galaxy, had een zwaar auto-ongeluk gehad en was er slecht aan toe. Ze lag nog een tijd in coma, en toen stierf ze. Mam vloog erheen voor de begrafenis.
Ik wist dat ik verdrietig moest zijn om de dood van mijn tante, maar ik had Galaxy nog nooit gezien en mijn ouders spraken niet vaak over haar – en dan nog een beetje lacherig, alsof ze zich schaamden. Dus speelde ze niet echt een rol in mijn leven. Aan de verhalen te horen moest ze een raar mens zijn geweest.

Mevrouw Burton

Mijn zus Gail werd op haar achttiende omgedoopt tot Galaxy in een *rebirthing*-ritueel tijdens het festival van Glastonbury. Ze had altijd al anders willen zijn dan de rest.
Een paar jaar later ging ze op vakantie naar Amerika met een stel van haar langharige vriendjes. Zij kwamen terug, maar Galaxy niet. Ze was blijven hangen aan Tod Strange, de leadgitarist van 666, een nogal ongezellige heavy metal band.
We verloren het contact met Galaxy totdat ik net getrouwd was en in verwachting van Matthew. Toen stuurde ze een kaartje om te melden dat het uit was met Tod. Ze woonde nu samen met ene Tony Lopez, een nachtclubeigenaar. O, en raad eens? Ze zou een baby krijgen.

Dus begonnen we allebei een gezin op ongeveer hetzelfde moment – ik in mijn huis in een buitenwijk van Londen, tante Galaxy (want dat was ze nu) in een rondrijdende camper in Amerika. Zo nu en dan kregen we een kaartje van haar, foto's van haar zoontje Sam, of berichtjes. Na een paar jaar schreef ze dat Tony Lopez was vertrokken 'om op reis te gaan en zichzelf te zoeken', zoals zij het formuleerde. Later hoorden we dat hij in de gevangenis zat.

In de loop van de jaren hielden we wel contact, maar eigenlijk hadden we steeds minder met elkaar gemeen. Galaxy woonde nu aan de Amerikaanse westkust met een groepje mensen dat ons nogal tegen de borst stuitte, terwijl wij een geregeld maar druk leven leidden in Londen.

En toen kwam dat ingrijpende, verschrikkelijke bericht.

Het verbaasde me toch dat ik zo overstuur was. Mijn zus en ik waren nooit erg innig met elkaar geweest, ook niet als kind, en toen ze opgroeide tot zo'n vreemde, onverantwoordelijke volwassene die in alle opzichten totaal anders was dan ik, begon ik haar steeds meer te zien als een vreemde die door een merkwaardig toeval in hetzelfde gezin was geboren als ik.

Nu pas besefte ik dat ik mijn zus en haar rare ideeën zou missen. Toen ik in het vliegtuig naar Amerika zat, dacht ik niet aan Galaxy, de *'rockchick'* met haar dubieuze vriendjes, maar aan Gail, het kleine meisje dat nooit in de pas had gelopen met de rest van de wereld en die dat als óns probleem zag, niet als het hare. Hoewel ik mijn eigen fijne, hechte gezinnetje had, voelde ik me toch eenzaam zonder haar.

In San Diego, waar ze de laatste tijd woonde, werd ik van het vliegveld gehaald door een zekere Jeb Durkowitz, die Galaxy's advocaat bleek te zijn. Hij vertelde me dat de zaak nogal gecompliceerd lag. Sam, die net dertien was geworden, was moederziel alleen op deze wereld. In een brief aan Durkowitz had

Galaxy geschreven dat de familie Burton wel voor Sam zou zorgen als haar ooit iets overkwam.

Arme Gail, arme Galaxy. Zelfs over het graf heen had ze nog de gave om problemen te veroorzaken.

Matthew

Mijn neef stonk, en ik had de indruk dat het hem geen zier kon schelen. Alsof flink stinken een manier voor hem was om meteen te laten blijken dat het hem een zorg zou zijn wat mensen van hem vonden.

Hij zat half in elkaar gezakt op een van de keukenkrukken, starend naar zijn nieuwe gezin. Zijn kleine donkere knoopoogjes glinsterden.

'Zo,' zei hij. 'Meneer en mevrouw Burton, thuis in Londen, met hun enige zoon, Matthew.'

Hij had een sloom Amerikaans accent, met wat meer minachting in zijn toon dan me gepast of beleefd leek voor een jongen van zijn leeftijd.

Ik wierp een blik naar mijn ouders, in de veronderstelling dat ze hem rustig op zijn nummer zouden zetten, maar ze glimlachten allebei naar die stinkende idioot alsof hij het mooiste en meest beminnelijke wezen was dat ze ooit hadden gezien.

Ten slotte keek mijn vader weer naar mij. 'Misschien wil Sam wel een sapje uit de koelkast,' zei hij.

'Een sapje? Waardeloos,' zei Sam.

Pap glimlachte weer. 'Ook goed,' zei hij onverstoorbaar.

We ontdekten algauw dat bijna alles waardeloos was, volgens Sam Lopez.

Een ritje door Londen om de bekende plekken te bekijken was waardeloos. Het eten dat mijn vader klaarmaakte was waardeloos. De vier Pantucci's, onze buren, die langskwamen om kennis te maken met Sam, waren waardeloos. De Engelse tv was helemáál waardeloos, vooral toen Sam ontdekte dat we geen kabel hadden. ('Maar *vijf* kanalen?' riep hij. 'Dat meen je toch niet?'). 's Avonds voor twaalf uur naar bed gaan was waardeloos, net als 's ochtends voor twaalf uur je nest uit komen.

Al de tweede dag begon hij me behoorlijk te irriteren. 'Waarom vind jij je leven zo waardeloos?' vroeg ik hem onder het avondeten.

Hij keek me met zijn grote, donkere ogen aan en ik besefte te laat dat dit misschien niet de handigste vraag was aan iemand die net zijn moeder had verloren.

'Geen idee,' zei hij zacht. 'Dat vraag ik mezelf ook steeds af.'

Meneer Burton

Het was een moeilijke tijd. Wij zijn altijd een gezin geweest dat problemen oplost door er samen over te praten, maar Sam trok zich liever in zichzelf terug. Hij kon uren in zijn eentje op zijn kamer zitten, met muziek op zijn koptelefoon, of met lege ogen naar de televisie staren.

Als hij iets zei, was het dikwijls op een scherpe, boze toon, die de ontspannen sfeer in huis ruw verstoorde. Alsof iemand een lap stof kapot scheurde. Ook zijn taalgebruik was een beetje verontrustend voor een jongen van zijn leeftijd. Op school had Sam misschien niet veel geleerd, maar hij kon vloeken als de beste – en nog origineel ook.

Toch waren zijn lange stiltes, zijn humeurigheid, zijn uitbarstingen en zijn grove taal volgens mij niets anders dan een kreet om hulp van een joch dat veel verdriet had. En het was de plicht van de familie Burton om Sam door die moeilijke, donkere tijd heen te helpen.

Matthew

Een paar woorden over mijn ouders. In de ogen van een buitenstaander – Sam Lopez, bijvoorbeeld – leek hun situatie misschien de omgekeerde wereld. Zolang als ik me kan herinneren is mijn moeder al de belangrijkste kostwinner. Ze werkt bij een uitzendbureau, een baan die haar elke dag op het randje van een zenuwinzinking brengt.

Mijn vader werkt parttime vanuit huis, als corrector voor een advocatenkantoor. Hij moet drukproeven van juridische stukken doorlezen en corrigeren. Maar zijn werkelijke liefde is het huishouden. Pap ziet dat bijna als een carrière. Hij heeft een heel andere houding dan de meeste mannen, die alles snel en haastig doen. Hij ziet het juist als een uitdaging om het huis blinkend schoon te houden. Hij is het schoolvoorbeeld van een echte huisman. Ook in de keuken. Hij kan een hele middag besteden aan het avondeten. En hij heeft een vaste dag voor het stofzuigen. Hij maakt er zelfs geen punt van om een schort te dragen. Af en toe, als ik zie hoe hij buiten de was aan de lijn hangt, heel aandachtig, met de wasknijpers tussen zijn tanden, weet ik dat zijn gezin en zijn huis veel belangrijker voor hem zijn dan welke baan ook.

Je moet het zo zien. Ik heb de omgekeerde versie van een zogenaamd normaal gezin: geen mam en pap, maar een pam en map.

Elena Griffiths

Voor mij was het helemaal niet de zomer van Sam Lopez, maar een zomer van hoop en romantiek, van geheimen en plannen voor een nieuwe toekomst. Het was de zomer van Mark Kramer.

Iedereen op Bradbury Hill School kende Mark Kramer. De jongens probeerden Mark te zijn. Ze droegen hun haar net zo lang en springerig als hij. Ze liepen in dezelfde kleren, van dezelfde merken. Soms (maar dan werd het echt heel zielig) probeerden ze zelfs zijn glimlach en zijn slaperige manier van praten na te doen.

En de meisjes? Die wilden met hem uit, natuurlijk.

Misschien maakte ik mezelf wat wijs. Ik was maar een tweedeklasser en hij zat al in de zesde, maar toen hij in de rij voor de lunch wat tegen me zei, die laatste week voor de grote vakantie, dacht ik heus dat het iets betekende. Hij had staan praten met Justin, een vriend van hem, over een nieuwe film met Cameron Diaz waar ze naartoe wilden. Toevallig had ik net de sneak preview gezien (mijn moeder zit in dat wereldje), dus zei ik terloops dat het wel een aardige film was. Redelijk goed.

Mark keek me aan op die vriendelijke, aristocratische manier van hem, alsof hij me voor het eerst zag, en vroeg hoe ik dat wist terwijl de film nog nergens draaide. Ik antwoordde dat mijn moeder casting-director was en Cameron zelfs een paar keer had ontmoet op showbizz-feestjes (dat was ook zo). Cameron was oké, zei ik erbij, heel… nou ja, gewoon.

'Showbizz-feestjes?' Mark lachte, en zijn vriend lachte mee. Hij zei dat hij van plan was om zaterdag naar de film te gaan en ik zei dat ik de film best nog eens wilde zien.

'Cool,' zei hij.

Misschien las ik te veel in die blik of in dat 'cool', maar op dat moment leek het me duidelijk genoeg. Er was iets magisch tussen ons gebeurd, ons eigen geheim waarvoor geen woorden nodig waren. Ik had een date met Mark Kramer. Hij had me mee uit gevraagd zonder dat Justin ook maar iets vermoedde.

Dat was groot nieuws, een mega-gebeurtenis. Normaal zou ik het meteen aan mijn beste vriendinnen, Charley en Zia, heb-

ben verteld, maar dit was anders. Ze zouden me belachelijk hebben gemaakt of jaloers zijn geweest.
En daar had ik op dat moment helemaal geen behoefte aan.

Matthew

Op dat moment tijdens mijn grote vakantie kreeg ik het gevoel dat het leven nooit meer leuk of simpel zou zijn, nooit meer normaal. Als we nog gewoon met ons drieën waren geweest, mam en pap en ik, hadden we geweten waar we aan toe waren. Zoals elk gezin hadden we wel eens ruzie en was het niet altijd ideaal, maar we kenden elkaar en wisten intuïtief hoe we het weer goed moesten maken. Soms moest je erover praten, maar soms kon je beter je mond houden of sorry zeggen, zoals dat gaat tussen ouders en kinderen.

Nu waren we opeens met ons vieren en die extra persoon had meer woede en verdriet in zich dan wij drieën bij elkaar. Daardoor raakte de zaak uit evenwicht. Ik hoorde mam en pap tegen elkaar sissen als ze spraken over Sam. Hun glimlach werd geforceerd en vals. Alles wat ze zeiden en dachten leek enkel nog over mijn neef te gaan – of hij zich wel zou redden in zijn nieuwe leven zonder moeder.

Naast die grote, alles overheersende tragedie leek mijn alledaagse wereld opeens klein en onbeduidend.

En Sam had een nuttige les geleerd: als weeskind had je aardig wat macht. Zolang mijn ouders in de buurt waren gedroeg hij zich zwijgzaam en somber. Maar zodra ze waren verdwenen begon hij mij te sarren.

Op een middag zaten we voor de tv toen hij uit het raam keek en zag dat mijn vader de auto stond te wassen op de oprit.

'Wat mankeert die vent?' mompelde hij, luid genoeg dat ik het kon horen.

Ik was zo dom om te reageren. 'Bedoel je mijn vader?'

'Altijd bezig met boenen, schrobben en afstoffen! Heeft hij een afwijking of zo?'

Ik staarde naar de tv, vastbesloten om me niet tot een ruzie te laten verleiden.

Sam keek me aan. 'Geloof jij in reïncarnatie?'

Ik haalde mijn schouders op.

'Want ik vroeg me af of je vader in een vorig leven butler was geweest, of werkster.'

Ik klemde mijn kaken op elkaar en zei niets.

'Mijn vader zou niet eens wéten wat afstoffen was,' zei Sam opeens. 'Hij is zo cool dat jij dat nooit zou begrijpen. Daar heb je de hersens niet voor.'

Ik staarde zwijgend voor me uit.

'Je zou niet geloven wat wij allemaal samen hebben gedaan.' Sam grinnikte en schudde zijn hoofd. 'Ja, hij was een échte vader, begrijp je?'

Zonder een woord stond ik op en liep de kamer uit naar buiten, naar mijn vader. Auto wassen is geen hobby van me, maar het was de enige manier om Sam te laten zien aan wiens kant ik stond.

'Ik krijg er zwaar genoeg van,' zei ik tegen pap.

'Hij zal wel bijdraaien als hij naar school gaat.'

Ik kreunde. 'En dan komt hij ook nog in míjn klas! Dat wordt een ramp, pap.'

Mijn vader keek me aan over het dak van de auto, met een spons in zijn hand, en sprak woorden die me elke keer weer de schrik om het hart deden slaan: 'Misschien wordt het tijd dat Sam een paar van je vrienden leert kennen.'

We waren in het park, op ons vaste plekje bij de barak, in afwachting van Matts belangrijke Amerikaanse neef.

Hij was laat. Volgens Matt kwam hij altijd te laat.

'Misschien bestaat hij niet eens,' zei Jake. 'Misschien is hij Matts denkbeeldige vriend.'

'Was het maar zo,' zei Matt.

De tijd verstreek. Jake trapte een voetbal tegen de wand van de barak. Matt en ik staarden naar de wereld om ons heen, zoals we dat al duizend keer hadden gedaan. Dit was ons terrein. Goed, het was niet meer dan een barak op een kinderspeelplaats, maar we kwamen hier met z'n drieën al zo'n jaar of vijf. In het begin was het een goede plek geweest om te schuilen tegen de regen als we wilden schommelen of van de glijbaan glijden. Nu waren we daar te oud voor, maar we kwamen hier nog steeds, om wat rond te hangen en te kletsen. Sommige ouders op de speelplaats, of voorbijgangers op weg naar de openbare toiletten aan de achterkant van het gebouw, keken ons wel vreemd aan. Maar daar zaten we niet mee. Dit was ons terrein. Als kleine jochies hadden we onszelf de Barakkers genoemd, half als grap, half serieus, en die naam was blijven hangen.

'Hou je vast,' zei Matt opeens.

Ik volgde zijn blik.

Een kleine jongen met lang haar kwam het park in.

'Is dat hem?' vroeg ik. 'Wat een watje.'

'Moet je dat haar zien,' zei Jake.

'Dat zei ik toch al?' zei Matt. 'Hij is een hippie.'

'Een meid, zul je bedoelen,' zei Jake.

Matt moest erom lachen. 'Wacht maar af,' zei hij.

Matthew

Hij kwam stoer onze kant uit. Zijn T-shirt, jeans en blonde manen wapperden achter hem aan, alsof hij een heel klein scheepje was, met gebolde zeilen. Toen hij vlakbij was, daalde zijn tempo en slenterde hij met zijn handen in zijn zakken naar ons toe. 'Hé, hoe is-ie?' zei hij, met een zeldzame glimlach. 'Ik ben Sam Lopez.'

Tyrone en Jake mompelden iets terug.

'Dus dit is de beroemde barak.' Sam ging op het bankje zitten en keek om zich heen. Ik verwachtte een van zijn bekende negatieve commentaren, maar in plaats daarvan klakte hij waarderend met zijn tanden. 'Niet gek.'

'Het bevalt ons wel,' zei ik kil.

'Wat doen jullie zoal?'

'Niet veel,' zei Tyrone.

'Voetbal je?' vroeg Jake.

Sam wierp een blik op de bal aan Jakes voeten. 'Soccer, bedoel je? Dat is een meidensport, in Amerika.'

'Omdat jullie er niets van kunnen, in Amerika.' Jake trapte de bal hard tegen de muur.

'We zouden het wel kúnnen, als we het zouden wíllen.' Sam boog zich opzij, pakte Tyrones mobieltje en maakte nonchalant een spelletje af met zijn duim. 'Maar wij houden meer van football.' Hij gaf het toestel terug. 'Zo, je bent een niveau hoger,' zei hij luchtig.

Hij stond op, spuwde in zijn hand en ving de bal toen hij terugstuiterde van de muur. Hij hield hem een paar seconden vast en draaide hem toen om. Heel even leek de bal aan zijn hand te blijven kleven voordat hij viel.

'Kijk.' Sam bleef voor Jake staan en rolde ontspannen met zijn schouders, alsof hij zijn spieren wilde losmaken. 'Dit,' zei hij, 'is football.' Hij ging door zijn knieën, greep een denkbeeldige bal in twee handen en strekte zijn armen. 'Twee! Vijfenzestig!' Hij schreeuwde de nummers zo hard dat de moeders aan de overkant van de speelplaats opkeken om te zien wat er aan de hand was.

Opeens ging Sam ervandoor, dansend en zigzaggend over het asfalt, terwijl hij denkbeeldige tegenstanders met zijn schouders opzij duwde, half wegdraaide om een lange pass te geven en nog een eind verder rende tot hij, net voorbij de wippen, de 'bal' triomfantelijk in de lucht gooide.

'Touchdown!' gilde hij. 'En we hebben gewonnnnnnen!'

Hij maakte een dansje langs het metalen hek, met zijn hoofd in zijn nek, pompend met zijn korte armen en benen in een krankzinnige uitbarsting van vreugde, als een gestoorde, langharige tuinkabouter.

We begonnen te lachen. Dat was de enige reactie.

'Malloot,' zei Jake.

'Van welke planeet komt die gozer?' zei Tyrone.

Sam kwam weer terug en liet zich naast ons op het bankje vallen. 'Dat is pas écht football,' zei hij hijgend. 'Met een bal gaat het beter, natuurlijk.'

Jake schudde zijn hoofd. 'Geflipte Yank.'

'O, dit is nog niks.' Sam veegde zijn neus af met de achterkant van zijn mouw.

Mevrouw Cartwright

Je wordt geen hoofd van een grote school zonder te weten hoe je klappen moet opvangen. Maar toen mevrouw Burton, de moeder van een van onze jongere leerlingen, Matthew, mij belde met het nieuws over haar Amerikaanse neef, was ik niet erg optimistisch over zijn kansen om bij ons op school te komen.

Bradbury Hill heeft een wachtlijst – we staan heel, heel goed aangeschreven – en de mogelijkheid dat een Amerikaanse jongen zomaar bij ons aan het nieuwe schooljaar zou kunnen beginnen leek me klein.

Maar mevrouw Burton weet niet van opgeven. Ze legde me uit dat Sam er helemaal alleen voor stond en net zo oud was als Matthew. Ze vond dat Bradbury Hill misschien positieve publiciteit aan de kwestie kon overhouden.

Positieve publiciteit. Ik zal eerlijk zijn: dat sprak me wel aan.

Toevallig hadden we nog ruimte in de tweede, waar deze Sam misschien zou passen. Zelfs toen mevrouw Burton me zei dat ze geen rapporten had van de jongen omdat zijn moeder – een hopeloos geval, begreep ik – haar kind te vaak van de ene school naar de andere had gesleept, hoorde ik nog geen alarmbellen rinkelen.

Dat neem ik mezelf wel kwalijk. Ik had gewoon voorzichtiger moeten zijn.

2

Charley Johnson

Wij zijn heel close met elkaar, drie echte krengen. Toen we nog op de basisschool zaten hadden we een ongeschreven wet: als je ruzie zocht met een van ons, kreeg je ook met de anderen te maken.

Elena Griffiths, Zia Khan en Charley Johnson. We leken verschillende kanten van één onoverwinnelijke persoonlijkheid. Ieder afzonderlijk waren we niets bijzonders, maar samen konden we de hele wereld aan.

Elena was knap, mager, een beetje maf en te veel bezig met roem en glamour om helemaal normaal te zijn.

Zia kwam uit een grote, geslaagde Aziatische familie. Ergens had ze geleerd dat ze met haar rustige grijze-muizen-gedrag net zo vaak haar zin kreeg als Elena en ik met onze grote bek. Gevoeligheid, charme en ook nog goed gitaar kunnen spelen... geen wonder dat Zia zo populair was bij de leraren. Maar niemand kende de ware Miss Khan achter die onschuldige buitenkant: een onberekenbare, gevaarlijke intrigante.

Ik ben wel jaloers op die charme van haar. Zelf ben ik gewoon te groot en te luidruchtig voor dat soort dingen. Aan de andere kant ben ik altijd de beste van de klas geweest, en wat moet je met charme als je een goed stel hersens hebt?

Zia Khan

Elena overtrad die zomer de gouden regel – de regel over jongens.

Jongens waren tijdverspilling, hadden we besloten toen we ongeveer negen waren. Onze vijand was een zielig trio dat zichzelf (echt, ik verzin het niet!) de Barakkers noemde. Een vreselijk irritant stel. Als wraak zorgden wij ervoor dat ze steeds weer in de problemen kwamen. Dat was zo moeilijk niet; het waren immers jongens.

Toen de Barakkers – Jake, Tyrone en Matt – ons begonnen uit te schelden namen we hun favoriete scheldwoord als onze geuzennaam: de Bitches. En daar waren we trots op.

Alles ging heel goed met ons totdat Elena besloot om verliefd te worden op de liefdesgod van de zesde, ene Mark Kramer.

Jake Smiley

Zal ik je eens wat zeggen? Ik vond hem in het begin wel oké. Matt had allerlei griezelverhalen over zijn neef opgehangen en ik moet toegeven dat hij er raar uitzag, maar toen hij dat rare dansje deed op de speelplaats, de eerste keer dat we hem zagen, had ik het gevoel dat hij wat leven in de brouwerij kon brengen, al was hij misschien een etter.

De grote vakantie wordt soms ook saai. Je hangt wat rond, je doet een paar nieuwe computerspelletjes, je kletst met elkaar, maar dan…? Het antwoord op die vraag was Sam Lopez, en wat we over hem te weten kwamen.

Die Amerikaan had iets wat ons groepje wakker schudde, waardoor we opeens heel anders gingen praten over onszelf.

Waarom? Omdat ons eigen leven, hoe maf het soms ook leek, totaal verbleekte bij wat Sam allemaal had meegemaakt.

Terwijl hij zat uit te hijgen na zijn demonstratie van American football, vertelde hij ons een verhaal over een van zijn scholen, thuis in Amerika.

'Op hoeveel scholen heb je eigenlijk gezeten?' vroeg ik.

Sam fronsde even zijn voorhoofd en begon te tellen op zijn vingers. Ten slotte haalde hij zijn schouders op. 'Twaalf? Dertien? Zoiets. Mijn moeder en ik verhuisden nogal vaak.'

Tyrone floot, onder de indruk.

'Matt zei dat ze een wilde was,' zei hij.

Sam slaakte een soort zucht – van verbazing of verdriet.

'Wild in de goede betekenis, bedoelt Tyrone,' zei Matt haastig.

De Amerikaan grijnsde en begon toen zachtjes te lachen. 'Ja, dat was mijn moeder wel,' zei hij. 'Een *wilde*!'

Zo raakten we aan de praat. Door de dood van Sams moeder en al die scholen waarop hij had gezeten was het voor ons ook makkelijker om over onszelf te praten.

Ik vertelde hem dat mijn vader en moeder vorig jaar gescheiden waren en dat het heel vreemd was om nu bij mijn moeder en mijn zussen te wonen. Ik zag mijn vader nog maar eens in de week en dat was eigenlijk geen pretje. We gingen naar een film of een restaurant en praatten over onnozele dingen, zonder ooit te zeggen wat we werkelijk dachten. Opeens leken we vreemden voor elkaar.

Tyrone vertelde dat hij zijn vader nooit had gekend omdat hij kort na Tyrones geboorte was vertrokken voor een vakantie naar de Cariben, waar hij vandaan kwam, en nooit meer was teruggekomen. Hij praatte over zijn problemen met zijn gewicht – dat ze hem altijd 'Jumbo' of 'de Tank' noemden en dat zijn moeder hem altijd weer nieuwe diëten liet volgen waar hij zich slap en ziek door voelde en die nooit werkten.

Zelfs Matt kwam met een verhaal. Hij bekende dat hij zich wel eens opgelaten voelde als zijn vader het huishouden deed in een schortje of als zijn moeder de school weer belde om ergens over te klagen.

'Stelletje *losers*!' Sam knipoogde, zo ontspannen en volwassen dat we alledrie in de lach schoten. 'Oké,' zei hij. 'Wat valt er hier voor leuks te beleven?'

Elena

Ik wil niet te veel woorden vuilmaken aan die toestand met Mark Kramer. Zoals ik het zie, heeft niemand iets te maken met wat er wel of niet is gebeurd tussen Mark en mij. Totaal onbelangrijk. Einde verhaal.

Nou ja, ik kan wel een korte samenvatting geven van de belangrijkste punten. De volgende zaterdag kwam ik dus naar de bioscoop voor die film met Cameron Diaz. Mark was er ook. Toen hij de foyer binnenstapte liep ik naar hem toe, half blozend onder de make-up waar ik twee uur over had gedaan. Op dat moment zag ik Tasha, een meisje uit zijn klas, achter hem aan komen. Ze stak haar arm door de zijne en zo stonden we daar, starend naar elkaar, zonder dat iemand iets wist te zeggen. Het leek wel een eeuwigheid.

Ten slotte was het Tasha die de stilte verbrak. 'Ja? Wat is het probleem?' vroeg ze mij.

Ik draaide me om en rende weg, de klapdeuren door, de straat op. Ik haatte Tasha, ik haatte mezelf, maar ik haatte toch vooral Mark Kramer. Alle jongens, trouwens.

Misschien was die hele toestand dus toch niet zo onbelangrijk als ik dacht.

Matthew

In de loop van de volgende dagen lieten we Sam zo'n beetje de buurt zien, terwijl hij vertelde over zijn leven thuis. Als je hem moest geloven hing hij de hele dag met motorbendes rond, maakte de stad onveilig, kwam in vechtpartijen terecht en zat elke avond backstage bij een of ander rockconcert, samen met zijn lieve moeder.

We hoorden zijn verhalen aan en probeerden ons niet te laten imponeren. Tot dat moment hadden we altijd gedacht dat we ons mannetje wel zouden staan als er ooit problemen waren in het park, op straat of op het schoolplein. We waren hard en gemeen, alle reden voor onze leraren om zich zo nu en dan bij onze ouders te beklagen over onze 'houding'.

Maar zelfs als de helft van wat hij vertelde maar klopte, bevond Sam zich in een heel andere categorie. Hij was echt keihard – harder dan wij ooit zouden willen zijn. Zijn *posse* in San Diego pleegde winkeldiefstallen voor de kick. Ze jatten auto's en droegen messen. Ze vochten met andere bendes, waarbij slachtoffers vielen, net als in de film. En ze waren bekend bij de politie.

Hoe meer we te horen kregen over die vreemde, woeste wereld van Sam en zijn *posse*, des te groter onze aarzeling tegenover hem. Óf hij was een pathologische leugenaar, óf een kleine crimineel. In beide gevallen dreigden er problemen, en die hadden we zelf al genoeg.

En dat was nog vóór die toestand bij Burger Bill.

Burger Bill

Als ik mijn zin kreeg, zou ik niemand tussen de twaalf en achttien jaar in mijn zaak toelaten. Je hebt altijd ellende met die jeugd, vooral met jongens.

Zeker met díe jongens.

Matthew

We zaten in dat eettentje, Burger Bill, toen Jake over zijn vader begon. Meneer Smiley had al een paar afspraken met zijn zoon voorbij laten gaan, en nu zag het ernaar uit dat vader en zoon elkaar nog minder vaak zouden zien.

Twee dagen geleden, toen meneer Smiley 's avonds naar zijn flat terugreed na een zakelijk etentje, was hij aangehouden door de politie. Hij had een blaastest moeten doen, die aantoonde dat hij te veel gedronken had, zodat hij de rest van de nacht op het politiebureau had moeten blijven.

Terwijl we erover praatten en met Jake meeleefden, viel het me op dat Sam ongewoon stil was. Hij keek om zich heen en trommelde met zijn vingers op het formicatafeltje alsof het verhaal over Jakes vader hem geen zier interesseerde.

'Wat gebeurt er hier eigenlijk als je bezopen achter het stuur zit?' vroeg hij plompverloren. 'Gooien ze je dan in de cel, of zo?'

'Meneer Smiley zou zijn rijbewijs een tijdje kunnen kwijtraken,' zei ik.

'En mijn vader heeft zijn auto nodig om mij te komen ophalen,' voegde Jake er somber aan toe.

Sam snoof. 'Goh, nou moet ik toch bijna huilen,' zei hij.

We keken hem allemaal verbaasd aan. Hij leunde naar achteren in zijn stoel en spreidde zijn handen. 'Hé, moet je horen, zo'n ramp is het ook weer niet,' zei hij. 'Jakes vader heeft een nachtje in de cel gezeten en mag een tijdje niet autorijden. Nou en?'

Jake boog zich over het tafeltje. 'Hou je een beetje in,' zei hij. 'Dit is geen geintje.'

'Zei ik dat dan?' Sam streek met zijn vingers door zijn haar en trok eraan, duidelijk agressief. 'Weet je, Jake, volgens mij denk jij dat het mij een reet kan schelen wat er met je papa gebeurt.'

'Rustig, Sam,' zei Tyrone.

Maar Sam bleef Jake diep in zijn ogen staren. 'Als je een vader hebt die het grootste deel van zijn leven in de bak heeft gezeten, en er nu nóg zit, lijken die paar uurtjes achter de tralies nogal onnozel…' Hij haalde zijn schouders op. 'Ik zal er niet wakker om liggen.'

'Jezus,' zei Tyrone. 'Wat heeft jouw vader dan uitgevreten?'

Sam haalde zijn schouders op. 'Van alles. Grote zaken, geen kattenpis. Toen ik werd geboren had hij een paar nachtclubs. Hij bemoeide zich met dingen die niet helemaal door de beugel konden. Op een avond kreeg hij ruzie met een collega. Die collega kreeg een ongeluk. Een dodelijk ongeluk. En mijn vader werd ervoor gepakt. Dat soort dingen…'

Het was hem weer gelukt. Zelfs als er iets ongewoons en dramatisch in ons leven gebeurde wist Sam wel iets te bedenken dat nóg sensationeler en dramatischer was.

'Dat is…' Tyrone zocht dapper naar de juiste woorden voor dat lastige moment als je ontdekt dat de vader van je vriend in de gevangenis zit wegens moord. 'Dat is… ik bedoel, dat is behoorlijk erg.'

'Zo gaat dat, man.' Sam slurpte door zijn rietje. 'Ik heb mijn vader niet meer gezien sinds ik vijf was. Zo nu en dan hoorde ik iets van mijn moeder over zijn nieuwste problemen met de politie. Ze maakte er meestal een grap van. Het Crash-Bulletin, noemde ze het.'

'Crash?' vroeg Tyrone.

'Zo heet hij. Nou ja, eigenlijk heet hij Tony, maar na al die arrestaties, ongelukken en dat soort dingen noemt iedereen hem Crash – Crash Lopez.' Sam zei het met trots in zijn stem. Het bleef even stil. Toen scheen er voor het eerst in lange tijd weer iets tot Jake door te dringen.

'Crash,' herhaalde hij, en ik zag aan zijn gezicht dat hij nog steeds kwaad was om wat Sam over zijn vader had gezegd. 'Rare naam, vind je niet?'

Sam keek hem verrast en behoedzaam aan. 'Hoezo, raar?'

Jake lachte. 'Heeft hij soms twee broers die *Wham!* en *Bam!* heten?'

Sam slaakte een soort kreet van woede, en voordat iemand iets kon doen sprong hij van zijn stoel en dook over het tafeltje heen, waardoor de plastic bekertjes alle kanten op vlogen. Woest timmerde hij Jake op zijn gezicht.

'Hou je bek over mijn vader!' schreeuwde hij. 'Anders sla ik je helemaal in elkaar!'

Bill, de dikke, zwetende manager van de burgertent, kwam haastig naar ons toe en trok Sam van Jake af. Zonder zich iets aan te trekken van het gevloek en getier van de Amerikaan sleurde hij hem naar de deur en smeet hem op straat alsof hij een zwerfkat was. Toen deed hij de deur op slot en kwam terug naar het tafeltje.

Hij keek op ons neer en steunde met twee vlezige vuisten op het tafelblad. 'Jullie daar, wat zijn jullie namen?'

'Smith,' zei Tyrone. 'Zo heten we. Alledrie.'

Bill bleef even staan, alsof hij probeerde te bedenken wat hij nu moest doen. Toen liep hij snel naar de deur terug en maakte hem open. 'Eruit!' zei hij, met een hoofdknik. 'En waag het niet om terug te komen, anders sleep ik jullie zelf naar het politiebureau.'

We glipten haastig langs hem heen, Jake met een hand over zijn oog.

Buiten gekomen keken we naar links en rechts. Het winkelcentrum was verlaten. De geflipte zoon van Crash Lopez was nergens te bekennen.

Tyrone

Ik was bang, en ik durfde er wat om te verwedden dat Matt en Jake net zo bang waren als ik. Het was zo'n situatie waarin alles volledig uit de hand loopt en je je opeens verloren, hulpeloos en klein voelt.

We slenterden het winkelcentrum door, tot we op veilige afstand waren van Burger Bill. 'Niet te geloven,' zei Matt met trillende stem.

Jake snoof en veegde zijn neus af. 'Het was maar een geintje,' zei hij.

Ik schudde mijn hoofd. 'Die gast is niet normaal! Al die scholen en straatbendes, dat auto-ongeluk van zijn moeder en nu weer dat verhaal over zijn vader, die een gevaarlijke gek en een moordenaar is…'

'Nou ja, dat zégt hij,' mompelde Jake.

'Hij kan er niks aan doen, neem ik aan,' zei Matt.

'Maar wij ook niet!' riep Jake nijdig. Zijn stem sloeg over. 'Omdat zijn leven toevallig een puinhoop is hoeft hij het onze toch niet te verzieken? Ik heb al genoeg problemen zonder zijn gezeik.'

Zijn stem weerkaatste tegen de etalageruiten en de betonnen muren. Juist op dat moment van diepe wanhoop ontdekten we dat we gezelschap hadden.

Charley

Pech of geluk, in elk geval waren wij die avond ook in het winkelcentrum.

We waren op weg naar de bioscoop om *Ratz* te zien, een of andere tekenfilm over knaagdieren. Maar eerst wilden we nog even langs Burger Bill voor een cola.

Toen we de roltrap op kwamen zagen we ze staan: de Barakkers. Een zielig stelletje, en behoorlijk van streek, zo te zien. We grijnsden toen we ze in de gaten kregen. Sterker nog, we lachten hardop. Sorry hoor, maar je moet wel van steen zijn om geen lachstuip te krijgen bij de aanblik van Gok, Flapoor en de Tank, beter bekend bij hun vrienden (als ze die hadden) als Jake, Matt en Tyrone.

Op onze vorige school zag Jake er nog heel normaal uit, maar het afgelopen jaar was hij in de verkeerde richting gegroeid, alsof alle onderdelen van zijn lichaam – zijn armen en benen, zijn neus en zelfs zijn haar – probeerden aan hem te ontsnappen, naar verschillende kanten. Ik loof geen prijzen uit voor wie de winnaar kan voorspellen in die wedstrijd, maar Jakes neus maakte een goede kans. Het was Zia die hem daarom een nieuwe bijnaam gaf: Gok.

Matt lijkt wel redelijk normaal, maar hij heeft ook iets vreemds. Hij zegt niet veel, maar lijkt altijd te luisteren en te kijken vanaf de zijlijn. Waarschijnlijk wordt hij later zo'n spion die met afluisteren aan de kost komt.

Tyrone is in orde, maar wel ontzéttend dik. Ik ben zelf ook niet broodmager, maar naast de Tank voel ik me zowat onzichtbaar.

Een andere keer zouden we ze gewoon voorbijgelopen zijn, maar om de een of andere reden (later werd duidelijk waarom) had Elena die avond verschrikkelijk de pest in.

'Kijk nou eens! Drie haarballen bij elkaar,' zei ze luid toen we naar hen toe liepen. De drie jongens negeerden haar. 'Hoe gaat het met de Barakkers?' vroeg ze.

'Hou je kop, Elena,' zei Tyrone. 'We zoeken iemand.'

'Wie dan? Een nieuwe vriend?' zei Zia, die nu ook in de stemming kwam. 'Dat kun je wel vergeten.'

Op dat moment zag ik dat Jake zich een beetje verschool achter de andere twee en zijn hand over zijn rechteroog hield.

'Heb je gevochten?' vroeg ik.

'Nee,' mompelde Jake. 'Ik... ben tegen een deur aan gelopen.'

Elena schoot weer in de lach. 'De deur van die barak van jullie?' vroeg ze. 'Beter uitkijken, hoor.'

Ze liep langs hen heen naar Burger Bill, en wij volgden.

Elena

Ik geef toe dat het niet mooi van me was. Ik had het niet moeten doen. Maar ik was echt in een pesthumeur, en iemand moest daarvoor boeten.

Bill was bezig een van de tafeltjes schoon te vegen.

'Hé, Bill,' zei ik. 'Een stel morsende pubers op bezoek gehad?'

Bill mompelde dat hij erover dacht om iedereen onder de zestien uit zijn zaak te weren. Toen hij zich oprichtte om plaats voor ons te maken knikte hij naar buiten, waar Gok en zijn bende zopas nog hadden gestaan.

'Kleine etters,' zei hij. 'Als ik hun namen wist, zou ik ze flink te grazen nemen.'

'Hun namen?' zei ik. 'Nou, daar kan ik je wel aan helpen.'

Agent Chivers

Ik heb hier een melding dat we op het bureau een telefoontje kregen van de eigenaar van een plaatselijke hamburgertent, ene William Patterson. De dienstdoende brigadier vroeg me of ik langs wilde gaan bij de ouders van de jongens die bij een incident betrokken zouden zijn. Toevallig was het de eerste keer dat ik een huiselijke kwestie moest oplossen zonder de hulp van een collega. Voorzover ik het me herinner was het een simpele zaak: een ernstige waarschuwing aan de jongelui, maar zonder gevolgen. Verder heb ik geen commentaar.

Mevrouw Burton

Omstreeks die tijd begon ons leven steeds meer op een krank-zinnige soap te lijken.

Op een avond, toen ik net van mijn werk kwam, kregen we be-zoek van een politieman. Hij maakte niet veel indruk, dat is waar – een jochie van nauwelijks twintig, in een te wijd uni-form – maar toch hadden de buren weer iets om over te rod-delen. Je ziet maar zelden politie in Somerton Gardens.

Hij zei me dat zijn bezoek verband hield met een opstootje in een plaatselijke eetgelegenheid. En een van de betrokkenen was een zekere Matthew Burton.

3

Matthew

Wij kregen de schuld. Kun je het geloven? Sam ging door het lint en Jake, Tyrone en ik kregen een waarschuwing van de politie. Dat werd me toch te gek.

Toen die agent was vertrokken en mijn vader en moeder me aan een derdegraads verhoor hadden onderworpen ging ik naar boven. Het werd tijd voor een goed gesprek met Sam Lopez.

Zijn deur was dicht, maar ik stapte naar binnen zonder te kloppen.

Sam had de logeerkamer totaal overhoop gegooid, net als ons leven. Een paar dagen geleden was het nog een frisse, schone, zonnige kamer geweest. Nu was het een hok. De gordijnen waren dicht en de vloer lag bezaaid met kleren en oude rockblaadjes. Er hing een doordringende lucht van zweetsokken.

Sam zelf lag op bed met een computerspelletje dat hij uit Amerika had meegenomen. Zoals hij daar lag, met een denkrimpel in zijn voorhoofd, leek hij klein en onschuldig, heel anders dan het driftige mannetje dat Jake naar zijn strot was gevlogen bij Burger Bill.

'Problemen?' mompelde hij zonder op te kijken. 'Ik zou durven zweren dat er ruzie was in huize Burton. Zo klonk het wel, tenminste.'

'Er kwam iemand van de politie. Over die vechtpartij bij Burger Bill.'

'Nou, dan zijn de Barakkers nu ook bij de politie bekend.'

'Ja. Je wordt bedankt.'

'Die gast beledigde mijn familie,' zei Sam op verveelde, temerige toon. 'Bij ons geldt dat als een halsmisdrijf. Hij mag van geluk spreken dat hij nog kan lopen.'

'En bij ons kun je gewoon een geintje maken zonder dat iemand je meteen op je gezicht timmert.'

'Andere gewoontes hier,' zei Sam luchtig. 'In elk geval zal hij voortaan wel zijn bek houden over mijn vader.'

Ik lachte zo ijzig mogelijk. 'Absoluut,' zei ik. 'Want jij hoort er niet meer bij.'

'Wat?' Er verscheen een lichte frons boven Sams donkere ogen. 'En waarom niet?'

'Zoek je eigen vrienden maar, Sam. Wij hebben geen zin in dat gezeik.'

Sam legde zijn spelletje neer. 'Hé, toe nou, Matthew. Zulke dingen gebeuren nu eenmaal in een bende. Ik heb zo vaak klappen gekregen van leden van mijn *posse*. Dat hoort erbij.'

'O ja? Nou, het is zoals je zegt... andere gewoontes hier.'

'En als ik naar jouw school ga?'

'O, mensen genoeg. Je vindt wel iemand.'

Sam staarde voor zich uit. Op een plank aan het voeteneind van zijn bed had hij drie ingelijste foto's neergezet. Er was een kiekje bij van Sam en zijn moeder voor een soort indianentent, en een publiciteitsfoto van de band 666, waarop Galaxy aan de voeten van een langharige gitarist knielde. En in een klein plastic lijstje zat een foto van Galaxy met een baby in haar armen. Naast hen, met een grote, stralende grijns op zijn gezicht, stond een kleine man met donker haar. Dat kon niemand anders zijn dan de enige echte Crash Lopez.

'Ik wil niet alleen zijn.' Sam zei het zo zacht dat het leek alsof hij in zichzelf sprak.

'Dat had je moeten bedenken voordat je Jake op zijn gezicht sloeg.'

'Ik wil niet alleen zijn, Matt,' herhaalde hij met een ondertoon van wanhoop in zijn stem.

Hij draaide zich om en keek me aan, zonder met zijn donkere ogen te knipperen. Voor het eerst zag ik iets heel anders in Sam Lopez, iets onbekends, wat hij tot nu toe had weten te verbergen. Hij was bang. Hij voelde zich verloren. Steeds opnieuw was hij de belangrijkste mensen in zijn leven kwijtgeraakt. Elke keer als hij zich veilig begon te voelen was er weer iets veranderd, zodat hij moederziel alleen opnieuw had moeten beginnen. Sam leek misschien heel stoer, maar achter dat masker was hij gewoon een angstig jongetje.

'Wil je tegen Jake en Ty zeggen dat het me spijt wat er is gebeurd?' zei hij. 'En dat ik alles wil doen om het weer goed te maken?'

'Zoals?'

Hij ging overeind zitten op zijn bed. 'In Amerika moeten nieuwe bendeleden een of andere test afleggen, om te bewijzen dat ze het waard zijn om te worden toegelaten.' Er klonk weer wat vertrouwen in zijn stem, zoals bij de oude Sam. 'Ik zou bijvoorbeeld spullen uit winkels kunnen stelen, of een auto kunnen jatten voor joyriding. Of wacht… ik zou die jongens te grazen kunnen nemen die jullie aan de politie hebben verlinkt. Zodat ze weten dat niemand zich ongestraft met de Barakkers bemoeit.'

'Ik zal wel met Jake en Tyrone praten,' zei ik. 'Maar verwacht er niet te veel van.'

'Bedankt, Matt.'

'Bovendien,' zei ik, 'heb ik zo'n vermoeden dat de jongens die ons aan de politie hebben verlinkt helemaal geen jongens waren.'

Zia

Wat Elena bij Burger Bill had gedaan wierp een soort schaduw over de vakantie. Op het moment zelf moeten Charley en ik nogal geschokt hebben gekeken vanwege het ijskoude gemak waarmee ze Bill de namen van de jongens gaf, want toen we tegenover haar aan het tafeltje gingen zitten, begon ze te huilen. Bij Elena is dat een zeker teken dat ze iets te verbergen heeft.

Bill stond al te bellen achter de toonbank en we wisten dat zijn dreigement, om Jake en de andere twee bij de politie aan te geven, geen loze kreet was geweest. Charley gaf Elena ervan langs omdat ze veel te ver was gegaan. Het was heel iets anders om iemand problemen te bezorgen op school dan met de politie.

En toen kwam het hele verhaal eruit: de Grote Mark Kramer Ramp.

Neem me niet kwalijk, maar we waren niet onder de indruk. Eerst maakt Elena zich belachelijk met zo'n bal uit de zesde, en om er weer overheen te komen, geeft ze drie jongens die er helemaal niets mee te maken hadden aan bij de politie.

Ik vond het maar stom, en dat zei ik haar ook.

'Meer nog dan stom,' beaamde Charley. 'Echt heel zielig.'

Dat deed de deur dicht. Elena stond vloekend op en verdween uit Burger Bill.

O, en *Ratz* hebben we nooit gezien.

Matthew

Waarom? Wáárom? Nog voordat ze ons bij de politie hadden aangegeven vroeg ik me al af waarom we in vredesnaam in oorlog waren met Charley Johnson, Elena Griffiths en Zia Khan. We kenden ze al sinds het moment waarop we allemaal tegelijk op de basisschool waren gekomen. Ik had kunnen zweren dat het doodgewone, leuke meiden waren, totdat we in groep vijf of zes kwamen. Vóór die tijd voetbalden we zelfs samen op het schoolplein.

Waarom waren ze opeens veranderd? Wat was er gebeurd? Hoe was het mogelijk dat ze, toen ze een jaar of tien waren, plotseling tot een heel andere soort gingen behoren – een soort die vreemd en vijandig stond tegenover alle beschaafde levensvormen?

Het was een mysterie. We wisten alleen dat je grote problemen kon verwachten zodra de Bitches opdoken, en dat het nooit de meiden waren die de schuld kregen, maar altijd wij.

En op de volgende school werd het allemaal nog erger.

Het leek wel of onze aanwezigheid op Bradbury Hill hen herinnerde aan al die dingen uit het verleden die ze liever vergaten. Ze wilden nu groot en volwassen zijn, maar zodra ze ons zagen, beseften ze weer dat ze nog maar kinderen waren.

In het begin negeerden ze ons gewoon, mompelden iets tegen elkaar en liepen dan giechelend verder. Tegen de rest van de klas zeiden ze dat we op onze vorige school altijd werden gepest (helemaal niet waar; iedereen wilde lid worden van onze bende). En ze verspreidden het gerucht dat Tyrone een van de veren van de trampoline had gebroken op de basisschool (ook niet waar; hij kwam nooit in de buurt van de trampoline). Ze beweerden dat een uitbraak van hoofdluis, een paar jaar geleden, was veroorzaakt door mij (gelogen, of grotendeels gelogen; iedereén had toen hoofdluis). En ze vonden Jakes neus de grootste grap uit de geschiedenis van de mensheid en verzonnen een lullige bijnaam voor hem.

Maar het ging pas goed fout in de klas van Steve Forrester,

want daar wisten de meiden dat ze overal mee weg konden komen, wat ze ook uithaalden.

Zoals ik het zag, waren zíj met de oorlog begonnen, niet wij.

Steve Forrester

Het is grote onzin dat ik vooroordelen zou hebben tegen de jongens in mijn klassen. De drie jongens om wie het gaat, hadden toevallig een slechte invloed op elkaar, ook al deden ze afzonderlijk wel goed mee. Maar met z'n drieën waren ze niet te hebben. Dus vond ik het mijn taak om in te grijpen voordat het uit de hand liep.

Matthew

Die aanvaring met de politie had bij ieder van ons weer een ander effect op zijn leven. Tyrones moeder, een lang en trendy type – ze was interieurontwerpster of zoiets – gaf hem een week huisarrest. Zelfs in het gunstigste geval behandelt ze Tyrone nog alsof hij haar persoonlijke straf is. En een politieman op je stoep is niet bepaald het gunstigste geval. De sfeer in huize Sherman was die zomer om te snijden. Mevrouw Sherman vroeg zich hardop af waarom ze niet een leuke dochter had gekregen in plaats van een jongen als Tyrone, wat niet eerlijk was als je bedacht dat een paar meiden juist de oorzaak waren van alle ellende.

Voor mevrouw Smiley was het weer iets waarvan ze Jakes vader, de grote wegloper, de schuld kon geven. Ze jammerde tegen Jake over alles wat zijn vader hen had aangedaan en dat het geen wonder was dat Jake zoveel woede in zich voelde. Volgens Jake zocht ze de meeste avonden troost bij een fles gin.

En mijn eigen vader en moeder? Die waren een tijdje heel

streng en overgevoelig, voordat ze Sam en mij weer met rust lieten. Meestal gingen we 's zomers een week of twee kamperen, maar mams reis naar Amerika had al haar vakantiegeld gekost, dus algauw maakten de Barakkers de straten van onze buitenwijk weer onveilig.

Zonder Sam, want hij was niet welkom meer. Ik had de anderen wel verteld over mijn gesprek met hem, en zijn voorstel om een zware test te doen om onze vriendschap terug te winnen, maar Jake was nog niet vergeten wat er bij Burger Bill gebeurd was en Tyrone was nog kwaad om het gekanker van zijn moeder thuis.

En misschien was ik zelf nog wel kwader dan Jake of Tyrone. Op dat moment had ik het gevoel dat mijn neef mijn rustige leventje met mijn ouders en mijn vrienden in de war had geschopt en dat ik nu de rotzooi mocht opruimen. Jake en Tyrone konden hem uit de Barakkers zetten, maar ik had het gevoel dat ik veroordeeld was tot een eindeloze gevangenisstraf, samen in één cel met Sam Lopez.

Zonder dat we er lang over praatten besloten we ten slotte dat hij de rest van de zomer nog mee mocht doen. Zodra de school weer begon, moest hij het zelf maar uitzoeken.

Sam voelde dat het fout zat en reageerde ontdaan. Hij probeerde ons ervan te overtuigen dat het helemaal niet erg was om zo nu en dan een robbertje met elkaar te vechten. Dat was de lijm die de bende bijeenhield, beweerde hij.

En steeds opnieuw kwam hij terug op het idee om een of andere rare test te doen als bewijs dat hij echt bij ons hoorde.

Eerst gingen we er niet op in, maar toen bedachten we ons. Als we hem een opdracht zouden geven die hij toch nooit tot een goed eind kon brengen, zou hij ons wel met rust moeten laten. Nu hoefden we alleen nog een onmogelijke test voor hem te bedenken.

Tyrone

Het was Matts idee, maar ik hielp bij de uitwerking.

Op een avond, toen ik hem aan de telefoon had, zei Matt dat er maar één manier was om voorgoed van Sam verlost te zijn. We moesten hem een test opdragen die glashelder zou aantonen dat hij nooit lid van de Barakkers zou kunnen worden.

'Ja,' zei ik somber, 'en dan begint hij op school een concurrerende bende, zodat we twéé vijanden hebben: Sam en de Bitches.'

'Misschien kan hij zich bij hén aansluiten,' mopperde Matt. 'Hij lijkt toch al op een meid, met dat lieve smoeltje en dat lange haar.'

'En hij is klein genoeg,' lachte ik. We kletsten nog wat en hingen toen op.

Vijf minuten later belde Matt terug, bijna struikelend over zijn woorden.

'Tyrone!' zei hij. 'Ik heb een idee.'

4

Matthew

We spraken af bij Tyrone thuis.

Tyrone, Jake en ik zaten op een rij, elk in een leunstoel, als rechters bij een proces. Sam liep te ijsberen, rusteloos en gespannen, en maakte flauwe grappen. Sinds ik hem had verteld dat de Barakkers een manier hadden bedacht waarop hij weer als lid kon worden toegelaten was hij zo druk en uitbundig dat ik er beroerd van werd.

'Oké, kaarten op tafel, mensen!' Sam deed een soort jive door de kamer en ik zag dat Tyrone hem nerveus in de gaten hield. Bij de Shermans thuis staat alles precies op zijn plaats. Er is nergens ook maar een stofje te zien en zelfs de prullaria lijken als soldaten in het gelid gezet.

'Wat moet ik doen?' riep Sam. 'Op een rijdende trein springen vanaf een brug? Graffiti spuiten tegen de hoogste gevel van een wolkenkrabber? *"Yo! Barakkers!"*, of zoiets?'

'Nee, zo moeilijk nou ook weer niet,' zei ik koeltjes.

Sam bleef even staan. 'Niet moeilijk? Dat meen je niet. Het moet wel een uitdaging zijn, man!'

'Het is minder fysiek dan wat jij allemaal noemt,' zei Jake. Zijn linkeroog was de afgelopen dagen verkleurd tot een mooi palet van roze en paars.

'Dat weet ik zo net nog niet,' zei Tyrone met een lachje. 'Het is best fysiek, op een bepaalde manier. Héél fysiek zelfs.'

'Hé, hou even op, ja!' zei Sam. 'Vertel me nou maar wat ik moet doen.'

Jake pakte een plastic draagtas en keerde hem langzaam om. Er viel een stapeltje kleren uit.

Een schooluniform.

Voor een meisje.

'Wat moet ik daarmee?' Sam duwde met de neus van zijn sneakers tegen het paarse rokje.

'Dit is het schooluniform van mijn zus,' zei Jake.

'Ja, en?'

'Nu is het van jou,' zei Tyrone.

'Ik begrijp het niet.' Sam hurkte en spreidde de kleren uit op de grond: een jasje, een rok, een witte blouse en sokken. Het leek net of er een klein lichaam op de vloer lag. 'Is dit een zielige Britse grap of zo?' vroeg hij.

Ik boog me naar voren in mijn stoel en legde het uit. 'Dit is jouw test als je weer bij de bende wilt horen. Je zult één week, vijf schooldagen lang, acteur moeten zijn – een rol moeten spelen,' zei ik. 'Elke morgen op weg naar school, trek je in de barak deze kleren aan. Als je op school komt ben je Sam, de nieuwe leerling, maar wel een… ándere Sam.'

'Sam als in Samantha,' zei Jake.

De Amerikaan stond langzaam op. 'Willen jullie een mietje van me maken? Ik heb altijd al geweten dat er een steekje aan jullie los zat,' zei hij zacht. 'Maar dit… dit is ziek.'

'Je mag het zelf weten,' zei Tyrone nonchalant. 'Je hoeft alleen maar vijf dagen als meisje naar school te gaan. Als je dat lukt, hoor je weer bij de bende. Dan ben je een van ons.'

'Maar… ik ben Sam Lopez!' Hij lachte, alsof het een akelig misverstand moest zijn. 'En Sam Lopez loopt niet rond in meisjeskleren. Voor niemand. Sorry hoor. Vergeet het maar.'

'Ook goed.' Jake knielde, pakte de kleren bij elkaar en deed ze weer in de draagtas. 'Je hebt je kans gehad. Wij hadden gehoord dat Sam Lopez alles durfde. Niet dus.'

'Luister! Wees nou redelijk. Zou iemand van jullie zo'n stunt uithalen?'

'Nee,' lachte ik. 'Maar waarom zouden we?'

Sam dacht even na. 'Vergeet het maar,' mompelde hij toen nog eens. 'Stelletje *freaks*.' Snel liep hij naar de deur. We hoorden hem de trap op stampen. Even later sloeg de deur van Tyrones badkamer dicht.

We keken elkaar aan. Eigenlijk schaamden we ons een beetje voor deze vertoning.

'Nou ja, we konden het proberen,' zei Jake.

'Ja. Een geweldig idee van je, Matthew,' zei Tyrone.

'Weinig kans, natuurlijk,' zei Jake. 'Een jongen vragen om zich als meid te verkleden.'

'Goed hoor,' snauwde ik. 'Dan heb ik me vergist.'

'Ik hoop dat hij niet de badkamer in puin slaat,' mompelde Tyrone. 'Dan gaat mijn moeder door het lint.'

Op dat moment ging de deur weer open. Het was Sam.

'Geef me die tas,' zei hij met een ongeduldig handgebaar.

Jake liep naar hem toe en gaf hem de draagtas.

'Ik kan niks beloven, oké?' zei Sam.

'Natuurlijk,' zei Jake.

'Ik denk er alleen over na.'

'Goed,' zei Jake. 'O, ik heb nog iets.' Hij zocht in zijn broekzak en haalde er een gekleurde haarband uit. 'Die draagt mijn zus ook.'

Sam hield de haarband tussen duim en wijsvinger en keek ernaar met een blik van afschuw en ongeloof. Eén moment was ik bang dat Jake nóg een blauw oog zou oplopen.

'Om je haar uit je gezicht te houden,' legde hij uit.

'Ik weet wel wat het is, rund,' zei Sam. En tot mijn verbazing begon hij opeens te lachen. 'Jullie zitten behoorlijk in de knoop met jezelf.' En hij was verdwenen.

We wachtten. Na een paar minuten hoorden we voetstappen op de trap. De deur ging open en Sam kwam binnen.

De stilte in de kamer duurde seconden lang.

'Nou?' vroeg Sam ten slotte.

'Niet... te... geloven,' mompelde Jake.

'Krankzinnig,' zei Tyrone.

'Wauw,' zei ik.

Daar stond Sam, met zijn handen op zijn heupen en zijn haar in een paardenstaart. 'Wat?' vroeg hij. 'Wat is er?'

Dat stoere stemgeluid uit die nieuwe persoon, dat meisje, werd ons alledrie te veel.

Jake was de eerste die in de lach schoot. 'Idioot,' hijgde hij.

Tyrone sloeg zijn handen voor zijn gezicht en keek toen tussen zijn vingers door, alsof hij niet kon geloven wat hij zag. 'Dit kan echt niet,' zei hij.

'Wat kletsen jullie nou?' vroeg Sam kwaad.

Om de een of andere reden moest ik blozen om de hele situatie. 'Sorry Sam,' zei ik, terwijl ik probeerde niet te lachen. 'Maar het punt is... je bent gewoon perfect! Voor honderd procent een meid!'

Met een harde, gevaarlijke blik in zijn ogen kwam hij op me af. In het midden van de kamer ving hij toevallig een glimp op van zichzelf in de spiegel boven de open haard. Hij bleef staan om zichzelf wat beter te bekijken.

'Ja,' zei hij toen grimmig. 'Ik ben een babe.'

Tyrone

Opeens was het geen grap meer. Sam was zo overtuigend als meisje dat ons krankzinnige idee van een paar minuten geleden nu dodelijke ernst leek.

Hij liet zich op de bank vallen en peuterde in zijn neus, heel nadrukkelijk en agressief, alsof hij zichzelf gerust wilde stellen dat hij zelfs met een paardenstaart en verkleed als meisje nog altijd dezelfde oude Sam was.

'Maar wat willen jullie nou eigenlijk?' vroeg hij. 'Behalve mij voor paal zetten?'

'We willen je helemaal niet voor paal zetten,' zei Matthew. 'We willen de Bitches terugpakken. Te grazen nemen. Al hun zielige geheimen te weten komen.'

'Toe nou, mensen. Al die moeite om een stel meiden te treiteren?'

'Het heeft er niks mee te maken dat het meiden zijn,' mompelde ik. 'We hebben de pest aan ze, maar daarom zijn we nog geen seksisten.'

'Hé, wie draagt er hier een rokje?' zei Sam. 'Van nu af aan bepaal ík wat seksistisch is of niet. Duidelijk?'

Zoals hij daar zat, spelend met zijn paardenstaart, leek Sam zich griezelig op zijn gemak te voelen, alsof hij zich eindelijk kon ontspannen nu hij het middelpunt van de aandacht was – bijna alsof hij zich meer zichzélf voelde in een rokje. 'Er is wel wat lef voor nodig. Een nieuwe school, en zo.'

'Wij zullen je wel helpen,' zei ik.

Sam dacht even na. 'We doen het samen, oké? Ik ben nog nooit eerder een meid geweest.'

'Natuurlijk,' zei Jake. 'Wij zijn de Barakkers. Wij zijn een team. Allemaal samen.'

Sam slingerde een been over de armleuning van zijn stoel.

'Goed, ik doe het,' zei hij cool. Hij krabde zich aan zijn dijbeen en we schrokken toen we een glimp van zijn blauwe boxershort opvingen. 'En zit niet allemaal onder mijn rok te gluren!'

Mevrouw Burton

Rond die tijd zag ik enige verandering bij Sam. Hij leek minder defensief en wantrouwig. Hij had niet meer zo vaak kritiek. Hij deed klusjes samen met Matthew. Daar was ik blij om. Ik dacht dat het ons was gelukt.

Matthew

Het leven werd een stuk gemakkelijker na die bewuste middag waarop we hadden afgesproken dat er aan het begin van het schooljaar een nieuwe leerlinge in de tweede klas van Bradbury Hill zou komen, een zekere Samantha Lopez.
Maar voorlopig hadden we nog een maand vakantie. Jake ging met zijn moeder en zijn oudste zus kamperen in Frankrijk. Tyrone en Sam ontdekten een gezamenlijke passie voor computerspelletjes. Sam ging een keer met me mee naar 'soccer', zoals hij het nog altijd noemde, en zag zijn oordeel bevestigd dat voetbal een sport voor mietjes was.
Ik wil niet zeggen dat mijn neefje niet langer op mijn zenuwen werkte – hij had een aangeboren talent om mateloos irritant te zijn – maar het besef dat hij zijn kostbare mannelijkheid binnenkort zou moeten opofferen voor 'Operatie Samantha', zoals ik het in gedachten noemde, leek zijn uitbarstingen nogal te temperen. Hij hoefde niet meer zo nodig te bewijzen dat hij cooler, slimmer en meer ervaren was dan wij allemaal. Hij kon nog weleens agressief en eigenwijs uit de

hoek komen, maar meestal lachten we erom, waarop Sam met ons mee lachte.

Hoewel de dood van zijn moeder nog altijd als een schaduw over hem heen lag en hij soms voor zich uit kon staren in een soort trance als iets hem weer aan het verleden herinnerde, hadden mijn ouders en ik nu veel meer contact met hem. Mam sprak steeds vaker over Galaxy, alsof haar naam niet langer taboe was. Tot mijn verbazing bleek die tactiek de spanning in huis wat te verminderen.

In de laatste week van de vakantie viel het me op dat Sam steeds stiller werd en vaker op zijn kamer zat. Na onze bijeenkomst had hij Chrissie Smileys tas met kleren meegenomen. En ik stelde me voor dat hij zich op zijn kamertje verkleedde en repeteerde voor zijn optreden als meisje – als een acteur voor een première, en dat was hij natuurlijk ook.

Ik had er graag met hem over gepraat, om hem te verzekeren dat we hem zoveel mogelijk zouden helpen. Hoewel híj natuurlijk degene was die het rokje droeg. Maar sinds onze eerste bespreking van het plan had Sam er nauwelijks meer iets over gezegd.

Kennelijk had hij besloten dat Operatie Samantha een one-man-show… sorry, een one-girl-show… moest worden.

Meneer Burton

Het leek me wel een goed idee om de jongens mee uit eten te nemen, de avond voor Sams eerste dag op zijn nieuwe school. Dus gingen we naar La Trattoria La Torre, een pizzeria met een redelijke kaart en een vrolijke bediening, waar Mary en ik graag kwamen bij bijzondere gelegenheden.

Het leek of Sam zich de laatste dagen een beetje in zichzelf had teruggetrokken. Hij zou wel zenuwachtig zijn voor zijn confrontatie met Bradbury Hill. Maar ook Matthew was opvallend timide.

Het etentje verliep dus nogal stroef. Sams tafelmanieren lieten, zacht gezegd, wat te wensen over. La Torre was waardeloos, verkondigde hij. Allemaal nep. Luigi, de manager, was duidelijk geen Italiaan. En hij schoof zijn garnalencocktail meteen weg, met het luide commentaar dat hij geen zin had in 'die roze homotroep'.

Maar wij bleven dapper grijnzen en deden alsof zulke opmerkingen de gewoonste zaak van de wereld waren.

Matthew

Sam was echt een ramp die avond. Ik weet dat hij veel aan zijn hoofd had – het was niet niks om zomaar in een meisje te veranderen – maar dat was nog geen reden om de aandacht van het hele restaurant op ons te vestigen. En ik zweer je dat ik nog nooit iemand zó smerig spaghetti heb zien eten.

Meneer Burton

Ik lette maar niet op Sams dierenmanieren. Het leek wel voedertijd voor de chimpansees.

Halverwege de maaltijd zag ik dat Mary naar me knikte. Ik schraapte mijn keel en hief mijn glas.

'Een toast,' zei ik, 'op Sams eerste dag op Bradbury Hill. En op Matthews start in de tweede klas.'

'Nee, hè,' mompelde Sam.

Matthew staarde naar zijn pasta alsof daarin het geheim van het heelal te vinden was.

'Ik wilde alleen maar zeggen,' ging ik verder, 'dat ik respect heb voor de manier waarop jullie je de afgelopen weken hebben gedragen. Het was geen gemakkelijke situatie, voor niemand, maar ik vind dat Sam en Matthew zich er goed doorheen hebben geslagen. Nietwaar, Mary?'

'Absoluut,' beaamde ze.

Sam maakte slobberende geluiden zonder op te kijken en ik zag een gevaarlijke frons verschijnen op Mary's gezicht. Ze is in veel opzichten een geweldige vrouw, maar ze heeft wel een kort lontje.

'Wilde je iets zeggen, Sam?' vroeg ze scherp.

Sam keek op, met vlees en rode saus over zijn wangen gesmeerd. Hij zag er echt niet uit. 'Nee,' zei hij.

'Ik zal jullie morgen met de auto naar school brengen,' zei ik. 'Omdat het de eerste dag is en zo.'

Om de een of andere reden stopten de twee jongens abrupt met eten en staarden me geschrokken aan.

'Dat hoeft echt niet, pap,' zei Matthew. 'Het is maar tien minuten lopen.'

'Het lijkt mij wel een goed idee,' vond Mary.

'Nee,' zei Matthew, opvallend vastberaden voor zijn doen. 'Je weet hoe die dingen gaan. Het is beter als ik die eerste dag samen met hem naar school loop.'

'Misschien kan Sam dat beter zelf beslissen,' zei ik ferm.

We keken allemaal naar Sam, die zich nu bijna letterlijk in zijn spaghetti begroef.

'Sam?' vroeg Mary.

Langzaam keek hij op, kauwend met open mond. Toen hij zijn eten had doorgeslikt, veegde hij zijn mond af met de rug van zijn hand, zag nog wat vlees op zijn knokkel en likte het nadenkend op.

'We gaan wel lopen,' zei hij ten slotte.

Jake

Matthew stuurde me later die avond een sms-je met de tekst:
'SAM NU OFFICIEEL BOY2GIRL.'

5

Matthew

Het moment van de waarheid was aangebroken. Een paar minuten eerder dan anders gingen we de volgende morgen op weg. Sam in het nieuwe schooluniform dat mijn moeder voor hem had gekocht. Bij de deur namen we afscheid van mijn ouders als doodgewone scholieren, niet als avonturiers aan het begin van een roekeloze wraakactie.

We vertrokken in de richting van school, keken aan het eind van de straat nog even om en zwaaiden naar mijn vader en moeder voordat we de hoek om waren. Toen renden we naar het park.

Tyrone stond al te wachten bij de barak. Jake was te laat, zoals gewoonlijk.

We begroetten elkaar met een knikje. Zonder een woord stak Sam zijn hand in de nieuwe schoudertas die hij van mijn vader had gekregen en haalde de plastic draagtas met het meisjesuniform tevoorschijn.

'Tijd voor mijn nieuwe persoonlijkheid,' zei hij zakelijk voordat hij naar de heren-wc aan de achterkant van de barak verdween.

Twee of drie minuten later kwam Jake eindelijk aanzetten, met zijn shirt half uit zijn broek en zijn haar nog in de war.

'Ik had me verslapen,' zei hij. 'Waar is Sam?'

Tyrone knikte in de richting van de gesloten deur. 'Hij is al bezig zich in een meid te veranderen.'

Ik keek op mijn horloge. We hadden nog acht minuten voor de wandeling van tien minuten naar Bradbury Hill. 'We moeten weg!' riep ik zo nonchalant mogelijk.

'Ja, kalm maar,' snauwde Sam. 'Ik ben mijn haar aan het doen, oké?'

Jake zuchtte. 'Vrouwen,' mompelde hij.

Het slot werd teruggeschoven en Sam kwam naar buiten, terwijl hij zijn jongenskleren in de plastic draagtas propte. 'Kom mee,' zei hij.

Jake bleef voor hem staan. 'Even controleren,' zei hij.

We verzamelden ons in een halve cirkel om hem heen en inspecteerden de nieuwe Sam. Mijn eerste indruk was een beetje teleurstellend eerlijk gezegd. Die eerste keer bij Tyrone, toen hij zijn debuut had gemaakt in een rokje, hadden we er allemaal in geloofd. Nu leek hij gewoon een jongen in een slechte vermomming. Zijn haar zat niet goed, zijn rok was te lang en het ergste was zijn witte blouse die heen en weer klapperde als een zeil in de wind. 'Kun je daar niets aan doen?' Ik trok wat aan de blouse. 'Wat strakker naar achteren trekken, of zo?'

'Hij is me veel te groot,' zei Sam. 'Hoe zag die zus van jou eruit, Jake?'

Jake keek een beetje verlegen. 'Ze was nogal... goed ontwikkeld voor haar leeftijd,' zei hij.

'Geweldig,' mompelde Sam, terwijl hij probeerde de blouse onder de band van zijn rok te frommelen. 'Jij zal géén zuster hebben met grote prammen!'

'Weet je wat?' zei Tyrone. 'Ik neem morgen wel een stel sokken mee, dan kun je die onder je blouse proppen.'

Sams ogen glinsterden gevaarlijk. 'Hé vetzak, steek die sokken maar in je...' Hij stak een waarschuwende vinger op, aarzelde toen even en staarde over Tyrones schouder naar iets of iemand achter ons.

Een oude vrouw met een klein hondje aan een riem stond op het pad en keek onze kant op met een bezorgde, bemoeizieke uitdrukking op haar gezicht.

Mejuffrouw Wheeler-Carrington

Ik herinner me nog de tijd dat dit een leuk park was. Geen afval, geen honden die los rondzwierven als wolven, geen gevloek. Toen was het een genoegen om hier te komen.

Sommige mensen vinden dat je je niet druk moet maken om zaken als slecht gedrag en grof taalgebruik, maar ik vrees dat ik een beetje ouderwets ben in die dingen.

Die ochtend toen ik dat meisje zag, omringd door jongens, bleek van angst en woede, begon mijn bloed te koken. Ik wist dat ik niet zomaar voorbij kon lopen. Dat ligt niet in mijn aard.

Jake

Het oude mens bleef staan met haar terriër. Allebei keken ze ons behoedzaam aan, alsof we criminelen waren of zoiets.

'Alles in orde, kind?' riep ze.

We keken elkaar verbaasd aan.

'Wat zegt u?' vroeg Matthew.

'Ik heb het niet tegen jou of die andere jongens!' snauwde ze. Ze kromde haar nek als een soort vogel en keek langs ons heen naar Sam. 'Vallen die knullen je lastig, kind?' vroeg ze.

Het duurde even voordat het tot Sam doordrong, maar toen lachte hij. 'Nee hoor,' zei hij.

'Gelukkig maar,' zei de vrouw. Ze wierp ons nog een vijandige blik toe en liep toen door. Het probleem was natuurlijk dat Sam het daar niet bij liet.

'Mevrouw, ik sla ze allemaal met één hand tegen de vlakte!' riep hij haar na.

De vrouw keek geschrokken om en liep haastig verder, terwijl ze het hondje achter zich aan trok.

Matthew

Sam liep voor ons uit als een cowboy, met zijn handen diep in zijn zakken en zijn rok agressief zwaaiend om zijn heupen, zoals geen enkel meisje ooit zou doen.

Wij sjokten achter hem aan, allemaal met dezelfde gedachte. Toen niemand iets zei, besloot ik om zelf maar een woordje te wisselen met Miss Samantha.

'Hé, Sam!' zei ik nonchalant, alsof het net bij me opkwam. 'Misschien is het een goed idee om je een beetje in je rol in te leven.'

Sam begon tussen zijn tanden te fluiten, iets wat ik nog nooit van een meisje had gehoord.

Ik deed nog een poging. 'Ik bedoel, wat je tegen die vrouw riep zou een meisje ook niet zo gauw hebben gezegd.'

Sam lachte en schopte een leeg blikje vanaf de stoep de straat op.

'Nee man. Omdat ik nu eenmaal geen gewoon meisje ben,' zei hij.

'Het punt is, Sam, als jij niet beter je best doet, zitten we straks allemaal in de shit,' zei Tyrone. 'Het heeft weinig zin om je als meid te verkleden en je dan als een macho te gedragen.'

'Hoor eens, het was jullie plan,' zei Sam. 'Als jullie niet durven, is het nu te laat.'

'Daar gaat het niet om,' zei ik. 'Maar als je wilt dat dit lukt, zul je echt wat...' – ik aarzelde en zocht naar het juiste woord – 'meisjesachtiger moeten doen.'

Sam bleef staan en keek ons met malende kaken aan. 'Ik heb een rokje aangetrokken, oké?' zei hij rustig. 'Niemand heeft me verteld dat ik me ook als een meid moest gedragen.'

Voordat iemand van ons iets terug kon zeggen, liep hij weer door. 'Zo zijn moderne meiden,' riep hij over zijn schouder en ramde zijn vuist door de lucht, alsof hij een onzichtbare tegenstander opzij sloeg. 'Als jullie daar niet tegen kunnen, jammer dan.'

Charley

Op weg van huis voor de eerste schooldag na de grote vakantie namen we een belangrijk besluit. Of belangrijk? Nee, eigenlijk stelde het weinig voor.

'Ik heb eens nagedacht,' zei Zia opeens. 'Ik geloof dat ik genoeg heb van die Barakkers.'

'Ja, wie niet?' zei Elena. 'We hebben allemaal genoeg van de Barakkers.'

'Nee, ik bedoel dat ik geen zin meer heb om ze te pesten. Dat is mijn goede voornemen voor het nieuwe schooljaar. Die jochies hebben al genoeg last van ons gehad.'

'Ja, dat is wel zo,' vond Elena.

Toevallig had ik ook al zoiets bedacht. Ik voelde me toch wel schuldig na dat incident met Burger Bill en de politie.

'Je hebt gelijk, Zed,' zei ik. 'Die arme Tyrone schijnt een week huisarrest te hebben gekregen.'

'Dan moeten ze de Bitches maar met rust laten,' mompelde Elena.

'Hoor nou toch. De Bitches tegen de Barakkers!' zei Zia. 'Klinkt dat zielig of niet?'

Elena keek ons aan. 'Oké, dan negeren we ze verder,' zei ze. 'Ze zoeken het maar uit, stelletje nerds.'

'Of…' zei Zia geduldig, 'we zouden kunnen zeggen dat het ons spijt en dat we er een streep onder zetten.'

'Mij best,' zei ik.

'Vergeet het maar.' Elena schudde beslist haar hoofd.

Zia en ik wisselden een blik, maar zeiden niets. Het punt is dat El niet zo stoer is als ze zich voordoet. En ja hoor, na nog geen halve minuut haalde ze kribbig haar schouders op. 'Goed dan. Misschien wordt het tijd voor wat anders.'

En ze liep voor ons uit met de houding van iemand die helemaal in haar eentje een lastig probleem heeft opgelost.

Matthew

We waren een paar minuten te laat. Het schoolplein was al leeg. We renden naar de ingang en duwden de deur open. Iedereen zat keurig te wachten op de komst van mevrouw Cartwright, de rector, en de leraren. Toen we met ons vieren het lange eind door het gangpad liepen naar de laatste vrije plaatsen op de voorste rij, was ik me bewust van de belangstelling links en rechts. Met een blik opzij zag ik dat Sam vriendelijk naar alle kanten glimlachte alsof hij koninklijk bezoek was. Geen twijfel mogelijk. In plaats van zich te generen voor deze travestie genoot Sam met volle teugen van alle aandacht.

Elena

Ik zag Matthew tussen de rijen door lopen. Ik wilde net een opmerking maken dat het echt iets voor hem was om te laat te komen, toen ik me herinnerde dat de jongens die ooit bekend stonden als de Barakkers niet langer onze vijanden waren. Dus hield ik mijn mond.

Toen zag ik dat blonde meisje voor hen uit lopen, echt ongelooflijk cool. En mijn enige gedachte was: wie is dát nou weer?

Zia

Of ze me opviel? Hoe had iemand haar over het hoofd kunnen zien? Ze liep door de aula alsof die van háár was.

Charley

Ze kauwde kauwgom. Dat was het eerste wat ik zag. Bradbury Hill is geen vreselijk strenge school, maar kauwgom kauwen is verboden, en alle leraren letten daarop, alsof je drugs gebruikt! Maar dat nieuwe meisje lapte al meteen de regels aan haar laars, op haar allereerste dag.

Dat is lef, waar of niet?

Gary Laird

Ik zag haar niet. Waarschijnlijk zat ik te pitten.

Mark Kramer

Ze was een babe. Alle jongens keken en de meeste dachten min of meer hetzelfde. Kijk eens aan, wie hebben we daar?

Matthew

We gingen zitten. Sam zakte onderuit op zijn stoel met alle

vrouwelijke gratie van een bokser die zich in zijn hoek liet vallen tussen twee rondes in.

De leraren kwamen binnen en namen hun plaatsen in op een dubbele rij stoelen achter op het podium. Even later volgde mevrouw Cartwright, beter bekend als het Karrenpaard.

De eerste keer dat je onze rector ziet, is het niet haar gitzwart geverfde haar dat je opvalt, of haar brede schouders, of haar snelle manier van lopen, maar die brede, vrome glimlach op haar gezicht. Iemand bij de lerarenopleiding moet haar hebben verteld dat je het beste met leerlingen kunt omgaan door in alle omstandigheden te blijven grijnzen, want je ziet mevrouw Cartwright altijd met die domme, blije lach van iemand die niet kan wachten om je het goede nieuws te vertellen – wat dat ook mag zijn.

Dat komt nogal vreemd over als je bij haar op het matje wordt geroepen wegens 'ongepast gedrag', zoals zij dat noemt. Hoe ernstiger het vergrijp, des te breder die lach op haar gezicht. Alsof ze haar reputatie van grijnzende psychopaat wil onderstrepen, houdt de rector zo nu en dan tijdens de dagopening een donderpreek tegen de hele school, om te voorkomen dat bepaalde 'ongepaste gedragingen' uit de hand zouden lopen. Het gerucht gaat dat als de stress te groot wordt, ze in een kast op haar kantoor stapt, de deur achter zich dichttrekt en daar een paar minuten gaat staan gillen voordat ze weer naar buiten komt. Een heel eind gekalmeerd en met die beroemde grijns weer op haar gezicht.

Het Karrenpaard begon aan haar toespraakje voor het begin van het nieuwe schooljaar. Ze zei wat over de vakantie en over het toneelstuk met de kerst. Ze stelde twee nieuwe leraren voor, een vrouw van in de twintig en een dikke man van middelbare leeftijd die de brugklassen zou overnemen. En toen deed ze iets onverwachts, waardoor de schrik ons om het hart sloeg.

Nadat ze de nieuwe docenten had voorgesteld grijnsde ze de zaal weer toe en zei: 'Dan is er nog iemand anders die ik wil noemen. Een belangrijke nieuwe aanvulling in de tweede klas.'

O jee.

Links van me hoorde ik Tyrone zachtjes kreunen.

'Hij komt van een school aan de westkust van Amerika,' vervolgde de rector, 'en ik weet zeker dat jullie allemaal je best zullen doen om hem hartelijk te ontvangen.'

Ik probeerde te slikken, maar mijn mond was te droog.

'Sam Lopez.' Mevrouw Cartwright tuurde de aula in met haar hand boven haar ogen, als iemand die de horizon verkende. 'Waar zit hij?'

Er klonk geruis en geritsel toen iedereen zich omdraaide, op zoek naar de nieuwe jongen.

Na een paar seconden kwam Sam overeind en sloeg koeltjes een stofje van zijn rok.

'Hier ben ik, mevrouw,' zei hij.

Zia

We moesten allemaal lachen. De dagopening aan het begin van het schooljaar is altijd een zenuwachtige toestand en toen die Sam een meisje bleek te zijn, brak dat de spanning. Het is altijd leuk als er iets gebeurt waardoor een leraar voor schut staat. En als dat mevrouw Cartwright zelf is, terwijl ze de hele school toespreekt in haar rol van Hitler tegenover de Hitlerjugend, is dat nog mooier.

Het Amerikaanse meisje draaide zich naar ons om en grijnsde, waardoor we nog harder moesten lachen. Het duurde een paar minuten voordat de rector de orde had hersteld.

Matthew

De starre grijns op het gezicht van mevrouw Cartwright leek nog valser dan gewoonlijk.

'Ik verkeerde in de veronderstelling dat Sam Lopez een jongen was,' zei ze.

'Nou, deze Sam Lopez niet hoor. Hoe komt u erbij?' zei Sam, en het gelach zwol weer aan.

'Dus Sam is een afkorting van Samantha?' vroeg ze.

'Welnee.' Sam bleef staan. Hij had duidelijk plezier in de situatie. 'Ik ben gewoon Sam, mevrouw. Zo heeft mijn moeder me genoemd.'

'Je officiële naam is Sam?'

'Ze was een feministe, mevrouw.'

De verwijzing naar Sams overleden moeder, of misschien de verwijzing naar het feminisme, leek mevrouw Cartwright van haar stuk te brengen. 'Eh, goed. Heel interessant… Nou, dat was dan de eerste verrassing van het nieuwe schooljaar.' Ze lachte klaterend, heel geforceerd. 'Nu we hebben vastgesteld van welk geslacht je bent, heten we je van harte welkom op Bradbury Hill.'

'Dank u, mevrouw.' En Sam ging langzaam zitten.

Na een kwartier op zijn nieuwe school had hij zijn reputatie al gevestigd.

Mevrouw Cartwright

Het is een belangrijke gelegenheid, die eerste dagopening, en eerlijk gezegd was ik niet blij met de administratieve fout die deze verwarring had veroorzaakt. Zoals ik later tegen Steve Forrester zei, was het niet alleen míjn schuld. Mevrouw Burton had me in de vakantie gebeld, dus had ik me nauwelijks kunnen voorbereiden. En dat Amerikaanse kind was zo vaak van school gewisseld dat er geen gegevens waren over zijn... over haar... schoolverleden.

Ik had sterk de indruk gehad dat mevrouw Burton over een jongen sprak, maar blijkbaar had ik haar verkeerd verstaan. Als vanzelfsprekend was ik ervan uitgegaan dat Sam een afkorting was van Samuel.

Het kind zelf toonde wat minder respect dan me lief was, maar ik moet toegeven dat die verwarring over haar identiteit zich ook wel érg in het openbaar had afgespeeld. Waarschijnlijk was haar enigszins brutale toon een manier om zich een houding te geven. Sam was gewoon een verlegen meisje van dertien. Dat geloofde ik nog steeds.

Elena

Normaal hou ik niet van meiden die alle aandacht naar zich toe trekken, maar dat nieuwe meisje hád wel iets. Ik wilde haar wel beter leren kennen. De manier waarop ze had gezegd: 'Ik ben gewoon Sam, mevrouw.' En die opmerking dat haar moeder een feministe was geweest, alsof Sam geschokt was dat ze zoiets nog moest uitleggen. Ze had zich totaal niet uit het veld laten slaan, en daar waren de meesten van ons best jaloers op. Je zou verwachten dat ze voor aap had gestaan, maar in plaats daarvan had ze het oude Karrenpaard voor schut gezet. Ja, die Sam leek me wel oké.

Matthew

Sam nam een ongelooflijk risico. Iedereen in de aula wist dat – iedereen, behalve Sam Lopez. En het probleem was niet de rector.

Gary

Ik schrok wakker tijdens de dagopening en opeens stond daar die meid, die nieuwe meid, met zo'n smoel alsof ze de baas was op school. Wat verbeeldde ze zich wel, dat magere kind met haar paardenstaart? Het werd tijd dat iemand haar een lesje leerde over de verhoudingen hier op Bradbury Hill.

Matthew

Wij waren bijna de laatsten die uit de aula kwamen na het toespraakje van de rector. Sam liep naast ons en lachte zo nu en dan tegen de mensen die hem aanstaarden.

'Blijf dicht bij ons,' mompelde Jake tegen hem, maar Sam had te veel lol om zich iets van hem aan te trekken. Toen we het schoolplein overstaken, zag ik de onvermijdelijke spierbundel van Gary Laird opdoemen. Je kon niet zeggen dat Gary verkeerde vrienden had. Hij was zélf een verkeerde vriend. Hij bemoeide zich met niemand, omdat hij niemand mocht en omgekeerd. Gary was groot en fors, een meter tachtig met kortgeknipt donker haar als een soort stripfiguur van een jonge crimineel. Iedereen in de vierde was als de dood voor hem, ook de andere randfiguren. Sommige jongens pestten anderen voor de lol of uit verveling, maar voor Gary was het een carrière, een roeping.

'Hé, meisje! Yankee!' riep hij.

Sam liep door. Gary kwam naast hem lopen op het schoolplein. Hij torende hoog boven Sam uit.

'Wil je met me uit, Yankee?' treiterde Gary.

Sam bleef staan. 'Is er wat?' vroeg hij, terwijl hij zijn ogen dreigend tot spleetjes kneep.

'Ik weet alles van Amerikaanse meiden.' Gary grinnikte onaangenaam.

'Rustig nou, Gary,' zei Tyrone. 'Ze is nieuw hier.'

Gary negeerde hem. 'Iedereen weet hoe Amerikaanse meiden zijn.'

'O ja? Hoe dan?' vroeg Sam.

Die vraag was te moeilijk voor Gary's pindabrein, of iets in Sams houding maakte hem wat voorzichtiger. In elk geval gooide hij het over een andere boeg.

'Loop je kauwgom te kauwen, Yankee?' vroeg hij zacht.

'Yup,' zei Sam.

'Daar hou ik niet van als ik met mensen praat. Dat is niet beleefd.'

Sams kaken maalden nog opvallender. 'Lazer toch op, joh.'

Gary maakte een onverwachte beweging met zijn rechterhand, maar Sam knipperde niet eens met zijn ogen. Jake en Tyrone doken op, maar op dat moment kwam iemand anders tussenbeide.

Charley

'Laat haar met rust, Gary,' zei ik.

Langzaam draaide hij zijn lelijke kop mijn kant op en kneep zijn ogen samen alsof mijn woorden traag in zijn hersens drongen, als inkt in vloeipapier. Zia en Elena stonden naast me. Het was een spannend moment. Niemand bij zijn gezonde verstand – jongen of meisje – durft Gary Laird te trotseren, maar in elk geval waren wij met z'n drieën.

'Wat krijgen we nou? *Girl power*?' snauwde hij.

'Nee. Alleen…' Ik wilde een rustig en redelijk antwoord geven: dat hij lid moest worden van het menselijk ras, dat hij iemand van zijn eigen formaat moest kiezen, of dat geweld niets oplost. Zoiets. Maar opeens zei die Sam weer wat.

'Zo is dat, reetkever,' zei ze, met een blik naar Gary alsof ze van plan was hém op zijn gezicht te slaan in plaats van andersom. 'Girl power. Meiden die voor elkaar opkomen.' Ze priemde hem met een vinger tegen zijn borst. 'Bekijk het maar.'

Wauw. Gary leek letterlijk op te zwellen van woede. Hij balde zijn rechtervuist, en…

'Is er nog een kans dat jullie me vandaag met jullie gezelschap vereren?' Steve Forrester stond boven aan de trap.

Gary blies de aftocht, met zijn gorilla-armen slingerend over de grond, terwijl hij dreigementen mompelde. Sam kwam naar ons toe. 'Hé, bedankt,' zei hij, glimlachend tegen ons allemaal.

'Dat is wel oké,' zei Elena. 'Girl power. Ja, toch?'

Sam lachte alsof dat de beste grap was die ze ooit had gehoord. 'Precies,' zei ze.

Gary

Ze had geluk gehad. De volgende keer zou ze er niet zo makkelijk vanaf komen. Ze was een wandelend lijk, alleen wist ze het zelf nog niet. Einde verhaal.

6

Matthew

Eerst een paar woorden over Steve – niet 'meneer Forrester', maar Steve.

Geen enkele leraar was zo cool als Steve Forrester.

Hij hield van de juiste muziek, hij begreep onze grappen en hij keek naar de juiste tv-programma's. Hij zag er wel goed uit, als een soort oudere schooljongen. Hij had in het provinciale tennisteam gespeeld en hij was de enige leraar in de geschiedenis van het onderwijs die jeans kon dragen zonder er belachelijk uit te zien. Als de regering een reclamecampagne wilde houden om te laten zien hoe geweldig het vak van leraar was, dan moesten ze Steve als voorbeeld nemen.

De Barakkers hadden Steve Forrester meteen door. Al in de brugklas, toen hij ons Engels gaf, zagen we dat hij ronduit té aardig was. Te normaal om leraar te kunnen wezen. Blijkbaar besefte hij dat we hem doorzagen, want als hij met ons praatte zag ik soms iets van minachting in zijn ogen. Een van de meisjes – ik geloof dat het Zia was – kreeg dat ook in de gaten en maakte er handig gebruik van. Aan het eind van het jaar

hadden de drie meiden zich bij Engels een riante positie vero-
verd als lievelingetjes van de leraar, terwijl Jake, Tyrone en ik
altijd het pispaaltje waren.

Ik wil niet beweren dat Steve echt een hekel had aan jongens,
meer dat hij de voorkeur gaf aan meisjes. Hij begreep ze beter
en vond ze makkelijker om mee te praten – wat natuurlijk
goed nieuws was voor onze kleine Miss Lopez.

Die eerste ochtend, toen de Barakkers hun gebruikelijke plaatsen achter in de klas opeisten, zag ik Steve kletsen met Sam,
die tussen Elena en Charley zat. Aan het gezicht van de leraar
was duidelijk te zien dat het nieuwe meisje hem wel beviel. Ze
leek tenger en kwetsbaar, maar toch was ze voor zichzelf opge-
komen en had ze indruk gemaakt bij de dagopening. Zij was
het soort leerlinge met wie hij goed overweg kon en aan wie hij
graag les gaf. Ze had, om een van zijn favoriete uitdrukkingen
te gebruiken, 'karakter'.

Steve Forrester

Er was een incident tijdens de dagopening. Het nieuwe schooljaar was niet zo probleemloos begonnen als we misschien hadden gehoopt. Er waren al tekenen van problemen buiten de
klas – en natuurlijk had die vervelende Gary Laird er weer iets
mee te maken. Ik wist uit ervaring dat die eerste les stormach-
tig zou kunnen verlopen, en dat was nog maar het begin.

Eén manier om zulke dreigende problemen de kop in te drukken is ze gewoon te negeren. Doen alsof er niets aan de hand is.
Maar zelf geef ik de voorkeur aan een meer directe en eerlijke
aanpak.

Het nieuwe meisje, Sam Lopez, had de onderlinge relaties binnen de tweede klas verstoord. Gelukkig had ze zich al na een
uurtje op Bradbury Hill losgemaakt van haar neef, Matthew

Burton en zijn vrienden, die ik als een negatieve invloed zag, en zich aangesloten bij Charley, Zia en Elena. Met z'n vieren hadden ze twee tafeltjes voor in de klas, terwijl Matthews trio verongelijkt op de achterste rij hing, zoals gewoonlijk.

Maar de rust zou pas worden hersteld als het nieuwe meisje haar plaats binnen de kudde had gevonden. Daartoe moest iedereen elkaars achterwerk besnuffelen (figuurlijk gesproken), en dus stelde ik voor om elkaar die eerste les wat beter te leren kennen. De tweede klas was heel anders dan de brugklas, zei ik erbij, met grote veranderingen. Een ideaal moment voor een nieuwe start. Voor sommigen van ons – misschien keek ik wel even naar achter in de klas – zou het een goed idee zijn om met een schone lei te beginnen.

Ik nodigde iedereen uit om even op te staan en de klas te vertellen wat hij of zij in de vakantie had meegemaakt.

Tyrone

Typisch zo'n 'gevoelig' idee van Steve. Je zou soms zweren dat hij zelf een hippie was.

Elena stond op en vertelde dat ze in Cornwall had leren surfen. Daarna was de beurt aan een meisje dat Julie heette. Julie was tijdens de vakantie thuisgebleven, zoals altijd, en had zich in de buurt vermaakt. Dave had een hond gekregen. Kofi was overvallen door een paar lui die zijn mobieltje hadden gestolen. Niets bijzonders, allemaal.

Totdat Steve naar een tafeltje vooraan slenterde met zo'n je-bent-hier-onder-vrienden grijns op zijn gezicht en zei: 'Jouw beurt, Sam. Hoe was jouw vakantie?'

Steve Forrester

Het Amerikaanse meisje stond op, met haar gezicht naar de klas.

'Nou,' zei ze, 'eerst stierf mijn moeder, dus dat was balen.' Ze keek de klas rond, wachtte even en ging toen nonchalant verder: 'Maar je weet wat ze zeggen, het leven is soms klote.'

Alle ogen richtten zich op mij. Ik heb misschien een ontspannen stijl van lesgeven, maar ik accepteer geen grove taal. In dit geval leek het me toch beter om Sam Lopez het voordeel van de twijfel te gunnen. Het was een moeilijk moment voor haar. Later zou ik haar wel wijzen op onze regels over vloeken.

'Dus moest ik van huis weg,' vervolgde Sam. 'Weg uit mijn stad, weg uit mijn *posse* en weg uit Amerika. Ik stapte op het vliegtuig naar Engeland om bij mijn neef, Matthew Burton, te gaan wonen.'

Alle hoofden draaiden zich nu naar Matthew, die even wuifde.

'Daarna is er van alles gebeurd, soms leuk, soms vervelend,' zei Sam. 'Ik kreeg nieuwe kleren. Ik ben een paar keer bijna van de sokken gereden omdat jullie aan de verkeerde kant van de weg rijden. En ik heb wat rondgehangen met Matthew en zijn… bende.' Dat laatste zei ze met een vreemd lachje op haar gezicht.

'Wat een ramp,' zei Charley, net luid genoeg dat iedereen het kon horen.

'Dank je, Charley,' zei ik.

'Dat was het wel, zo ongeveer,' besloot Sam.

'Een veelbewogen zomer, Sam.' Ik glimlachte tegen haar. 'We hopen allemaal dat je het naar je zin zult hebben op Bradbury Hill.'

'Ja, cool.' Sam ging weer zitten.

Zo gingen we door. Op een gegeven moment probeerde Jake

– wie anders? – me uit mijn tent te lokken. Hij hield een verhaal over een vechtpartij in een hamburgertent waar hij bij betrokken was geweest, grijnsde toen op die bekende, irritante manier van hem en zei: 'Maar je weet wat ze zeggen, het leven is soms klote.'

Dat was een geschikte aanleiding voor onze discussie over vloeken. Jake protesteerde dat ik niet had ingegrepen toen Sam het zei. Daarop volgde een open en eerlijke gedachtewisseling, waarin ik iedereen waarschuwde dat de volgende die nog grove taal gebruikte – ook Sam – zou moeten nablijven.

Terwijl ik dat zei, keek het nieuwe meisje me aan en knipoogde. Echt! Ik verzin het niet.

Op dat moment had ik het akelige vermoeden dat ze het hele incident opzettelijk had veroorzaakt.

Matthew

Er gebeurde iets vreemds in die les. Wij, de Barakkers, zaten achterin. Eerst nog een beetje zenuwachtig, bang dat Sam iets stoms zou doen of zeggen waardoor hij door de mand zou vallen. Dat zou het einde betekenen van Operatie Samantha en het begin van de grootste ellende die we ons ooit op de hals hadden gehaald.

Maar in de loop van het uur hield Sam zijn weesmeisjes-verhaal, als een geboren acteur. Hij kwam steeds beter in zijn rol. O, en nog iets. Wat zo irritant aan hem was als jongen – zijn overdreven zelfvertrouwen, zijn slome accent en zijn behoefte om op te vallen en mensen te shockeren – leek bijna charmant nu hij de rol van meisje speelde. De eerste dag op een nieuwe school in een nieuw land kon niet makkelijk zijn, maar Sam, de vrouwelijke Sam, deed alsof er niets aan de hand was. Nu al was hij de babe van de tweede klas.

'Ik geloof dat het gaat lukken,' mompelde ik tegen Jake toen Sam verder praatte.

Jake schudde zijn hoofd. 'Niet met dat jongenshorloge om zijn pols.'

O. Ik keek wat scherper. En inderdaad, zo nu en dan zag ik een groot, sportief, mannelijk horloge onder de mouw van zijn jasje glinsteren.

Aan het eind van de les hadden we twintig minuten pauze. Toen Sam onze kant uit kwam, in gesprek met Zia, probeerde ik zijn aandacht te trekken, maar hij leek te zijn vergeten wie ik was, want hij liep me zomaar voorbij.

Op het schoolplein, waar Charley en Elena zich bij hen aansloten, deed ik een nieuwe poging.

'Alles oké, Sam?' vroeg ik.

Het viertal staarde me aan alsof ze niet van mijn interruptie gediend waren.

'Ja, hoor,' zei Sam. 'Wat dacht je dan?'

'Ik wilde je even vragen hoe *laat* het was.' Ik keek in de richting van zijn pols. 'Of wilde je dat voor me *verborgen* houden?'

'Wat kletst hij nou?' vroeg Sam aan de meisjes.

'Volgens mij heeft hij het over je horloge,' zei Charley.

Sam trok zijn pols uit zijn mouw, zodat iedereen nu het bewijs kon zien.

'Hé, je draagt een jongenshorloge,' zei Elena.

'Ik had haar het mijne geleend,' zei ik snel. 'Ik… ik wilde niet dat ze te laat zou komen op haar eerste dag.'

'Welnee, man,' lachte Sam. 'Dit is mijn eigen horloge. In Amerika dragen alle meiden sporthorloges. Dat is hip.'

'O ja?' Elena, die dol was op accessoires, pakte Sams pols en bekeek het horloge wat beter.

Ik stamelde nog dat het precies op míjn horloge leek, maar niemand luisterde meer. Terwijl de drie meisjes Sams pols bewonderden, keek hij mijn kant op, lachte tevreden en knikte met zijn hoofd als teken dat ik weg moest wezen.

Ik stak het schoolplein over naar Jake en Tyrone.

'Hoe doet ze het?' vroeg Jake.

Ik keek om naar het meidengroepje. Zia streelde nu bewonderend Sams blonde haar. Ze vormden met hun vieren één vrouwelijk front.

'Ze doet het geweldig,' zei ik.

Tyrone

Ik geef het eerlijk toe: we letten niet goed op. We hadden zoveel aandacht voor de manier waarop het Sam was gelukt zich zo snel in Elena's groepje te mengen, dat we één belangrijk feit over het hoofd zagen.

Sam trok moeilijkheden aan. Dat was altijd zo geweest en dat zou nooit veranderen. Zelfs al leek hij op dit moment de Miss America van de tweede klas, het volgende probleem had hem alweer gevonden, als een hittezoekend projectiel.

De hersens van Gary Laird waren niet veel groter dan een gedroogde erwt – zelfs de simpelste gedachte kon hij soms niet volgen – maar hij had wel het geheugen van een olifant. Als iemand hem maar enigszins voor de voeten liep, werd die persoon toegevoegd aan Gary's persoonlijke boodschappenlijstje van 'Mensen die ik vandaag nog ernstig moet toetakelen'.

En Sam stond nu boven aan zijn lijst. Gary had gezien hoe het Amerikaanse meisje alle aandacht voor zich opeiste tijdens de dagopening. En ze had een verontrustend gebrek aan ontzag of angst voor hem getoond toen hij haar op het schoolplein had aangesproken. Die hele eerste les van het nieuwe schooljaar was er in Gary Lairds kleine hersentjes maar plaats voor één gedachte: bloedige wraak.

Jim Kiley

Ik wilde er niets mee te maken hebben. Hou je erbuiten, dat is mijn devies. Maar heb je Gary weleens gezien? Of ontmoet? Hij is niet iemand tegen wie je snel nee zult zeggen – tenzij je je gezicht wilt laten verbouwen. Toen Gary me dus vroeg het nieuwe meisje naar de natuurkundevleugel te lokken, stelde ik geen vragen. Waarschijnlijk was hij niet van plan zoete woordjes in haar oor te fluisteren, maar dat was mijn probleem niet. Zo gaan die dingen op Bradbury Hill als Gary Laird in de buurt is.

Gary Laird

Dit was mijn moment. Ik had de hele les aan niets anders gedacht. Ik had me erop geconcentreerd en ik was er klaar voor. Dat voelde geweldig, echt geweldig.

Elena

Sam vertelde ons de meest krankzinnige verhalen over haar leven in Amerika toen Jim Kiley, een van die nerveuze, onzichtbare types uit de vierde naar ons toe kwam en zei dat meneer Smart, de conrector, vroeg of ze naar de natuurkundevleugel wilde komen om zich te laten inschrijven.
Pas toen ze al over het schoolplein was verdwenen kregen we argwaan.
Meneer Smart in de natuurkundevleugel? Hij gaf aardrijkskunde. En waarom moest Sam zich nu meteen laten inschrijven? Als dit een grap of een valstrik was, hadden ze wel wat beters kunnen bedenken.
'Gary!' Charley was de eerste die het begreep. 'Het is een hinderlaag.'

Sam was de hoek al om. Met z'n drieën gingen we haar achterna.

Net op dat moment galmde er een vreemd geluid – een soort gejodel, gevolgd door een oorverdovend gebrul – over het schoolplein. En het kwam van de natuurkundevleugel.

Zia

Opeens was het stil op het plein. Een paar seconden van stomme verbazing. Toen liep iedereen in de richting van het geluid. Zodra we de hoek om kwamen zagen we een groepje mensen dat zich had verzameld bij de ingang van de natuurkundevleugel.

We wrongen ons naar voren.

Daar stuitten we op een bizar en verbazingwekkend tafereel.

Gary Laird stond voorovergebogen. Zijn gezicht was rood aangelopen, zijn hoofd maakte een pijnlijke hoek met zijn nek en zijn wijd opengesperde mond bracht een soort gejammer voort, als het geloei van een koe die een kalf moest krijgen. Over hem heen gebogen, ogenschijnlijk nog kleiner dan anders, stond Sam. Ze hield Gary's linkeroor in haar hand geklemd en trok het bij zijn Neanderthalerkop vandaan.

Het was een wonderbaarlijke, grappige, maar ook angstige ervaring om de Schrik van de Vierde zo volledig te zien overgeleverd aan de genade van dat kleine, blonde meisje.

'Het is die Amerikaanse,' zei iemand.

'Zet 'm op, meid!' riep iemand anders. Hier en daar werd nerveus en opgewonden gelachen.

Sam lette er niet op. Ze had alleen maar aandacht voor haar slachtoffer. 'Had je wat, jongen?' vroeg ze op kille toon, met ingehouden woede. 'Wilde je me iets zeggen?'

'Neeeee!' kreunde Gary. 'Echt niet.'

Sam gaf zo'n ruk aan zijn oor dat de jongen die voor me stond ineenkromp en zijn gezicht afwendde.

'Maak me nou niet boos,' zei Sam met opeengeklemde kaken. 'Ik wéét dat je iets wilde zeggen.'

'Ssss…' Gary produceerde een geluid als van een leeglopende fietsband. 'Ssssorry!'

Sam trok hem nog eens aan zijn oor. 'Sorry, Sam,' zei ze. 'Sorry, Sam.'

Op dat moment riep iemand achter in de menigte: 'Forrester komt eraan!'

Toen Steve Forrester naar voren drong keek Sam even op. Het leek alsof ze Gary wilde laten gaan. Ze liet zijn oor los, maar op het moment dat haar slachtoffer opgelucht ademhaalde, bracht ze haar rechtervoet naar achteren en trapte hem keihard tussen zijn benen. Gary leek los te komen van de grond voordat hij met een klap op het asfalt neerkwam en in elkaar zakte – een hoopje pijn en ellende.

'Wat is hier aan de hand?' vroeg Steve.

Sam streek een blonde lok achter haar oor en keek hem met haar grote ogen onschuldig aan. 'Hij viel me aan, meneer,' zei ze, opeens timide en met een heel klein stemmetje. 'Iemand zei dat de conrector me wilde spreken. Maar toen ik de hoek om kwam sprong die jongen me op mijn nek.' Heel even leek het of ze in huilen zou uitbarsten. 'Zomaar! Nergens om, meneer.'

Steve keek neer op Gary, die nog steeds lag te krimpen van pijn, met zijn handen tussen zijn benen geklemd. 'Is dat waar, Gary?' vroeg hij.

Gary had moeite met ademhalen. 'Ze is… ze is gestoord!' kreunde hij.

'O ja? Je wou zeker beweren dat ze jóú had aangevallen!' riep een van de meisjes uit de menigte.

'Ik zag wat er gebeurde,' zei iemand anders. 'Sam liep hier ge-

woon. Ze deed niets bijzonders. En opeens greep hij haar.'
Gary hees zich in zithouding op het asfalt. 'Ik wilde even met haar praten,' zei hij verongelijkt. 'Dit…' – hij wreef over zijn linkeroor – 'dit was nergens voor nodig.'

Steve Forrester lachte koud. 'Zo te horen ben je nu iemand tegen het lijf gelopen die voor zichzelf kan opkomen,' zei hij.

Gary wilde iets terugzeggen, maar Steves besluit stond al vast. 'Ik zal dit melden aan mevrouw Cartwright,' zei hij.

'En wat jou betreft, Miss Lopez…' Hij draaide zich om naar Sam, die haar blouse in haar rok propte, 'je zult toch echt moeten leren dat geweld niets oplost in het leven. En zo'n schop als jij die jongen hebt gegeven, op die plaats, kan heel erg pijnlijk zijn. Begrijp je me?'

Sam knikte. 'Ja, meneer,' zei ze zacht.

'Goed dan. Ga jezelf maar even opknappen voor de volgende les.'

De menigte week uiteen toen Sam terugliep naar de hoofdingang, als een zegevierende gladiator – de kleine stierenvechter die het machtige beest verslagen had. Hier en daar werd ze gefeliciteerd. 'Hé, supergirl. Eén-nul voor jou,' riep iemand.

Wij keken haar na toen ze door de deuren verdween naar de wc. De jongens-wc.

Elena

Onze mond viel open. Wat *nou*? Toen zagen we dat Matt Burton haastig achter haar aan liep naar de toiletten.

Matthew

Nu had hij zich verraden. Daar waren we van overtuigd. Eerst had hij Gary Laird om genade laten smeken, wat niemand –

jongen of meisje – ooit was gelukt, en alsof dat nog niet erg genoeg was marcheerde hij nu de jongens-wc binnen, onder het oog van de halve school.

Zo nonchalant mogelijk ging ik achter hem aan. Sam stond al voor een pisbak en hees zijn rok omhoog.

'Wat doe je?' fluisterde ik scherp.

'Wat denk je?'

'Maar je bent een meisje!'

Hij keek omlaag en maakte een vreemd, grinnikend geluid. 'Dacht ik niet.'

'Je weet wel wat ik bedoel. Operatie Samantha.'

Hij was klaar met plassen en slenterde naar de spiegel. 'O ja,' zei hij, terwijl hij zijn haarband losmaakte en zijn haar losgooide. 'Ik ben een babe. Helemaal vergeten.'

Hij keek me aan. Mijn paniek stond blijkbaar duidelijk op mijn gezicht te lezen, want hij haalde bijna verontschuldigend zijn schouders op en mompelde: 'Ik was in gedachten nog bij die etterbak. Ik had zijn gezicht in elkaar moeten slaan.'

Haastig keek ik naar de deur. Er kon elk moment iemand binnenkomen.

'Doe die haarband om,' zei ik. 'En laat het verder aan mij over.'

Hij bond zijn haar weer in een paardenstaart en klemde de band eromheen, met een behendigheid die me verbaasde.

'Dit moet je niet verkeerd opvatten,' zei ik, en ik legde een arm om zijn schouder.

Hij deinsde terug alsof hij een elektrische schok had gekregen. 'Wat doe je nou, *creep*?' zei hij.

'Ik zal je uit deze situatie redden.' Weer sloeg ik mijn arm om hem heen. 'Het duurt niet lang,' zei ik. 'Trek een geschrokken gezicht.'

Ik duwde de deur open. Elena, Zia en Charley stonden op de gang te wachten.

'Kom, Sam,' zei ik heel vriendelijk en bezorgd. 'Iedereen kan zich vergissen. De meisjes wijzen je wel waar je moet zijn.'

Sam boog zijn hoofd. Ik voelde dat hij zich ontspande onder mijn arm. De lieve, kwetsbare, vrouwelijke Sam was weer terug.

'Wat… wat is er gebeurd?' mompelde hij, verbijsterd.

'Je stapte de verkeerde wc binnen!' Ik lachte naar de meiden. 'Ze is zich een ongeluk geschrokken.'

'Maar…' Sam keek verbaasd om zich heen. 'In Amerika heb je gezamenlijke toiletten voor jongens én meisjes. Ik wist helemaal niet… God, ik schaam me dood.'

Ik vond dat hij nu wat te ver ging, maar de meisjes trapten er in.

'Arme Sam!' Elena stapte naar voren en stak haar armen uit. Sam liet zich omhelzen.

Na een paar seconden van zusterlijke troost werd hij meegenomen door de meisjes, die geruststellende geluiden maakten.

Toen ik hen nakeek zag ik dat Sam achter zijn rug zijn middelvinger naar me opstak.

Ondanks alles moest ik lachen.

Gary

Ik had er gewoon niet op gerekend. Ze was ongelooflijk sterk voor een meisje. En gemeen. Ik wilde haar alleen manieren leren, maar dat leverde me een pijnlijk bonzend oor en een afspraak bij de rector op. Een lastig kreng, die Sam Lopez. Ik had haar wel te grazen kunnen nemen, maar misschien was het niet de moeite waard. Ik had wel wat beters te doen.

7

Charley

Er heerste echt zo'n sfeer van meiden onder elkaar. Sam had
een emotionele dag achter de rug. Eerst had ze het Karrenpaard
partij gegeven, daarna had ze de klas verteld over de dood van
haar moeder, toen was ze overvallen door Gary Laird en ten
slotte was ze per vergissing de jongens-wc binnengestapt.
Het werd tijd voor een goed gesprek van vrouw tot vrouw.
In de middagpauze bezetten we meteen ons vaste tafeltje in de
hoek van de kantine. Sam leek nog wat bleek en ontdaan door
wat er was gebeurd, dus begonnen we gezellig te roddelen en
te kletsen. We twijfelden er niet meer aan dat ze bij ons hoorde. Sam Lopez was een echte Bitch.

Matthew

We waren laat voor de lunch en kwamen terecht aan de grote
tafel met een stel brugpiepers. Ik zag dat Sam met de meisjes
aan een hoektafeltje zat. Hij zei niet veel, maar luisterde geduldig naar al die meidenpraat om hem heen.

Eerlijk gezegd benijdde ik hem niet. Al dat gewauwel is niets voor een gezonde jongen. Wij kunnen heel goed communiceren met een paar woorden, een gezichtsuitdrukking en wat onverstaanbaar gemompel, maar vrouwen schijnen over alles een lang verhaal te moeten houden. Zodra er een gedachte bij hen opkomt (en soms nog eerder) moeten ze er al met anderen over praten.

Als ik een seksist zou zijn (wat ik niet ben, goddank), zou ik beweren dat ze daarom oppervlakkiger zijn dan wij.

Ik probeerde Sams aandacht te trekken, maar hij leek helemaal verdiept in wat er werd besproken.

Elena

Het belangrijkste voor ons is dat we alles kunnen zeggen. Als wij met z'n drieën zijn, bestaan er geen grenzen en geen geheimen. Vroeg of laat komt alles ter sprake, zelfs dat gênante gedoe met Mark Kramer – de date die eigenlijk geen date was. In Amerika zal het wel anders zijn, want ik zag dat Sam met open mond van de een naar de ander staarde.

Charley

Ik herinner me nog wat ik zei in die middagpauze: 'Weet je wat ik bijna had gezegd toen Steve vroeg wat we in de vakantie hadden meegemaakt?'

'Dat Elena op Mark Kramer was gevallen?' vroeg Zia onschuldig.

'Nee! Wat ik had willen zeggen was: "Nou, Steve, mijn grote nieuws van deze zomer is dat ik het ben geworden."'

'O, jaaa!' Elena klapte zo luid in haar handen dat de mensen aan het volgende tafeltje onze kant op keken.

'Kramp en zo. De hele toestand,' zei ik met iets van trots in mijn stem.

'Die brave Charley,' zei Zia. 'Ze heeft de vlag uitgehangen.'

'De rode vlag,' zei Elena lachend.

Sam keek alsof ze er niets van begreep, dus liet ik mijn stem wat dalen en vertelde haar dat ik me vorig jaar een beetje zorgen had gemaakt omdat bijna alle meiden het in onze klas al waren, behalve ik. Het was best een opluchting. Mijn moeder begon zelfs te huilen toen ik het haar vertelde. 'Mijn kleine meid wordt vrouw!' snikte ze. Heel gênant, maar ook wel lief.

Sam keek nog altijd vaag. 'Eh… geworden?' vroeg ze.

'Je weet wel. Opoe op bezoek,' zei Elena.

'Tijd van de maand,' vulde Zia aan.

'De schilders over de vloer,' zei ik.

Sam kon het nu echt niet meer volgen. 'Wát?' vroeg ze.

Ik legde een hand op haar arm en mompelde: 'Ongesteld, Sam. Ik ben voor het eerst ongesteld geworden.'

'O… dat.' Sam knikte langzaam, alsof ze niet goed wist wat ze moest zeggen. Misschien konden we het beter ergens anders over hebben, maar Elena deed er nog een schepje bovenop, zoals gewoonlijk. Ze lijkt zo'n lief en aardig kind, maar ze is zo subtiel als een denderende sneltrein.

Elena

'Ach, klets niet,' zei ik. 'Ik bedoel, je begreep toch best waar we het over hadden?'

'Misschien noemen jullie het anders, in Engeland,' zei Sam.

'Menstruatie,' mompelde Zia.

'Natuurlijk!' zei Sam, maar het klonk niet overtuigend.

'Wanneer ben jij het geworden, Sam?' vroeg ik, om haar op haar gemak te stellen.

'Ik? Eh… ik, eh, ik wacht nog.'

Blijkbaar keken we nogal verbaasd, want Sam zei haastig: 'Het zal wel komen omdat mijn moeder me nooit cornflakes gaf bij het ontbijt. Ik ben altijd een beetje onregelmatig geweest, als je begrijpt wat ik bedoel.'

Er viel een lange stilte, minstens drie seconden. Toen zei ik, zo vriendelijk als ik kon: 'Het is niet hetzelfde als naar de wc gaan, Sam. Dit is heel… anders.'

Sam leek verlegen. 'Ja, dat weet ik ook wel,' zei ze. 'Kramp en dat soort dingen. Cool.'

Charley keek me aan met zo'n blik van *hou je kop*, zoals ze altijd doet in zulke situaties. Maar ik wilde het eerlijk uitpraten met Sam. 'We zullen het heus niet tegen de anderen zeggen,' ging ik verder. 'Sommige meiden kunnen je pesten als je wat achterloopt op dat gebied, vooral omdat jij ook nog niet veel tieten hebt.'

Sam keek omlaag naar haar platte borst. 'Dat is wel erg persoonlijk,' mompelde ze.

'Ja. Hou toch op, El,' zei Zia.

'Ik zeg het alleen maar tegen Sam omdat ik die problemen zelf ook had,' legde ik uit, op redelijke toon.

Op dat moment kreeg ik een briljant idee. 'Sterker nog, ik zou je kunnen helpen,' zei ik.

Mevrouw Burton

Uiteindelijk besloot ik Sam nog niets te vertellen over onze nieuwe omstandigheden. Jeb Durkowitz, de advocaat uit San Diego met wie ik had gesproken na de dood van mijn zus, had me drie weken voor het begin van het nieuwe schooljaar weer gebeld.

Het bleek dat Gail toch niet zo hopeloos was geweest in praktische zaken als wij altijd hadden gedacht. Ze had een testament achtergelaten in een kluisje bij haar bank. Daar stond een heleboel onzin in – new age gedoe, dat Sam in de zomer van zijn achttiende jaar een rebirthing moest ondergaan, en dat soort dingen – maar in de laatste alinea had mijn jongere zus ook bepaald dat de helft van haar bezittingen als kapitaal voor Sam moest worden beheerd, terwijl de andere helft bestemd was voor zijn pleegouders, als tegemoetkoming in de kosten van zijn opvoeding.

Dat betekende niet veel, zei ik tegen meneer Durkowitz, omdat Gails bezittingen uit niets anders bestonden dan een indianentent, een paar mystieke kralen en de auto die total loss was gereden bij het ongeluk dat haar het leven had gekost.

'Niet helemaal,' zei de advocaat. 'Uw zuster was rijker dan ze zelf wist.'

En op de zakelijke toon van een advocaat deed hij me de bizarre waarheid uit de doeken. Tod Strange, de popmuzikant van 666, met wie Gail korte tijd getrouwd was geweest in de jaren tachtig, was zes maanden voor Gails dood gestorven door een 'ongelukje' met drugs. Hij had geen familie, en de rechtbank had bepaald dat zijn ex-vrouw daarom recht had op de royalties van zijn muziek.

'Heavymetal blijkt een winstgevende zaak te zijn,' vervolgde meneer Durkowitz.

Hij had gelijk. Er was inmiddels twee miljoen dollar op Gails rekening bijgeschreven. Wij moesten een trust fund instellen voor Sam. De andere helft, een miljoen, mochten we besteden aan zijn opvoeding.

Ik moest even gaan zitten.

En er was meer. 'De oude nummers van 666 blijken goed te verkopen,' zei de advocaat. 'Op dit moment komt er ieder jaar nog ongeveer driekwart miljoen dollar aan royalties binnen.'

'Ja. Een geweldige band, 666,' zei ik zwakjes.

'O, nog één ding,' zei meneer Durkowitz. 'Daar hoeft u zich geen zorgen over te maken, maar toen ik met deze zaak bezig was ontdekte ik dat Sams biologische vader, Anthony Lopez, kort geleden uit de gevangenis is gekomen. Hij heeft geen rechten op Sam of op het geld, maar ik vond toch dat ik u even van dat feit op de hoogte moest brengen.'

Meneer Burton

Mary en ik praatten er de hele avond over, tot lang na elven, en besloten ten slotte dat we maar even moesten wachten voordat we Sam het nieuws vertelden.

Het was een lastige beslissing. Aan de ene kant had Sam alle recht om te weten dat hij dankzij zijn moeder en wijlen de heer Tod Strange nu een bijzonder rijk jongetje was. Aan de andere kant was het leven al ingewikkeld genoeg voor hem en moest hij nog wennen aan zijn nieuwe school.

Aan Anthony Lopez dachten we verder niet. Hij had nooit enige belangstelling voor zijn zoon getoond, dus waarom zou dat veranderen?

Crash Lopez

Ik ben iemand die leeft bij de dag en op zijn intuïtie afgaat, maar ik heb ook mijn vaste gewoonten. Dus als ik weer een tijdje in het plaatselijke tuchthuis heb doorgebracht – en dat is in de loop der jaren wel vaker gebeurd, moet ik toegeven – doe ik altijd hetzelfde.

Ik ga naar een kroeg, drink een borrel en bel mijn ex-vrouw, Galaxy, om te horen hoe het met mijn gezinnetje gaat. Ik had ze nooit meer gezien sinds het misverstand waardoor mijn huwelijk op de klippen liep… ik moest mensen spreken, zaken regelen… maar waar ik ook uithing, die ouwe Galaxy en mijn zoon Sam waren nooit lang uit mijn gedachten.

Toen ik haar deze keer belde, was het een onbekende die opnam. Hij zei dat er een auto-ongeluk was gebeurd en dat Galaxy niet meer 'bij ons was', zoals hij het uitdrukte.

'Niet langer bij wie?' vroeg ik.

'Ze is naar een betere plaats,' zei de man.

'Waar heb je het over? Welke betere plaats? San Francisco? New York?'

'Ze is dood,' zei de man ten slotte. 'Ze is verongelukt toen ze van een feestje op weg naar huis was.'

Dood? *Dood?* Ik hing op, liep terug naar de bar en bestelde nog een borrel. En nog een. Ik was helemaal beroerd van dat nieuws. Galaxy was wel een rare meid geweest, maar wel míjn rare meid. Voor een ex betekende ze nog best veel voor me.

En algauw kwamen er ook andere vragen bij me op. Als Galaxy was verongelukt, waar was Sam dan nu? Wat was er met die jongen gebeurd? Wie had mijn zoon?

Ottoleen Lopez

Geld? Welk geld? Dat is zeker niet de reden waarom Crash op zoek wil gaan naar zijn zoon. Het feit dat er aan het einde van de regenboog een paar miljoen dollar op hem wacht, dringt nauwelijks tot hem door. Zijn familie gaat hem boven alles en daar heb ik respect voor.

Charley

Laten we eerlijk zijn. Die stunt op Sams eerste schooldag, zo van 'kijk ons eens goede vriendinnen zijn', was typisch Elena.

Hoeveel ik ook van haar hou, El wil heel graag in het middelpunt van de belangstelling staan.

Na het laatste uur van die dag trok ze zo'n afwezig, een beetje afstandelijk gezicht waarvan Zed en ik na al die jaren wel weten dat het maar één ding kon betekenen. El had een plannetje – een eigen plannetje, en misschien een beetje stiekem. En als ze daar iets over zegt, begint ze altijd op dezelfde manier.

'O, trouwens, dat vergat ik nog te zeggen.' Ze fronste haar voorhoofd, alsof haar opeens iets te binnen schoot. 'Sam gaat met mij mee naar huis.'

'Geweldig,' zei Zia. 'Dus we gaan allemaal naar El.'

'Nou, misschien is het beter als ik haar even apart neem. We moeten ons niet te veel eh… opdringen.'

'Opdringen?' herhaalde ik. Elena heeft talent voor een heleboel dingen, maar ze kan geen goede smoezen verzinnen.

'Ja. Het is haar eerste dag en zo. Ik wilde haar een cadeautje geven. Een beetje persoonlijk.'

'Ja, vast,' zei ik. 'Je wilt haar gewoon inpikken, zodat ze meer jouw vriendin wordt dan de onze.'

'Hallo,' zei Elena, 'hoe oud waren we ook alweer?' En met een irritant lachje ging ze op zoek naar Sam.

Matthew

We stonden bij de poort op Sam te wachten toen hij naar buiten kwam, druk pratend met Elena alsof ze elkaar al jaren kenden.

Het leek of hij ons gewoon voorbij zou lopen, maar op het laatste moment slenterde hij onze kant op en zei: 'Ik ga nog even met El mee. Ik zie je straks wel.'

'Kan dat niet een andere keer?' vroeg ik, met een geforceerd lachje naar Elena, die tien meter verder op haar nieuwe vriendin bleef wachten. 'Mijn ouders willen natuurlijk weten hoe het is gegaan op je eerste dag.'

'Dat vertel ik ze later wel,' zei Sam.

'Je moet je nog omkleden!' fluisterde ik. 'Hoe wil je dat doen?' Sam klopte op zijn tas. 'Ik heb alles bij me,' zei hij. 'Maak je toch niet zo druk.' Hij knipoogde. 'Dit wilden jullie toch – een spion in het vijandelijke kamp?'

'Kom Sam,' riep Elena. 'Het laatste nieuws van de Barakkers kan wel even wachten.'

'Joehoe! Ik kom!' antwoordde Sam op een belachelijke meisjestoon, en hij was verdwenen.

Elena

Eén ding had Elena Griffiths al snel in de gaten over Sam Lopez, eerder dan wie ook. Ze was verlegen. Ze kwam wel heel zelfverzekerd over, die eerste dag, maar onder die stoere buitenkant school een onzeker en onhandig meisje, Sam.

Alleen iemand die iets van verlegenheid begrijpt – iemand als ik – weet dat onzekere mensen vaak veel praten om hun angst te overschreeuwen.

Dat hele gedoe in de middagpauze had me de ogen geopend. Sam zat echt te blozen toen Charley vertelde dat ze het geworden was. Daarom zei ik ook tegen haar dat ze nog zo plat was. Ik wilde haar duidelijk maken dat wij, hier in Engeland, geloven in saamhorigheid. Dat wij klaarstaan voor elkaar.

'Als je over je moeder wilt praten, begrijp ik dat best,' zei ik zo meelevend mogelijk toen we op weg gingen naar huis.

'Dat is oké. Bedankt,' zei Sam.

'Ik kan heel goed luisteren. Dat zegt iedereen.'

'Dat geloof ik wel.' Ze glimlachte dankbaar. 'Maar... misschien een ander keertje.'

'Ik hoor het wel,' antwoordde ik, toch een beetje gekwetst dat mijn nieuwe vriendin haar belangrijkste emoties voor zichzelf wilde houden.

Toen we thuiskwamen en naar mijn kamer gingen, leek ze nog meer verlegen dan in de middagpauze. Ik was bezig mijn schooluniform uit te trekken toen ik zag dat ze als aan de grond genageld bleef staan en uit het raam staarde alsof ze er helemaal niet aan gewend was dat mensen zich uitkleedden waar ze bij was.

Om haar op haar gemak te stellen, trok ik mijn gewone kleren aan en gaf haar het cadeautje waar ik al sinds de middagpauze aan had gedacht. Ik zocht in mijn bovenste la, en daar, helemaal achterin, vond ik het kledingstuk dat nog maar een jaar geleden zoveel voor me betekend had.

'Wat is het?' Sam betastte het nerveus.

'Een beha. Opgevuld. Dat ziet er heel goed uit, totdat je zelf wat grotere borsten krijgt. Doe hem maar om.'

Ze bloosde. 'Misschien als ik thuis ben,' zei ze.

'Nee,' zei ik ferm, en ik begon haar blouse los te knopen.

Sam deed een stap terug. 'Oké, ik doe het wel,' zei ze.

Ze draaide zich met haar rug naar me toe, trok haar blouse uit en haakte de beha over haar schouders. Ze prutste onhandig met de sluiting. Lachend sloeg ik haar handen weg en deed het zelf. 'Dat moet je thuis maar oefenen,' zei ik.

De beha zat op zijn plaats. Nog steeds met haar rug naar me toe trok ze haar witte schoolblouse weer aan. Toen draaide ze zich langzaam om, met haar ogen dicht.

'Veel beter,' zei ik.

Ze opende haar ogen en keek omlaag. 'Wauw,' zei ze. 'Wat een voorgevel.'

Meneer Burton

Achteraf geloof ik dat er die avond een andere sfeer hing. Matthew kwam in zijn eentje naar huis. Hij hangt altijd een half-uur voor de televisie om bij te komen van school, maar die dag leek hij humeuriger dan anders.

Sam was juist opvallend vrolijk toen hij ongeveer een uurtje later ook binnenkwam. Hij vond Bradbury Hill 'retecool' en toen ik hem zei dat ik die avond zijn favoriete pasta puttanesca zou klaarmaken reageerde hij met: 'Hé, keigaaf.'

Keigaaf? Dat leek me niet iets wat Sam ooit zou zeggen.

Tyrone

Mijn moeder heeft nooit een geweldig gevoel voor timing gehad. Sterker nog, ze lijkt een perfect instinct te bezitten om op precies het verkeerde moment met een van haar campagnes te beginnen.

Nu, aan het begin van het nieuwe schooljaar, terwijl Operatie Samantha in een kritieke fase verkeerde, besloot ze opeens dat ik a) te dik was geworden in de grote vakantie, b) de kans liep om een echte crimineel te worden na die toestand bij Burger Bill, en c) zoveel met Jake en Matthew omging dat ik wel homo moest zijn.

Dus hadden we die avond een van onze 'gesprekken'.

Ik kan een heleboel hebben in dit leven, behalve die gesprekken met mijn moeder.

Ze maakte veel werk van het eten – nou ja, binnen de grenzen van het Kirov-dieet, waarmee al die ballerina's blijkbaar broodmager blijven. Daarna gingen we in de huiskamer zitten. Ze trok haar meest begripvolle gezicht en zette haar meest begripvolle stem op.

'Ik zat te denken, Ty,' zei ze, 'dat je dit jaar eens wat meer de deur uit moest gaan.'

'Wat?'

'Ik heb het je de laatste tijd niet makkelijk gemaakt,' vervolgde mam met de glimlach van een liefdevolle moeder. 'Misschien wordt het tijd dat je je vleugels uitslaat. Sociaal gesproken, bedoel ik.'

Ik staarde haar aan. Was dit een grap of zo? Laten we eerlijk zijn, ik ben helemaal geen type om mijn vleugels uit te slaan.

'Dat is nergens voor nodig,' zei ik. 'Ik heb Matthew, Jake en Sam. Vrienden genoeg.'

Mijn moeder fronste haar voorhoofd. Het kleine adertje in haar slaap dat altijd begint te kloppen als ze onder spanning staat, bonsde nu driftig. 'Ik had het niet over je vrienden,' zei ze. 'Ik dacht meer aan… leuke mensen.' Ze hief een hand op voordat ik kon protesteren. 'Dat is geen kritiek op je vrienden. Die zijn heel geschikt hoor, op hun manier.'

'Mam,' zei ik, 'zeg nou alsjeblieft wat je bedoelt.'

'Zondag ga ik lunchen bij de Lavery's. Die heb ik een tijd geleden ontmoet bij een etentje. Aardige mensen. Hij is advocaat. Heel… gedistingeerd.'

'Rijk, bedoel je.'

'Ze hebben geld genoeg, dat is waar, maar daar gaat het niet om.' Ze zweeg een moment, terwijl ik afwachtte waar dit naartoe ging.

'Ik geloof dat ze een dochter hebben,' zei ze toen luchtig. 'Ook een beetje eenzaam, dat meisje.'

'Mam! Nee hè?'

Maar mijn moeder glimlachte wazig. 'De dochter van een advocaat,' zei ze. 'Stel je voor.'

Ottoleen

Ik werk in een topless club in Pasadena als ik Crash tegenkom.
Hij is op zoek naar een zekere Harry Gatz, de vroegere eigenaar,
met wie Crash ooit zaken heeft gedaan. Crash had wat problemen met de politie en was er een tijdje uit geweest. Nu is hij terug, op zoek naar Harry.

Maar Harry is er allang niet meer. Hij heeft de tent verkocht
en is naar het oosten vertrokken. De zaak heet ook niet meer
Dirty Harry, maar Big Top.

Crash is er niet blij mee. Eerder die dag heeft hij gehoord dat
zijn ex-vrouw is omgekomen bij een auto-ongeluk, terwijl hij
in de bak zat. Hij weet niet waar zijn kind is en nu blijkt
Harry ook al verdwenen. Harry is Crash nog heel wat schuldig. Als ik Crash goed begrijp, heeft hij de schuld voor dat ak-
kefietje op zich genomen, ook voor Harry.

Dus is Crash niet vrolijk, zoals ik al zei.

Het is drie uur in de ochtend en de zaak is verlaten, afgezien
van een klein kereltje in een scherp gesneden pak, dat al de hele avond bezig is zijn verdriet te verdrinken. Hij heeft een
droevig gezicht vind ik, als ik hem zijn zoveelste whisky on the
rocks breng. 'Wat doet éen leuke meid als jij in zo'n tent als deze?' vraagt hij als hij opkijkt.

Goed, dat is niet erg origineel, maar ik voel me eenzaam, oké?
Bovendien valt me iets anders op aan Crash. De meeste klanten van de Big Top staren naar je borsten als ze tegen je praten,
maar hij kijkt me recht aan. Alsof hij me duidelijk wil maken
dat hij in mij geïnteresseerd is als mens, en niet alleen als half-
blote dienster in een topless bar. We raken aan de praat – zo'n
gesprek tussen twee mensen die elkaar helemaal niet kennen.

En drie weken later trouwen we in Las Vegas! Wie zei dat romantiek niet meer bestaat?

Crash

De wereld was veranderd terwijl ik in de bak zat. Normen en waarden bestonden niet meer. Acht jaar geleden wist een man als ik nog waar hij stond in zijn leven en in zijn werk. Het ging er soms hard tegen hard, het viel allemaal niet mee, maar je wist waar je aan toe was.

Als je dit doet, is het oké. Als je dat doet, zit je fout. Als je het twee keer doet, lig je met een blok beton aan je enkels op de bodem van de rivier. Een ouderwetse manier van zakendoen, maar het werkte.

Dat was allemaal anders nu. Mijn voormalige compagnon, een onderkruiper die Gatz heette, was verdwenen. Ik had achter hem aan kunnen gaan om ervoor te zorgen dat hij voorgoed verdween, maar dat leek me zinloos. Bovendien zou ik dat glibberige reptiel toch nooit hebben gevonden.

Op een avond zat ik met Ottoleen, de nieuwe mevrouw Lopez, over Sam te praten. Het zat me dwars dat ik geen idee had waar mijn zoon was. Ottoleen vroeg of ik zelf voor hem wilde zorgen. Dat idee stond me niet erg aan, gaf ik toe. Bovendien is mijn manier van leven niet zo geschikt voor een kind. Eerlijk gezegd wist ik niet eens precies hoe oud hij was. Nee, ik wilde gewoon weten of het goed met hem ging en of er iemand voor hem zorgde. Dan zou ik gerust zijn. We praatten er nog een tijdje over en de volgende dag vertrokken we naar het westen.

Terug op mijn oude stek vroeg ik hier en daar of iemand misschien iets wist. Het gerucht deed de ronde dat Sam naar Europa was vertrokken met een Engelse zus van Galaxy, die bij de begrafenis was opgedoken. En er ging nog een ander verhaal, over een testament. Mijn ex zou na haar dood veel rijker zijn dan ze ooit was geweest.

We dachten na, Ottoleen en ik. Het leven leek een beetje leeg. En ik gruwde van de gedachte dat mijn eigen vlees en bloed zou opgroeien als zo'n snobistische Engelsman die een bolhoed droeg en 'God Save the Queen' zong. Mijn verlangen om hem terug te zien werd steeds sterker.

En het geld? Oké, ik geef het toe. Als er ergens nog wat geld lag, zou dat welkom zijn.

8

Matthew

De volgende dag ontdekten we hoe serieus Sam zijn rol als meisje eigenlijk nam.

We kwamen bijeen in het park, zoals afgesproken, en Sam verdween naar de wc voor zijn dagelijkse geslachtsverandering. Maar toen hij naar buiten kwam, zag hij er écht niet uit – zelfs niet naar de maatstaven van Sam Lopez.

Er leek iets veranderd onder zijn blouse. Eerst dacht ik dat hij een paar voetballen de school wilde binnensmokkelen. Maar toen trok hij zijn jasje uit en knoopte zijn blouse los.

We keken alledrie verbijsterd toe.

'Kan iemand me even helpen met die sluiting?' zei hij, terwijl hij met een hand zijn rug betastte.

'Sam.' Jake was de eerste die zijn tong weer vond. 'Je draagt een beha!'

'Yup. Een opgevulde beha, als je het weten wilt. Die heb ik van El gekregen. Ze was bang dat de andere meiden me zouden pesten omdat ik nog zo plat was.'

'Gaat dit niet wat ver?' vroeg Tyrone.

'Wat? Wou je een aanbod van gratis tieten afslaan? Ben je gek geworden?'

Ik keek op mijn horloge. We waren weer te laat. 'Hoe gaat dat ding vast?' vroeg ik.

Sam draaide me zijn rug toe. Er zat een klein haakje aan de achterkant dat ik probeerde dicht te krijgen.

'Wacht even,' zei Jake. 'De voorkant zit niet goed.' Hij probeerde Sams nepborsten in model te krijgen, terwijl Tyrone grinnikend toekeek.

'Blijf van mijn tieten af!' riep Sam.

Op dat moment merkten we dat we gezelschap hadden.

Mejuffrouw Wheeler-Carrington

Nou ja! Ik heb eigenlijk geen woorden voor wat ik die ochtend zag gebeuren.

Dezelfde drie jongens die ik de ochtend daarvoor al had gezien terwijl ze dat arme blonde meisje lastigvielen, probeerden het nu nog een keer! Maar deze keer waren ze... nou, laat ik zeggen dat ze hun handen op plaatsen hadden waar dat helemaal niet hoorde.

'Vertel me eens precies wat jullie daar uitspoken,' zei ik zo dreigend mogelijk. De drie jongens sprongen achteruit, met een verlegen en schuldbewuste uitdrukking op hun gezicht.

'Het is niet wat het lijkt,' zei de dikste van het stel.

Het blonde meisje knoopte haastig haar blouse weer dicht na wat ze had moeten doorstaan. 'Het zijn seksmaniakken, die jongens,' zei ze. 'Echt waar, mevrouw. Ze kunnen hun handen niet van me afhouden.'

Ik verbaasde me over haar luchtige toon, maar als verantwoordelijk burger vond ik toch dat ik dit incident bij het bevoegde gezag moest melden.

In wat voor een wereld leven we als een onschuldig meisje niet meer rustig naar school kan lopen zonder te worden... aangerand?

Agent Chivers

Toevallig herinner ik me die dame nog die het bureau binnenkwam met een klein hondje – dik, waggelend en met rare, uitpuilende ogen. Net als die hond.
Nee sorry, flauw grapje. Ze kwam een klacht indienen over een groepje jongens dat 'vrijpostig' was, zoals zij het uitdrukte, met een meisje in het park. Als jongste agent op het bureau werd ik op onderzoek uitgestuurd.

Steve Forrester

Ze had echt een positieve invloed, die Sam Lopez. Mevrouw Cartwright had me gewaarschuwd dat ze een nogal bont verleden had op Amerikaanse scholen en dat haar familieachtergrond misschien niet helemaal stabiel was, maar blijkbaar zat er iets in de Londense lucht waardoor ze totaal veranderd was. Ze was een bruisende meid, dat geef ik toe, en soms een beetje brutaal, maar ze deed altijd mee aan de discussies in de klas. Een briljante leerling was ze niet... interpunctie, grammatica en spelling vond ze allemaal 'waardeloze shit', dus een ster in Engels zou ze niet worden... maar ze had genoeg energie en zelfvertrouwen, wat ook effect had op de andere meisjes in de klas.
Een specifiek probleem binnen deze leeftijdsgroep is dat een klein aantal jongens, dat weigert mee te doen aan het groepsproces, de beter gemotiveerde meisjes omlaag trekt naar hun niveau. Sam verweerde zich daar heel goed tegen. Als een van

de jongens zat te kletsen of te grinniken op het moment dat zij een vraag beantwoordde, keek ze hem aan met die speciale, scherpe Lopez-blik waarna de betreffende jongen algauw zijn mond hield. Dit was immers het meisje dat Gary Laird op zijn nummer had gezet.

Bij iemand anders zou het misschien dreigend zijn geweest, maar bij dit kleine Amerikaanse meisje lag dat anders. Het was een teken van zelfvertrouwen, geloof in eigen kracht. Een positieve houding.

Nee, ik zag met genoegen hoe Sam Lopez al een eind op weg was een van de sterren van de tweede klas te worden.

Charley

Toen Elena de klas binnenwaaide met dat *enorme* sporthorloge om haar pols dachten we allemaal dat ze een grapje maakte. Maar dat is typisch El. Die houdt niet van grapjes, zeker niet als ze misschien zelf het mikpunt zou kunnen zijn.

'Iedereen draagt ze in Amerika,' zei ze. 'Grote horloges zijn daar helemaal hip. Ja toch, Sam?' Sam, die naast haar zat, tilde haar linkerarm op en wees langzaam en dramatisch naar haar eigen sporthorloge. 'Moet ik nog meer zeggen?' vroeg Elena.

'Maar dat zijn jongenshorloges,' protesteerde Katie Farrell, een van de andere meisjes die het gesprek had gevolgd.

'Niet in de States,' zei Sam. 'Alle Hollywood-babes dragen ze tegenwoordig.'

'Waar heb je het vandaan, El?' vroeg Katie.

El haalde haar schouders op. Plotseling was ze de trendsetter van de tweede. 'De sportshop,' zei ze.

Ik wisselde een blik met Zia. We hebben heel wat rages gehad op Bradbury Hill, maar sporthorloges?

Dat was het Sam-effect. Iedereen wilde net zo zijn als zij.

En ze genoot van al die aandacht, dat was wel duidelijk. Die dag begon ze ons ook van alles over Amerika te vertellen.

Wat ze zei, kwam er eigenlijk op neer dat meisjes de nieuwe jongens waren. Meisjes in Amerika hadden ontdekt dat je jongens het beste kon aanpakken door je net zo te gedragen als zij. Je moest ze aanspreken in de enige taal die ze verstonden.

'Kijk,' zei Sam die ochtend op het schoolplein tegen ons groepje. 'Zoals jullie staan, dat is veel te verontschuldigend, veel te...' ze snoof een beetje minachtend, 'veel te vrouwelijk'.

'Wat mankeert er aan vrouwelijk?' vroeg Elena.

Sam keek haar doordringend aan zoals alleen zij dat kon.

'Sorry,' zei El.

'Zie je wat ik bedoel?' Sam glimlachte. 'Kijk iemand strak aan en opeens ben je de baas. Probeer het zelf ook maar eens.'

'Als we naar jongens staren, denken ze dat we op ze vallen,' zei Elena.

Er kwamen net twee knullen uit de derde voorbij die met elkaar liepen te praten. Toen een van hen een blik naar Sam wierp, keek ze strak terug. De jongen schrok alsof hij door een papieren propje was geraakt en liep haastig door. 'Zie je?' zei Sam nog eens. 'Als je het op de goede manier doet, komt de boodschap wel over. En dan zal ik je nu laten zien hoe je moet staan...'

Ze zette haar benen wat uit elkaar en liet haar armen los langs haar lichaam zwaaien. Toen schokte ze met haar schouders en greep naar de voorkant van haar rok, alsof ze daar iets verschikte.

We moesten allemaal lachen.

'Dat kan echt niet,' zei ik. 'Veel te ordi.'

'Ordi is juist cool,' zei Sam. 'Ordi is het nieuwe beschaafd. Goed. Wie van jullie kan er luid boeren?'

Jake

Opeens gedroegen alle meiden van de tweede zich als Robert de Niro. Niet te geloven. Twee dagen op Bradbury Hill en Sam was al een rolmodel! Zelfs verlegen types als Zia Khan liepen nu rond te stampen, grepen naar hun kruis en staarden dreigend naar iedere jongen die het waagde hun kant op te kijken.

Matthew

Er was iets ernstig mis met Operatie Samantha. Het plan was geweest dat Sam bij de meiden zou infiltreren om ze nuttige geheimen te ontfutselen, die we tegen hen konden gebruiken. In plaats daarvan was hij naar de tegenpartij overgelopen. Hij praatte nauwelijks meer met ons. Het viel niet te ontkennen: hij amuseerde zich kostelijk als meisje!

Eerst dacht ik nog dat het de vreemde, nieuwe situatie was die hem zoveel energie gaf en een grijns op zijn gezicht bracht die ik nog niet eerder van hem had gezien. Toen pas drong het tot me door wat die verkleedpartij en zijn rol als meisje precies voor hem betekenden.

Opeens was hij niet langer dat zielige joch die zijn moeder had verloren en zijn wereld had zien instorten. Sam, het meisje, was veel vrolijker, ongecompliceerder en openhartiger dan Sam de jongen en leek bijna van al zijn problemen verlost.

Maar misschien was de reden voor zijn plezier ook veel simpeler. Hij kwam ermee weg! Steeds opnieuw zei of deed hij dingen in de klas die hij als jongen nooit had kunnen maken. Maar nu pikte iedereen het van hem omdat hij een meisje was. 'Heel goed, Sam,' riep Steve voortdurend. 'Zo is dat.'

'Ja, wat dacht je dan?' zei Sam.

Jake

Weet je wat ik denk? Het kwam door zijn nieuwe borsten. Die waren de laatste druppel. Zodra Sam die nep-beha aandeed en mijn zusters blouse vulde als een echte meid, was hij verkocht. Door die borsten groeide hij in zijn rol.

Elena

Die stunt met dat horloge was echt kicken. Ik ben iemand die graag een trend zet. Alle meisjes in mijn klas hadden nog maar één gedachte: Hoe kom ik aan zo'n hip sporthorloge als die van Elena Griffiths? Goed, Sam had er een, maar hoeveel ik ook van haar hield, zij was geen mode-icoon op Bradbury Hill. Ik wel.

En er was nog iets geweldigs die tweede dag. Sam zag er fantastisch uit met de voorgevormde beha die ik haar gegeven had. Ze leek helemaal op te bloeien. Haar gezicht stond niet meer zo gesloten en ze lachte en maakte grappen alsof ze al jaren op school zat.

Daar was ik blij om. Ik hou ervan om mensen iets te geven. Sam was nu lid van onze groep, maar ik was toch haar beste vriendin. Een beha delen schept een bijzondere band.

Mevrouw Cartwright

's Ochtends in de pauze maak ik meestal een ronde om even mijn gezicht te laten zien.

Deze keer zag ik tot mijn verbazing dat alle meisjes van de tweede zich midden op het schoolplein hadden verzameld en een of ander spel deden. Ze stonden in twee rijen, half naar voren gebogen in een bijzonder onvrouwelijke houding. Toen ik dichterbij kwam hoorde ik een hoge Amerikaanse stem een serie getallen roepen. Vervolgens renden de meisjes allemaal een andere kant op. Charley Johnson liep helemaal vooraan, met een bal in haar handen, die ze snel naar iemand achteraan gooide – het Amerikaanse meisje, Sam Lopez.

Sam slaakte een kreet toen ze de bal ving, zigzagde tussen de andere meisjes door, sprintte in de richting van de natuurkundevleugel en begon te gillen als een waanzinnige: *'Touchdooooown!'*

De toeschouwers – het grootste deel van de school – schenen dat heel grappig te vinden en begonnen te applaudisseren.

Een van de oudere jongens… Mark Kramer, meen ik… riep: 'Zet 'm op, Sam baby!'

Ik had nu wel genoeg gezien en gehoord. Vastberaden liep ik naar de meisjes van de tweede, die nu allemaal om het Amerikaanse meisje heen dansten. Niet al te vriendelijk vroeg ik hun wat ze daar deden.

Sam Lopez stapte naar voren om antwoord te geven.

'Football, mevrouw,' zei ze. 'Echt football. Amerikaans football.'

Haar toon beviel me niet erg, moet ik zeggen. Ze stond in een aapachtige houding, met zwaaiende armen, en keek me strak aan.

'Jullie weten allemaal dat balsporten op het schoolplein verboden zijn,' verklaarde ik streng.

Elena Griffiths pakte de bal op en gaf hem aan Sam.

'Maar het is ook geen bal, mevrouw,' zei Sam met een uitdagend lachje op haar gezicht. 'Het is een jasje, in een plastic zak gebonden.'

Heel even was ik met stomheid geslagen en op dat moment van aarzeling gebeurde er iets heel vreemds en onaangenaams. Sam Lopez schokte met haar schouders en leek toen… nou ja, ze greep zichzelf in haar kruis. Toen keek ze om zich heen en als op een teken volgden de andere meisjes haar voorbeeld. Al die meiden uit de tweede stonden te schokschouderen en zich te krabben als apen, terwijl ze me verontrustend strak aanstaarden.

'Jasjes zijn niet bedoeld om mee te voetballen, Sam,' zei ik ten slotte. 'Als je wilt sporten… en ik juich het toe als meisjes voldoende lichaamsbeweging nemen… vraag dan of je het sportveld mag gebruiken, zoals het hoort.'

Sam greep zichzelf nog eens in haar kruis. 'Jawel, mevrouw,' zei ze.

Ik had mijn zegje gedaan en liep door de menigte terug naar de hoofdingang, zonder naar links of rechts te kijken. Dat was het einde van het geïmproviseerde partijtje football. Maar toch had ik het vreemde gevoel dat mijn gezag was ondermijnd.

Ik zou die kleine Sam Lopez goed in de gaten moeten houden.

Mark

Het was echt ongelooflijk cool, die gestoorde blonde meid uit de tweede die kon rennen en gooien als een jongen. Ze liet al haar vriendinnen meedoen met een partijtje American football. En toen dat oude Karrenpaard grijnzend van woede het schoolplein op kwam stormen, vormden ze één front tegenover haar, als een stel wilde furies, hard en onverzettelijk. Mark Kramer is niet gauw onder de indruk, maar nu toch wel.

Aan het einde van de pauze slenterde ik naar Elena Griffiths, de griezel die me ooit had gestalkt toen ik een date met Tasha had. 'Hoi Ellie,' zei ik.

Ze bloosde bedeesd. 'Mijn vrienden zeggen El,' zei ze, knipperend met haar wimpers.

'Ook goed,' zei ik. 'Ik wilde je wat persoonlijks vragen.'
Ze glimlachte, alsof ze wist wat ik ging zeggen.
'Geef Sam mijn naam, wil je?' Ik probeerde niet te gretig te klinken. 'Ik wil weleens met haar praten.'
'Sam? Waarom Sam?' vroeg Elena geërgerd.
'Ze is toch je beste vriendin?'
Elena snoof. 'Ja, precies. En daarom wil ik haar uit de buurt houden van mensen die zich hufterig gedragen!'
En ze stormde weg.
Waar sloeg dát nou weer op?

Mevrouw Burton

Die ochtend op kantoor werd ik gebeld door meneer Durko-witz. Zijn toon was verontschuldigend. Dat beloofde niet veel goeds. Er was een lek geweest, zei hij, en hij mompelde er nog iets achteraan.
'Wat zegt u?' vroeg ik.
Durkowitz herhaalde het. Het was bepaald geen nette uit-drukking, zeker niet voor zo'n keurige advocaat.
'Gaat u door,' zei ik koeltjes.
'Tony Lopez, de vader van Sam, schijnt contact te hebben opgenomen met ons kantoor. Hij is weer vrij.'
'Aha.'
'En iemand bij ons heeft hem verteld dat de jongen nu in Lon-den woont, bij zijn tante.'
'Vandaar uw verwensing.'
'Dat niet alleen. De betreffende persoon zei er ook nog bij dat Sam een aanzienlijke erfenis te verwachten heeft.'
'Wat wilt u me precies vertellen?' vroeg ik.
Durkowitz klakte met zijn tong. 'Ik ben bang dat onze vriend Crash Lopez binnenkort op het vliegtuig naar Londen stapt.'

Ik liet dat slechte nieuws tot me doordringen, terwijl Durkowitz de stilte opvulde.

'Hij is niet gewelddadig of zo,' vervolgde hij. 'Een kruimeldief, geen ecl te gangster.'

'O, dat is een hele geruststelling,' zei ik. Hopelijk klonk het sarcastisch genoeg.

'Maar voor alle zekerheid zou u misschien de politie in Londen kunnen inlichten,' zei Durkowitz. 'Om ze te zeggen dat ze moeten uitkijken naar een kleine, donkere man met een Amerikaans accent en een verkeerde instelling.'

Op kille toon bedankte ik hem voor zijn hulp.

'Geen dank, mevrouw Burton,' zei hij en hing op.

Jeb Durkowitz

Hé, ik probeerde alleen maar te helpen. Ik was ook niet blij dat Lopez naar Europa zou vliegen, maar er zijn grenzen aan wat een advocaat kan doen. Mevrouw Burton had geen enkele reden om zo typisch Brits en hooghartig te reageren.

Volgens mij had ik mijn plicht wel gedaan. Dus sloot ik het dossier. Als de partijen nog strijd wilden voeren over de voogdij, zou mijn kantoor natuurlijk klaarstaan om hun belangen te vertegenwoordigen.

Meneer Burton

Ik stond te strijken toen Mary me belde vanaf kantoor. Ze raakt niet snel in paniek, dus toen ze me zei dat ik de voordeur op slot moest doen wist ik dat we een ernstig probleem hadden.

Crash Lopez kon elk moment naar Londen vertrekken, zei ze. We moesten bedenken wat we tegen hem – en net zo belangrijk, ook tegen Sam – zouden zeggen.

Het werd tijd voor familieoverleg. Mary zei dat ze die avond vroeg thuis zou zijn.

Elena

Je hebt alle reden om gekwetst te zijn als de jongen van wie je denkt dat hij je best ziet zitten naar je toe komt en zegt dat hij geïnteresseerd is in je beste vriendin, die veel minder knap is en bovendien zo plat als een dubbeltje.

Gelukkig ben ik niet zo. Goed, toen Marky Mark me vroeg of ik iets voor hem kon regelen met Sam, had ik in het begin wel een beetje de pest in, zal ik maar zeggen. Maar sinds die film met Cameron Diaz dacht ik eigenlijk niet meer zo vaak aan hem.

Hij had mij gewoon gebruikt om een date met Tasha te versieren. Als hij zo gemeen en zielig was, zag ik geen toekomst in een relatie met hem. Nee, Mark was voor mij verleden tijd. Einde verhaal.

Dus nam ik Sam apart en zei haar zo nonchalant mogelijk dat Mark Kramer wel iets met haar wilde.

Haar reactie verbaasde me nogal. Ze werd kwaad! Ze zei dat ze hem niet kende en dat hij haar niet interesseerde. Hij moest gewoon oplazeren en zich met zijn eigen zaken bemoeien.

Toen ik haar vroeg of ze een vriendje had in Amerika werd ze zelfs nog kwader! Ze begon nijdig heen en weer te stampen en riep dat ze geen vriendjes wilde, nu niet en nooit niet. Hoe kwam ik op zo'n belachelijk idee? Ze was toch niet homo of zo? Hè... wát? Homo?

Pas later, toen eerst Charley en daarna Zia haar had verteld dat ieder meisje op Bradbury Hill wel een date met Mark Kramer wilde, kalmeerde ze wat. En toen een paar andere meiden haar vroegen of het waar was van haar en Mark, haalde ze haar schouders op, maar op een manier die ieder normaal mens als 'ja' zou hebben uitgelegd. Ik geloof dat ze het wel leuk vond dat een knappe jongen (nou ja, een beetje oppervlakkig en onnozel met dat golvende haar van hem) in haar geïnteresseerd was. Die avond zaten we met z'n drieën bij Charley. Ik vertelde de anderen dat ik een afspraakje tussen Sam en Mark geregeld had en dat ik de spil was waar alles om draaide. Ze waren onder de indruk dat ik het zo handig had aangepakt en ik moet toegeven dat ik er achteraf ook best trots op was.

Ik voelde me een echte koppelaarster.

9

Matthew

Sam had het zo naar zijn zin als meisje dat we moeite hadden om hem bij te houden.

Toen we die avond met ons vieren naar huis liepen zei hij maar steeds hoe geweldig Zia, Charley en Elena waren en dat je met hen zo heel anders kon praten dan met jongens.

'Het gaat echt over… gevoelens,' zei hij opeens. 'Je kunt gewoon zeggen wat je vanbinnen voelt. Dat vind ik wel tof.'

'Dat doen wij toch ook?' Jake liep voor ons uit met zijn handen in zijn zakken. 'Ik praat altijd met Ty over gevoelens. Ja toch, Ty?'

'Ja…' mompelde Tyrone, niet erg overtuigend. 'Wij kunnen alles met elkaar bespreken.'

'En Zed, die is echt onwijs,' vervolgde Sam. 'We hadden het over rockbands uit de sixties die ik wel goed vind, en weet je? Ze had van Jim Morrison gehoord en ze kende Hendrix. Ze heeft zelfs een cd van The Doors. Is dat cool of niet?'

'The Doors?' herhaalde Jake. 'Wat zijn The Doors, als ik vragen mag?'

'De beste band die ooit heeft bestaan, dat is alles,' zei Sam. 'En dan nog iets. We hebben allemaal afgesproken dat we tot aan de kerstvakantie een dagboek zullen bijhouden,' ging Sam vrolijk verder. 'Daarin schrijven we alles wat er gebeurt, al onze geheimen en zo.'

'Een dagboek?' zei Tyrone, met een uitdrukking van afschuw op zijn gezicht. 'Dat is wel héél meisjesachtig, Sam.'

'Wat voor geheimen?' vroeg ik.

Sam lachte... nee, hij giechelde... toen we het park binnenliepen. 'O, bijvoorbeeld dat een zekere Mark Kramer me wel ziet zitten.'

'Kramer? Uit de zesde?' vroeg Jake.

'Yup,' zei Sam. 'Volgens de geruchten valt hij helemaal op een zekere Sam Lopez. De andere meiden zijn zóóó jaloers. Iedereen wil Marks vriendinnetje zijn, maar hij heeft alleen maar oog voor mij. Romantisch, hè?'

'Sam,' zei ik zo rustig mogelijk, 'Sam, hij is een jóngen.'

'Een jongen?' piepte Sam opgewekt. 'Hij is een spetter... het stuk van de zesde. Mark en Sam. Sam en Mark. Klinkt goed, toch?'

'Maar waarom zou je met een jongen uitgaan?' vroeg Tyrone.

Sam haalde zijn schouders op. 'Voor de lol. Een geintje. Een beetje praten. En daarna... wie weet?'

We waren zo geschokt door wat hij zei dat niemand in de gaten had dat er een politieman naar ons toe kwam.

Agent Chivers

De drie jongens en het meisje die beantwoordden aan het signalement dat ik had gekregen, stonden ernstig met elkaar te praten in de buurt van de barak op het speelterrein. Ik liep naar hen toe, maar tot mijn verbazing praatten ze gewoon door.

'Middag, jongelui,' zei ik. 'Alles in orde hier?'

Het meisje gaf antwoord. Alles was oké, zei ze.

Ik zei dat ik een klacht had gekregen wegens onbetamelijk gedrag van een groepje van vier jongeren van hun leeftijd.

'Onbetamelijk gedrag?' vroeg de lange, magere jongen met de grote neus. 'Wat voor "onbetamelijk gedrag"?'

'Rotzooien met elkaar,' zei ik. 'Dames met hondjes de stuipen op het lijf jagen.'

'Oké, agent. We zullen opletten of we ze ergens zien,' zei het meisje dat Amerikaans klonk.

'Mooi zo,' zei ik. 'Loop dan maar weer door.'

Al met al vond ik dat ik de situatie tactvol had opgelost.

Tyrone

Het was niet echt een normaal einde van de schooldag. Eerst kwam Sam met dat romantische gedoe over Mark Kramer, en toen werden we in het park aangesproken door dezelfde jonge agent die ons ook had gewaarschuwd na die toestand bij Burger Bill. Ik kreeg het akelige gevoel dat het helemaal de verkeerde kant op ging.

Bij het hek van het park besloten we uiteen te gaan. Jake en ik zouden naar huis gaan, Matt en Sam wilden nog een straatje om lopen voordat ze naar de barak terugkwamen, waar Sam zich kon omkleden. Met een beetje geluk zou Agent Bemoeial dan wel verdwenen zijn.

Matthew

Sam was het spoor bijster. Na twee dagen als meisje, een stel valse tieten en de kans op een afspraakje met Mark Kramer leek het wel of hij zijn verstand verloren had. En die aanvaring met de politie maakte het er ook niet beter op.

'Laten we nog even door het park lopen!' Hij danste op en neer en sloeg met zijn ene vuist in de handpalm van zijn andere hand. 'Misschien is er wat te beleven. Een beetje lol trappen.'

Ik antwoordde dat ik niet zat te wachten op nog meer problemen. Steeds als er iets fout ging, kreeg ík de schuld.

'Wat nou?' riep Sam met een waanzinnige grijns op zijn gezicht. 'Begint mijn neefje terug te krabbelen? Loopt Operatie Samantha hem uit de klauwen?'

'Dat zou kunnen,' zei ik. 'Het wordt een beetje klef, vind je niet, dat meisjesgedoe? Misschien kunnen we beter alles opbiechten en doorgaan met ons leven. Wat kunnen ze doen? Ons de doodstraf geven?'

Sam stopte abrupt met zijn woeste dans. 'Rustig nou, Matt,' zei hij. 'Jullie hadden me gevraagd om dit een week vol te houden op Bradbury Hill. We hebben nog drie dagen te gaan.'

We sloegen de hoek om naar het park. Ik wilde Sam net antwoorden dat het onze bedoeling was geweest om de meiden voor schut te zetten – hoewel dat niet echt gelukt was – toen ik opeens iets zag waardoor ik stokstijf bleef staan.

Mijn moeder reed onze kant op. Ze was op zoek naar een parkeerplaats en vond er een op vijftig meter afstand. Toen ze uit de auto stapte zag ze ons.

'Geen woord!' mompelde ik. 'Doe wat ik je zeg.'

'Wat?' zei Sam. Toen pas ontdekte hij mijn moeder. 'O jee.'

'Draai je om, heel langzaam en normaal,' zei ik. Tot mijn verbazing gehoorzaamde hij zonder protesten. 'Daar gaan we weer,' zei ik, en ik legde mijn rechterarm nonchalant om zijn schouder. Hij deinsde terug, maar ik hield hem stevig vast en hij ontspande zich.

'Hier ga je spijt van krijgen,' mompelde hij.

'Blijf zo lopen tot we de hoek om zijn,' zei ik.

We waren bijna de straat uit toen ik nog even achterom keek. Mijn moeder stond naast haar auto en staarde ons na.

We sloegen de hoek om. Ik liet Sam weer los en hij sprong bij me vandaan.

'Je bent niet gezond, Matthew Burton,' zei hij. 'Waarom probeer je me steeds te versieren?'

Ik glimlachte vermoeid. 'Wie krabbelt er nu terug?' zei ik.

Mevrouw Burton

Alsof ik die dag nog niet genoeg verrassingen te verwerken had gekregen zag het er nu naar uit dat Matthew de meisjes had ontdekt. Toen ik hem stiekem door de straat zag schuifelen met zijn arm om een klein blond meisje met een paardenstaart, maakte zich een gevoel van me meester dat iedere moeder ondergaat als ze haar kind de eerste stap naar volwassenheid ziet zetten – een mengeling van weemoed en opluchting.

Matthew met een vriendinnetje! Ik lachte zachtjes.

David stond in de keuken toen ik Somerton Gardens nummer 23 binnenstapte. Dat was in elk geval nog niet veranderd. David vindt het belangrijk voor een gezin om samen te eten op momenten dat er problemen zijn. Dat versterkt de band, is zijn theorie. Vanavond zou het paella worden. Toen ik binnenkwam schepte hij wat rode saus op een lepel en stak me die toe.

'Proef eens. Is het zo pittig genoeg?' vroeg hij bezorgd.

'Matthew heeft een vriendinnetje,' zei ik. 'Ik zag ze net samen lopen. Ik geloof niet dat ze mij hebben gezien. Een klein blond ding met lang haar.'

David stond nog steeds met de lepel in zijn hand. 'Matthew? Dat kan toch niet? Ik bedoel, is hij daar niet te jong voor?'

Ik zei dat kinderen er tegenwoordig vroeg bij waren. Misschien was het ook wel goed, voegde ik eraan toe. Het zou hem wat meer zelfvertrouwen kunnen geven.

'Wie was het?' vroeg hij.

'Een meisje uit zijn klas, denk ik.' Ik proefde de saus en zei dat er nog wat zout bij moest. 'Heb jij ooit… met hem gepraat?' vroeg ik.

David roerde in de pan met saus en keek bezorgd. 'Gepraat? Je bedoelt… hét gesprek?' Hij schudde zijn hoofd. 'Nee, eigenlijk niet.'

'Dan werd het hoog tijd,' zei ik.

Hij knikte somber.

Pas toen we de jongens bij de voordeur hoorden, besefte ik dat we nog niet hadden overlegd hoe we ons op de mogelijke komst van Sams vader moesten voorbereiden.

Matthew

Ik nam aan dat er een of andere crisis was. Anders zou mijn moeder niet zo vroeg thuis zijn. Toen ik hen allebei in de keuken zag, met zorgelijke gezichten, wist ik het zeker: slecht nieuws.

Maar het bleek mee te vallen.

'Hé, zag ik jou net niet bij het park?' vroeg mam, met een vreemd lachje op haar gezicht in een poging er een grapje van te maken.

'Bij het park?' zei ik. 'Nee, ik denk het niet.'

'Ik had kunnen zweren dat ik je met een meisje zag.'

Ik haalde schuldbewust mijn schouders op. 'Nee,' mompelde ik. 'Dat moet iemand anders zijn geweest.'

'Dus je was met Sam?' vroeg mijn vader.

Ik keek snel naar Sam, en meteen wist ik wat er komen ging. Sinds het moment waarop ik mijn arm om hem heen geslagen had, wachtte hij op een kans om wraak te nemen.

'Nee, ik was met Jake en Tyrone,' zei hij. 'Ik wilde Matt wat…' – hij knipoogde naar me – 'wat privacy geven, als je begrijpt wat ik bedoel.'

'Je hoeft je nergens voor te schamen,' zei mijn vader. 'Het is heel normaal hoor. Wie is het?'

'Ja,' zei Sam, 'wie is die babe?'

De paniek sloeg toe. 'Sss… Sss… Simone,' zei ik. 'Ze zit bij me in de klas.'

Mijn moeder glimlachte. 'Ik heb je nog nooit over een Simone gehoord.'

'Ze was me nog niet eerder opgevallen,' mompelde ik. 'Maar ik wil het niet over haar hebben.'

'Wij wel,' zei Sam, die zich nu kostelijk amuseerde. 'Laat horen, Matt! Hoe is ze?'

Mijn ouders keken me verwachtingsvol aan.

'Nou, ze is heel rustig en best wel intelligent, maar een beetje verlegen. En ze ziet er geweldig uit. Ja toch?'

Ik kneep mijn ogen halfdicht. Ik zou het Sam betaald zetten, al was dat het laatste wat ik deed. 'Ja,' zei ik ijzig. 'Ze is heel knap… heel meisjesachtig en *vrouwelijk*.'

Op dat moment stootte mijn moeder mijn vader aan. 'Ik moet boven nog even bellen,' zei ze, terwijl ze hem een veelzeggende blik toewierp. Haastig verdween ze uit de keuken.

Meneer Burton

Ik heb altijd van mezelf gevonden dat ik redelijk kan communiceren, maar als ik eerlijk ben was mijn gesprek met Matthew en Sam over de bloemetjes en de bijtjes niet zo'n succes. Bepaalde woorden en uitdrukkingen met een intieme betekenis klonken nogal raar toen ik ze zei – alsof niemand ze ooit eerder had gebruikt.

Matthew probeerde me steeds te onderbreken. Hij zei dat hij het allemaal al wist en dat we er niet op door hoefden te gaan. Maar helaas leek Sam nogal onschuldig op dit gebied en stelde hij me allerlei vragen waarop ik eerlijk gezegd steeds vaker het antwoord schuldig moest blijven.

Matthew

Nee, nee, nee, nee, NEE! Dat niet! Niet in de keuken! Niet van mijn vader! Hou op, alsjeblieft!

Op zijn wanhopige, stuntelige manier probeerde pap ons alles over seks te vertellen, maar hij keek er steeds ongelukkiger bij. Er vielen lange, pijnlijke stiltes. Steeds als hij woorden moest gebruiken waar hij moeite mee had – zoals 'condoom', 'erectie', 'sperma' en 'vagina' – trok hij een gezicht alsof alleen het uitspreken ervan hem al pijn deed.

Sam had natuurlijk de tijd van zijn leven. Hij ging maar door en stelde de ene vraag na de andere, totdat ik het liefst onder de keukentafel was weggekropen.

'U bedoelt dat de jongen dan zijn… en het meisje haar… Leg dat nog eens uit, meneer Burton.' Enzovoort, enzovoort. 'En wat is *veilige* seks nou eigenlijk?'

Dat deed de deur dicht, besloot ik. Nu was het officieel. Sam en ik waren in oorlog.

Na het Grote Seksgesprek gingen we naar boven, terwijl Sam zijn voorhoofd fronsde alsof hij nog steeds nadacht over die fascinerende maar lastige zaken die hij net te horen had gekregen over jongens, meisjes en hun lichaam. We stapten mijn kamer binnen. Zodra ik de deur achter me dicht had gedaan, liet Sam zich voorover op het bed vallen, begroef zijn gezicht in het kussen en beukte met zijn vuisten op de matras, uitzinnig van vreugde.

'Sam!' Ik greep hem bij de achterkant van zijn shirt en sleurde hem overeind. Hij had tranen in zijn ogen van het lachen.

Ik kon er niets aan doen. Ik wilde kwaad op hem zijn, maar algauw kreeg ik ook de slappe lach.

Arme pap. Hij moest eens weten.

10

Crash

De vliegreis was een ramp. Ottoleen had nog nooit eerder gevlogen en in een van die rare blaadjes die ze elke week koopt
had ze gelezen dat vliegen op grote hoogte ernstige gevolgen
kan hebben als je toevallig siliconen-implantaten in je lichaam
hebt.

En die hééft Ottoleen. Siliconen. In haar voorgevel, als je begrijpt wat ik bedoel. Op die plaats zijn de siliconen zelfs zwaar
in de meerderheid, zal ik maar zeggen.

Negen uur lang zat ze naast me met haar armen voor haar
borst gekruist. 'Ze gaan ontploffen, Crash!' fluisterde ze steeds
weer. 'Niks aan te doen. *Beng!* Ze spatten over iedereen heen.
Ik wéét gewoon dat ze gaan knallen.'

Ik bestelde een drankje voor haar en voor mezelf. Toen nog
een. Tegen de tijd dat het vliegtuig boven Londen aan de lan-
ding begon, hadden we nergens meer last van.

Ottoleen

'Verdomme, Crash,' zeg ik steeds opnieuw. 'Ik hoop dat het dit allemaal waard is.'

Om mijn gedachten af te leiden van de vlucht probeer ik te bedenken wat we gaan doen met het geld van die beloning, of erfenis, of wat het ook is.

We zullen een groot, duur huis kopen, een soort ranch, met grote badkamers en gouden kranen, vlakbij Hollywood, zodat ik weer aan mijn carrière als filmster kan gaan werken. Een flink stuk grond, met paarden, veel dienstmeisjes en zo, die allemaal heel beleefd tegen me zijn: 'Goedemorgen, mevrouw Lopez' en 'Is er verder nog iets van uw dienst, mevrouw Lopez?' Het kind, Sam, zal wel bij ons in huis komen, omdat hij de reden is dat we de jackpot hebben gewonnen. Hopelijk is hij een vrolijk, energiek joch dat zo'n raar jongerentaaltje spreekt zonder echt vervelend te worden – zo'n beetje als Macaulay Culkin voordat hij flipte en ging trouwen en zo.

Ja, ik moet deze ellende er maar voor over hebben denk ik, terwijl ik mijn armen tegen mijn borsten klem (die dingen kosten geld!). Het is het wel waard.

Zia

Ik was best teleurgesteld toen ik hoorde dat Sam op Mark Kramer viel. Niet erg origineel van haar. Ik bedoel, iedereen viel op Mark Kramer.

Ik had gedacht dat Sam meer smaak had. Als we samen praatten ging het bijvoorbeeld niet over de bekende dingen, maar over muziek. Ze schreef de namen op van gitaristen naar wie ik moest luisteren; niet alleen Hendrix, Clapton en Plant, over wie ik wel gelezen had, maar ook mensen als Albert Lee, Jeff

Beck, Scotty Moore en James Burton. Ze gaf me een lijstje van groepen uit de sixties die erg goed waren en beloofde dat ze wat cd's voor me zou zoeken.

Vreemd eigenlijk. Ze leek modern genoeg, maar als ik begon over trance, techno of *drum 'n' bass* schudde ze haar hoofd alsof ze dat allemaal niks vond.

Op muzikaal gebied was ze een biljoen jaar oud, maar toch liep ze voorop. Het maakte mij niet uit. Toen ik thuiskwam haalde ik zelfs mijn Doors-cd tevoorschijn om er nog eens naar te luisteren.

Het leek helemaal niet te passen bij haar gezwijmel over Mark Kramer. Hoe kon iemand die zo cool en ánders was zo'n cliché zijn in de liefde?

Tyrone

Dat was de avond waarop het leven thuis nog lastiger werd.

Mijn moeder had nu de obsessie dat ze iets aan mij moest 'doen' voordat het te laat was. Opeens zag ze me als een wandelende verzameling van alle verkeerde eigenschappen die een puber maar kon bezitten. Ik was te dik, ik haalde geen goede cijfers op school en ik had de verkeerde vrienden.

Daarom had ze bedacht dat ik een paar avonden per week bijles moest krijgen. Na het eten belde ze Matthews moeder, in de veronderstelling dat die wel de namen van een paar leraren zou kennen. Ouders van 'probleemkinderen' moesten elkaar toch helpen? In plaats daarvan hield Matthews moeder een heel verhaal over Matts nieuwe vriendinnetje.

Ik vraag me weleens af waarom de ouders bij mij in de buurt altijd proberen elkaar te overtreffen. Ze zijn voortdurend bezig hun kinderen te vergelijken: wanneer ze voor het eerst lopen of praten, hoe ze presteren op school, wat voor interessante hobby's ze hebben, welke leuke dingen ze zeggen, hoe goed ze zijn in sport of muziek, hoeveel vrienden ze hebben en of ze voor hun examens zijn geslaagd. Het houdt nooit op.

En mijn moeder heeft zich met hart en ziel in dat spelletje gestort, hoewel ze altijd verliest. Tragisch hoor. Soms hoor ik haar met iemand bellen. 'Hij kan met iedereen opschieten, onze Ty,' zegt ze dan wanhopig, of: 'Wat hij niet van internet weet is het weten niet waard.' In het wereldje van die ouders betekent zo'n opmerking maar één ding: *Ik doe mijn best, maar mijn zoon is helaas een rampzalig geval.*

Toen ze die avond met mevrouw Burton belde, werd ze geconfronteerd met mijn zoveelste mislukking: meisjes!

Matthew Burton had een vriendinnetje. Ik luisterde mee vanaf de bovenverdieping en kon mijn oren niet geloven.

'Helemaal verliefd?' lachte mijn moeder geforceerd en veel te luid, zodat ik wist dat ze duizend doden stierf. 'Wat grappig,' vervolgde ze, terwijl ze haar stem liet dalen. 'Tyrone is de laatste tijd héél geïnteresseerd in een dochter van vrienden van mij, de Lavery's. Hij is een succesvol advocaat, weet je.'

Ik steunde mijn hoofd met mijn handen en sloop vermoeid naar mijn kamer terug om te wachten op het bezoekje dat onvermijdelijk zou volgen.

Mevrouw Sherman

Tyrone is wat te jong voor zijn leeftijd. Daarom heeft hij moeite met afvallen. Het is baby-vet. Als hij een jaar of zestien is, raakt hij dat wel kwijt.

Ik besloot eens met hem te praten – of beter gezegd: tegen zijn achterhoofd, terwijl hij een spelletje deed op zijn computer.

'Ik hoorde dat Matthew een vriendinnetje heeft,' zei ik nonchalant.

'Ik weet van niks,' zei Tyrone.

'Ze schijnt wel knap te zijn. En slim. Simone, heet ze. Ken je haar?'

Ik zag dat Tyrone was gestopt met zijn spelletje. 'Nee,' zei hij.

'Ik maak me gewoon een beetje zorgen dat je achterop raakt, Tyrone. Het zou je goed doen als je eens een meisje had.'

Tyrone speelde weer verder en negeerde me. 'Misschien moet ik toch die afspraak maken met de Lavery's,' zei ik. 'Juliana vraagt steeds naar jou.'

Tyrone bromde wat op zijn bekende, weinig toeschietelijke manier.

'Meisjes zijn best leuk,' zei ik bemoedigend. 'Jullie zouden samen naar de film kunnen gaan. Ik weet zeker dat je met Juliana veel meer plezier kunt hebben dan met die jongens met wie je altijd rondhangt.'

Tyrone zette de computer uit, zuchtte diep en draaide zich om op zijn stoel. 'Mam, ik wil geen vriendinnetje,' zei hij. 'Ik zou niet weten waar we over moesten praten. Ik heb geen zin.'

'Máák dan zin,' zei ik, wat fermer nu. 'Ik zou het fijn vinden als je tenminste een paar keer met een meisje uitging. Stel je voor dat je zo'n man wordt die eenzaam op een flatje zit, achter een computer – zo iemand die diepvriesmaaltijden eet en zich niet vaak genoeg wast! Daar zou ik als moeder veel verdriet van hebben, Tyrone.'

Weer kreunde hij, lang en zacht.

'Probeer het nou eens,' zei ik. 'Maak een afspraakje met Juliana. Misschien is zij het geschikte meisje voor je. En anders zoek je verder. Wil je dat niet doen? Voor mij?'

Hij knikte.

Ik glimlachte en kuste hem op zijn kruin. Hij is een lieve jongen, Tyrone. Hij heeft alleen wat hulp van zijn moeder nodig om uit zijn schulp te kruipen.

Tyrone

Simone? Dat kon alleen maar Sam zijn. Wat had hij nu weer uitgevreten?

Mevrouw Cartwright

In de lerarenkamer nam ik Steve Forrester even apart voor een goedbedoeld advies, zoals ik dat altijd noem.
'Die meisjes uit de tweede,' zei ik. 'Hoe gaat het nu met ze?'
Het was nog vroeg in het jaar, antwoordde hij, maar hij was heel tevreden over zijn klas. De meisjes waren 'levendig en geïnteresseerd', volgens hem.
Toen ik iets zei over het football op het schoolplein begon hij te lachen.
'Toch is er een verschil tussen levendig en onbeschoft,' merkte ik op, zonder mijn goede humeur te verliezen, al kostte dat moeite. 'Mevrouw Fisher vertelde me dat ze Katie Spicer aansprak en toen hoorde dat een van de andere meisjes een wind liet – behoorlijk hard.'
Steve beloofde ervoor te zorgen dat 'de tweede' zich in de toekomst wat beter zou gedragen.
'Dat Amerikaanse meisje, Sam Lopez,' zei ik. 'Ze vindt zichzelf nogal geweldig, is het niet?'
Steve zei dat Sam een leuke meid was, een beetje uitbundig, maar verder niets mis mee.
En ik geloofde hem. Twintig jaar ervaring in het onderwijs, en toch geloofde ik hem.

Matthew

Operatie Samantha lag op zijn kont. De Barakkers bestonden

niet meer, de Bitches waren vergeten. Alles was anders.

Maar niets was zo veranderd als Sam Lopez. In de klas was hij haantje de voorste, altijd een met inkt bevlekte vinger omhoog, net als die andere uitslovers en studiehoofden. Sommige leraren – Ward van wiskunde, Fisher van tekenen – reageerden geïrriteerd, omdat hij dikwijls zijn vinger opstak zonder enig idee van het antwoord. Hij wilde gewoon iets zeggen, wat dan ook.

Maar Steve Forrester was nog altijd zijn grootste fan. 'Een beetje enthousiasme kan geen kwaad,' zei hij, als iemand van ons begon te lachen omdat Sam een stom antwoord gaf. 'Sam probéért het tenminste, wat je van sommige andere mensen niet kunt zeggen.' En als de leraar niet keek draaide Sam zich haastig om en stak zijn tong uit.

Ja, echt! Dat hoor je goed. Hij stak zijn tong uit. Hij had de meisjes dan wel geleerd hoe ze moesten lopen, praten en kauwgom kauwen als een jongen, maar zelf schoof hij nog veel sneller naar de andere kant op. Een paar dagen in een rokje en Sam had al dezelfde gebaren als een meisje: zoals hij kletste, zoals hij tegen zijn vriendinnen opbotste als ze door de gang liepen of hun arm pakte als hij een sappige roddel te vertellen had.

Een vreemd en beangstigend feit deed zich voor – iets wat zo bizar en onbehaaglijk aanvoelde dat niemand van ons er iets over durfde te zeggen, hoewel we allemaal wisten dat het zo was. Sam begon te veranderen. Hij werd steeds aardiger, steeds prettiger om mee te praten, steeds… menselijker.

Jake

Ik dacht nog steeds dat hij elk moment zou kunnen omslaan. Ik herinnerde me nog wat er bij Burger Bill was gebeurd toen ik een grapje over zijn vader had gemaakt, ook al leek iedereen dat nu vergeten.

En zijn gezelschap maakte de meisjes er ook niet leuker op. Ze kletsten nog meer dan vroeger en ze droegen nu ook van die bespottelijke sporthorloges, zelfs de meiden in de zesde! Als iemand nog een bewijs wilde hoe achterlijk meisjes kunnen zijn, dan was dit het wel. Sporthorloges! Dé mode-accessoire van het jaar. Laat me niet lachen.

Zia

Dit was het grote moment. Zelfs nu lopen de rillingen nog over mijn rug als ik eraan terugdenk.

In de pauze zei ik tegen Sam dat ik naar The Doors had geluisterd. Ze lachte en vroeg me wat mijn lievelingsnummer was. '*People Are Strange*,' zei ik.

'Dat meen je niet,' zei ze. 'Niet *Light My Fire*? Dat kiezen de meeste mensen.'

'Ik vind *People Are Strange* erg goed. Ik heb ook de akkoorden gevonden, zodat ik het op mijn gitaar kan spelen.'

Ze keek me aan alsof ze nog nooit zulk geweldig nieuws had gehoord. En tot mijn stomme verbazing begon ze opeens te zingen.

Het is een vreemd nummer over ongewenst zijn, over hoe anders en lelijk de mensen lijken als je alleen bent in de wereld, maar Sams stem – hoog en een beetje hees – paste heel goed bij de tekst en de muziek.

Ik kon er niets aan doen. De muziek kreeg me in haar greep. Ik merkte dat ik de gitaarpartij zong en de vocale melodie begeleidde met het staccatoritme en de mineurakkoorden die overgingen in majeur bij het refrein, met die hoge, spookachtige harmonie, zo vreemd en opzwepend als het nummer zelf.

Na het refrein bleef het een paar seconden stil. Dat hadden we mooi gedaan, samen. Heel erg mooi zelfs.

Sam lachte even, bijna verlegen dat het zo geweldig klonk. Toen begon ze aan het volgende couplet en ik deed mee, met meer zelfvertrouwen nu.

We glimlachten terwijl we zongen. Hier gebeurde echt iets bijzonders. Mensen in onze omgeving keken onze kant op. Ik bedoel, niemand zingt ooit een tweestemmige harmonie op het schoolplein van Bradbury Hill. Maar voordat ze konden lachen of 'Kop dicht!' konden roepen, raakten ze zelf ook in de ban van de muziek.

Tegen de tijd dat we het eerste couplet hadden herhaald had zich een kleine groep gevormd om ons heen. En aan het eind kregen we zelfs een aarzelend applaus.

'Wanneer hebben jullie dat gerepeteerd?' vroeg iemand.

'Dat hebben we niet,' zei ik.

'Muzikaal gevoel,' zei Sam hoofdschuddend.

En we liepen bij elkaar vandaan, bijna alsof we allebei tijd nodig hadden om te verwerken wat er net was gebeurd.

De rest van de dag kon ik nergens anders meer aan denken. Steeds weer hoorde ik die muziek in mijn hoofd.

Crash

Het was grijs op het vliegveld. Buiten miezerde het: zo'n besluiteloze Engelse motregen. En het was veel te druk. Als Ottoleen iemand een simpele vraag stelde, keken ze ons aan alsof we onder een steen vandaan waren gekropen.

'Dit is wat we gaan doen,' zei ik, toen we in de rij voor een taxi stonden. 'We huren een auto, we zoeken die jongen en we nemen hem zo snel mogelijk mee uit dit ellendige land, terug naar de beschaving.'

'Ik moet slapen,' zei Ottoleen, zwaaiend op haar benen. Ze kon niet goed tegen drank. 'Breng me naar een hotel, Crash.'

Normaal hoef ik niet lang na te denken als ik die woorden hoor uit de mond van een mooie jonge meid, maar nu moest ik familiezaken regelen.

'We gaan naar een hotel. Daarna huren we een auto en…'

Maar Ottoleen had haar hoofd al op mijn schouder gelegd en maakte van die miauwende geluidjes waarvan ze weet dat ik er niet tegen bestand ben. 'Poesje is zoooo slaperig…' zei ze.

'Goed dan,' snauwde ik. 'Ik zal je naar een hotel brengen.'

'Miauw-miauw,' fluisterden Ottoleens mooie lippen. Ze sloot haar ogen en knikte dankbaar.

Ik zag dat het gezin voor ons, een vader en moeder met twee foeilelijke roodharige kinderen, zonverbrand door de vakantie, ons aanstaarde.

'Heb ik wat van jullie aan?' vroeg ik, en ik trok een gemene kop. Ze werden nog roder en keerden zich haastig om, zenuwachtig mompelend.

Die Britten, niet te geloven. Ze kennen geen manieren.

Mevrouw Burton

Wij zijn altijd een open en eerlijk gezin geweest waarin alles besproken kon worden, maar die kwestie van Sams erfenis – en het feit dat zijn dubieuze vader elk moment op de stoep kon staan – bleek toch een groot probleem voor David en mij. Het schooljaar was zo goed begonnen. Sam had het naar zijn zin op Bradbury Hill en Matthew had nu zelfs een vriendinnetje! Daarom leek het ons niet verstandig de jongens op zo'n belangrijk moment met dit nieuws te overvallen. De waarheid moest deze keer maar even wachten.

Ik vroeg David de politie te bellen, alleen om door te geven dat er misschien een ongewenste Amerikaan rond ons huis sloop en dat er een kans bestond op kidnapping. Ik weet niet of ze hem wel zo serieus namen als ik had gehoopt.

Agent Chivers

Ik heb hier nog een notitie dat er een zekere meneer Burton had gebeld omdat hij zich zorgen maakte over het gedrag van ene meneer Lopez. Ik noteerde het gesprek in het register, maar zei hem eerlijk dat een vage waarschuwing voor een Amerikaan die mogelijk in de buurt rondsloop met plannen om zijn zoon te ontvoeren niet hoog op ons lijstje stond, zelfs niet als hij een 'schimmige figuur' was, zoals meneer Burton het uitdrukte.
Het viel me op dat ik de naam Burton de laatste tijd wel vaker hoorde. Pas achteraf legde ik verband met het incident bij Burger Bill.

Meneer Burton

Het is heel belangrijk om niet onbesuisd te reageren of in paniek te raken. Na het telefoontje zei ik tegen Mary dat we gewoon door moesten gaan met leven, alsof er niets aan de hand was.
Met die gedachte in mijn achterhoofd verzweeg ik ook iets anders dat me was opgevallen. Sam scheen zijn wenkbrauwen te plukken.
Ik vond toch al dat hij de laatste tijd iets vrouwelijks had, op een vage manier. Soms raakte hij de arm aan van iemand met wie hij zat te praten. Zijn stem leek veel zachter en minder agressief dan van de oude Sam. En hij gebruikte allerlei uitdrukkingen die je eerder van een meisje zou verwachten.
Bovendien kondigde hij nu elke avond aan dat hij naar boven moest om in zijn dagboek te schrijven.

Ik moet zeggen dat ik Sam Lopez nooit had ingeschat als iemand die een dagboek bijhield.

Mark

Ze was gewoon een meisje. Dat hield ik mezelf steeds voor als ik Sam Lopez weer zag, de dagen erna. Zomaar een meisje. Doe normaal, Mark Kramer.

Maar ik kon er niets aan doen. Ik had dat lege, misselijke gevoel in mijn buik. De meeste dagen sloop ik na de lunch de school uit om snel een sigaretje te roken, maar nu had ik daar geen zin in. Ik wilde Sam zien. Met haar praten.

Wat gebeurde er met me? Ik had ieder meisje op Bradbury Hill kunnen krijgen, maar ik ging plat voor zo'n kleine Yank uit de tweede die totaal niet in me geïnteresseerd leek.

Misschien overdrijf ik nu. Als ik in haar buurt kwam (zo vaak als ik de kans kreeg), begonnen haar vriendinnen stom te giechelen. Maar uit de snelle blik die Sam in mijn richting wierp kreeg ik toch het gevoel dat ze mijn aandacht wel vleiend vond.

Maar ze zorgde er wel voor dat ze nooit alleen was.

Er was al een hele dag voorbij sinds ik Elena Griffiths die boodschap voor Sam had gegeven. Aan haar houding kon ik zien dat ze het bericht had ontvangen. Mark Kramer is niet gewend om te moeten wachten, zeker niet op een meisje. Dus toen Sam en haar drie vriendinnen, onder wie Elena, aan het eind van de lessen hun jassen pakten, liep ik 'toevallig' voorbij.

'Hé Sam,' zei ik cool.

Ze keek over haar schouder vanaf de kapstok, met die lange, strakke blik waardoor mijn maag een driedubbele salto maakte.

'Ja?' zei ze.

'Heb je mijn eh… mijn bericht gekregen?'

Sam had zich alweer omgedraaid. 'Misschien,' zei ze, terwijl Elena en haar twee vriendinnen elkaar aanstootten en giechelden.

'En?' vroeg ik.

'We zien je wel bij het hek, Sam,' zei Elena, terwijl ze de andere twee bijna met geweld meesleurde.

Opeens was iedereen verdwenen.

'Eindelijk alleen.' Ik lachte tegen haar. Niemand kan die lach weerstaan.

Niemand, behalve Sam Lopez.

Ze deed een stap naar me toe en één moment dacht ik dat ze me zou slaan. Maar in plaats daarvan porde ze me met een harde, kleine vinger tegen mijn borst.

'Pas maar op, jongen,' zei ze zacht, bijna dreigend. 'Je weet niet waar je aan begint.'

Ze deed een stap terug en bekeek me van hoofd tot voeten, met haar handen in haar zij, als zo'n raar gangstermeisje uit een oude film. 'Laat me met rust,' zei ze. *'Capice?'*

Toen draaide ze zich om en verdween vastberaden de gang door. Haar haar zwiepte achter haar aan als de staart van een boze pony.

God, ik hou van die meid. Ze wordt steeds beter.

Ottoleen

Ik heb nog nooit zo'n echte vent gehad als Crash Lopez. Hij kan zich met hart en ziel ergens voor inzetten. Ik zei hem dat hij ooit een boek moest schrijven, *De Crash Lopez-Gids om dingen voor elkaar te krijgen terwijl iedereen in de hele wereld zegt dat het onmogelijk is.* Misschien moet er nog wat aan de titel worden geschaafd, maar de strekking is duidelijk genoeg, en heel inspirerend.

Dit is de Crash-Methode:

1. Beslissen wat je wilt doen.
2. Flink wat heibel maken.
3. Schreeuwen en schelden.
4. Nog meer heibel maken.
5. Zorgen dat het gebeurt.

Dus zitten we in dat grote, lelijke hotel vlakbij het vliegveld. Na een paar uurtjes slaap zijn we wakker geworden met een mengeling van hoofdpijn en misselijkheid, als gevolg van de jetlag en de drank.

Crash loopt naar de balie. 'Ik wil een auto huren,' zegt hij.

De receptioniste, zo'n type als Morticia Addams met zwartgeverfd haar en een scherp, afkeurend stemmetje, kijkt op van haar computerscherm en vraagt: 'Vandaag nog, meneer?'

Ik zie Crash al ongeduldig worden. Dat is niet de manier waarop je hem moet aanspreken. 'Nee hoor! Ik wil liever nog een week in dit hotel rondhangen! Natuurlijk vandaag.'

'Ja, meneer.' De vrouw glimlacht en schuift een telefoon een paar centimeter naar hem toe. 'Als u naar het verhuurbedrijf vraagt, zullen ze u graag van dienst zijn.'

Crash kijkt even mijn kant op, met zo'n blik van *Praten ze hier allemaal alsof ze een kurk in hun achterste hebben?* Dan grist hij de hoorn van de haak en snauwt: 'Autoverhuur.'

Hij is vijf minuten aan het woord om alle details te bespreken – hoeveel de auto mag kosten, of het een gezinsauto moet zijn, of hij airco moet hebben. Ten slotte gaat Crash akkoord met een Nissan, omdat hij in Amerika ook eens een Nissan heeft gehad. Hij vraagt wanneer de auto klaar zal staan. Over een uurtje, is het antwoord. Maar hoe langer hij blijft praten, des te langer het gaat duren. Crash hangt op. 'Wat een land,' mompelt hij, terwijl hij de telefoon weer terugschuift naar Morticia. 'Dank u, meneer,' zegt ze.

Een uurtje later staan Crash en ik bij de ingang als er een klein wagentje, een soort vlo op wielen, langs de stoep stopt. Een jonge zwarte vent in een strak, glimmend pak stapt uit.

'Meneer Lopez?' zegt hij.

Crash kijkt naar de auto alsof de waarheid heel langzaam tot hem doordringt. 'Dat meen je niet,' zegt hij.

'Uw Nissan Micra, meneer,' zegt de jongeman.

'Ik had gevraagd om een Nissan. Dit is geen Nissan. Dit is een speelgoedauto.' Hij loopt vloekend en scheldend om de auto heen. De chauffeur staat er een beetje verlegen bij.

Daarom besluit ik in te grijpen. Op deze manier komen we niet verder en we hoeven er niet het hele land mee door. 'Een knus autootje,' zeg ik. 'Ik vind het wel leuk.'

'Crash Lopez stapt niet in zo'n blikje! Ik zou me doodschamen.' Crash blijft voor de auto staan, maar ik zie dat hij aarzelt.

'Niemand kent je hier,' zeg ik. 'Zo val je niet op. De mensen zullen denken dat je Engels bent.'

'En dat vind jij een *aanbeveling*?' vraagt Crash. Maar dan lijkt hij zijn trots in te slikken. Hij loopt nog een keer om de auto heen en stapt in. Heel even kijkt hij verbaasd om zich heen. 'Waar zit het stuur, verdomme?' vraagt hij.

'Aan de andere kant, denk ik.'

Crash stapt uit, loopt weer om de auto heen, vloekt nog eens en gaat achter het stuur zitten. Hij wringt zich heen en weer alsof hij klem zit in een konijnenhol. 'Geef me de sleuteltjes.' Hij houdt zijn hand op en staart somber voor zich uit.

De jongeman geeft hem de sleuteltjes.

Crash start de auto en laat de motor toeren maken terwijl de kruier onze tassen achterin legt.

'Iemand zal hiervoor boeten,' mompelt Crash als de kofferbak dichtvalt. De kruier komt naar het open raampje voor zijn fooi, maar Crash heeft de handversnelling al ingeschakeld en we schieten vooruit in dat rare speelgoedautootje, stuiterend als een knikker.

Begrijp je wat ik bedoel? Dat is de Crash Lopez-Methode. Hij krijgt dingen voor elkaar.

II

Charley

Eerlijk gezegd zat die ruzie er al een tijdje aan te komen. El en Zed zijn de beste vriendinnen – meestal – maar dat komt ook omdat ik in ons groepje als buffer fungeer. Want zo nu en dan zijn ze toch heel verschillend van elkaar. Een beetje variatie is natuurlijk wel gezond, maar binnen zo'n kleine groep moeten die verschillen niet te groot worden. Dan hebben we een paar moeilijke dagen.

Zia is heel intelligent, maar ook een beetje gereserveerd en serieus.

Elena is luidruchtig en extravert. Als een leraar op school vraagt wat de hoofdstad van Amerika is, zal Elena antwoorden: 'Hollywood.'

Op de basisschool konden we altijd lachen om dat contrast tussen Zed en El. Maar nu schijnt het steeds belangrijker te worden. Dus lag er een flinke ruzie op de loer. Er was alleen nog een vonkje nodig om het kruitvat tot ontploffing te brengen.

Dat vonkje was Sam Lopez.

Elena had besloten dat Sam háár project was. Ze had wel meer van die bevliegingen – rolschaatsen, fotografie, handtekeningen jagen, basketbal – maar normaal gesproken duurde het een maand, voordat ze weer iets anders in haar hoofd kreeg.

Sinds de dag dat Sam met El mee naar huis was gegaan en een opgevulde beha van haar had gekregen, was El hevig in haar geïnteresseerd. Het Amerikaanse meisje had iets – een vreemd soort kwetsbaarheid achter die zelfverzekerde buitenkant – wat El leek aan te spreken. Haar stemming had moeten omslaan toen de leuke-maar-onhandige Mark Kramer haar vroeg een afspraakje voor hem te regelen met Sam, maar gek genoeg raakte El daardoor nog meer op Sam gefixeerd. Nu konden ze ook hun verliefdheid op Mark samen delen. Ja, Sam was duidelijk Elena's hobby van deze maand.

Helaas gebeurde er iets, nog diezelfde dag. Onverwachts ontstond er iets tussen Sam en Zia, vanwege hun liefde voor muziek. Eerst was het nog wel grappig hoe ze samen over het schoolplein huppelden, zingend als leeuweriken, of met elkaar praatten over muziek en groepen waar niemand ooit van had gehoord, maar na een tijdje begon het irritant te worden, eerlijk gezegd. Bovendien leek de rest van de school niet meer te bestaan voor de zingende zusjes van Bradbury Hill.

Elena had zwaar de pest in. Ik zag hoe ze in de loop van de dag naar hen keek, met een schichtige blik en half toegeknepen ogen, die weinig goeds voorspelden. We hadden afgesproken om die avond naar Zia te gaan, maar Elena had geen zin meer, zogenaamd omdat ze hoofdpijn had ('van dat stomme gezing', zoals ze zelf zei).

De volgende morgen leek ze wat vrolijker, maar ze had ook iets fanatieks. Toen Zia en Sam in de pauze weer stonden te zingen, vroeg Elena heel positief of ze ook mee mocht doen. Dat was het begin van de ellende.

Elena

Oké, ik heb niet zo'n geweldige stem. Maar dat was toch geen reden voor die twee om de slappe lach te krijgen, alsof ze nog nooit zo'n goede grap hadden gehoord (want dat was niet zo)? Ik nam het Sam niet kwalijk. Zij was nieuw hier en niemand had haar verteld dat Zia Khan wel heel onschuldig en open leek, maar dat ze vanbinnen een gemeen, geniepig, verwaand, zelfvoldaan, onaangenaam, egoïstisch, chagrijnig en afzichtelijk kreng was.

Daarom deed ik dat maar. Op het schoolplein. Ik zei tegen Zia dat ik haar nooit gemogen had en dat ik medelijden had met haar en haar perfecte familie en haar hoge cijfers op school. Ik vond dat ze waardeloos gitaar speelde en een stem had als een Siamese kat die met zijn staart tussen de deur zat. En dat was nog maar het begin.

Misschien ging ik een beetje te ver. Opeens schoot Zia vol en rende terug naar de klas. Charley ging achter haar aan en ik zag dat Sam me verbaasd stond aan te kijken.

Ik haalde koeltjes mijn schouders op. Wat? Had ik soms iets verkeerds gezegd?

Jake

Resultaat: een geweldig tumult op het schoolplein. Tyrone, Matt en ik gingen kijken wat er aan de hand was. Niet te geloven. Een echte *cat fight* tussen Elena en Zia. Slaande ruzie. En Sam scheen de oorzaak te zijn.

Toen Zia een huilbui kreeg en wegrende, ving ik Sams blik en knipoogde tegen hem als jongens onder elkaar alsof ik wilde zeggen: Nu begint het erop te lijken. Ga zo door.

Maar het vreemde was dat Sam totaal niet reageerde. Hij trok een heel raar gezicht, een beetje zorgelijk, alsof hij zelf ook op het punt stond om in huilen uit te barsten. Toen draaide hij zich om en volgde Charley Johnson naar de klas – als een ziekenbroeder die emotionele eerstehulp ging verlenen.

Zia

Ik liep naar de klas, trok de deur achter me dicht en liet me op een stoel achter een van de tafeltjes vallen. Ik wou dat ik dood was. Ik had altijd gedacht dat Elena en ik vriendinnen waren. Als ze die dingen echt van me had gedacht, al die jaren, was onze vriendschap één grote leugen geweest.

Achter me ging de deur weer open. Ik kwam overeind, trok een boek naar me toe en deed alsof ik aan het werk was.

'Gaat het?' Het was Sam.

'Ik ben…' Ik wilde zeggen dat er niets aan de hand was, maar in plaats daarvan welde er een hevige, onbeheerste snik in me op. Ik kon er niets aan doen. De woorden wilden niet komen.

'Kalm nou maar.' Sam kwam naast me zitten en pakte mijn hand. 'Maak je niet druk.'

Ze begon tegen me te praten, heel rustig en zacht.

'Heb ik je ooit verteld over die jongen die ik kende?' zei ze. 'Hij zat bij me op school – op een van mijn scholen. Een leuk joch, grappig en populair, een soort vriendje van me. Maar hij had een raar trekje. Zo nu en dan, om de paar weken, zei hij iets wat zó gemeen en akelig was dat hij grote ruzie kreeg. En weet je wat het vreemde was? Omdat hij zelf nogal klein was, probeerde hij juist mensen te treiteren die groter en sterker waren dan hij. Dus werd hij altijd in elkaar geslagen.'

'Waarom deed hij dat dan?'

'Het leek wel of hij opzettelijk problemen maakte als het hem té goed ging. Dan stootte hij mensen af.'

Ik haalde mijn schouders op. Ik begreep niet waar Sams verhaal op sloeg. In elk geval niet op Elena die de akeligste, verraderlijkste zogenaamde vriendin was die iemand ooit had gehad.

'Dus…' Sam boog zich naar voren alsof ze moeite had met de richting van haar gedachten. 'Dus vroeg ik me af wat er aan de hand was met die jongen. Ik praatte er met anderen over, en het bleek dat zijn probleem helemaal niets met zijn vrienden te maken had.' Ze aarzelde even.

'Waar ging het dan om?'

'Om zijn vader. De vader van mijn vriend deugde niet. Hij had altijd last met de politie – zo iemand die vechtend door het leven gaat, zonder zich af te vragen wat de gevolgen zijn. Zijn omgeving vond hem een slechte vader, maar mijn vriend accepteerde hem gewoon zoals hij was.'

'Ik begrijp nog steeds niet waarom hij die ruzies uitlokte.'

'Op een dag, toen mijn vriend vijf was, deed zijn vader zoiets ergs, zoiets krankzinnigs, dat zijn moeder hem uit de stacaravan schopte waar ze woonden. Ze zei dat hij niet meer bij de familie hoorde en dat ze hem nooit meer wilde zien.'

'Wauw.'

'En weet je? Ze heeft hem ook nooit meer gezien – en mijn vriend ook niet.'

'Wat een triest verhaal,' zei ik.

'De reden waarom die jongen altijd problemen maakte was dus simpel. Hij was kwaad en gekwetst, en elke dag van zijn leven vroeg hij zich af waarom zijn vader was weggegaan en of het misschien zíjn schuld was dat het gezin uiteen was gevallen. Om een of andere reden, die hij zelf niet eens begreep, liet hij zich slaan en probeerde hij andere mensen te treffen. Door die pijn… echte pijn, niet het verdriet dat hij diep vanbinnen wegstopte… kon hij zich even wat beter voelen.'

Ik keek Sam aan en zag dat ze een vreemde, verre blik in haar ogen had die ik nog nooit eerder van haar had gezien.

'Je moet die jongen heel goed hebben gekend. Was hij je vriendje of zo?'

Sam lachte en scheen weer terug te keren in de werkelijkheid. 'Welnee,' zei ze. 'Maar zal ik je eens wat zeggen? Volgens mij heeft Elena ook problemen, misschien niet thuis, maar in zichzelf. Ze is jaloers op jou, omdat je het zo goed doet op school, omdat je leuke vriendinnen hebt en misschien zelfs... omdat wij nu samen dat muzikale gevoel hebben, jij en ik. Daarom wil ze je kwetsen.' Ze legde haar handen op allebei mijn schouders en keek me recht aan. 'Je moet je eigen spoor vinden in het leven.'

Ik glimlachte en merkte dat mijn hart sneller sloeg en dat ik een droge mond had; ik weet echt niet waarom. 'Misschien heb je gelijk,' zei ik. 'Die arme El.'

'Zo is het, babe,' zei Sam. 'Zoek je eigen spoor.'

Pas later, toen ik thuis was, vroeg ik me af waarom ze me zo had genoemd. Babe? *Babe?*

Matthew

Sam was die dag in een heel vreemde stemming.

'Burger Bill, mensen,' zei hij toen we hem troffen bij het hek van de school. 'Ik heb vandaag veel te veel emoties voor mijn kiezen gekregen. Ik wil actie!'

'Hou toch op, man!' Jake lachte. 'We hebben al een waarschuwing gehad van de politie. Bill laat ons nooit binnen.'

'Zelfs niet als een lief klein meisje hem dat vriendelijk vraagt?'

'Je bedoelt dat je zo naar het winkelcentrum wilt gaan?' vroeg ik. 'In... in uniform?'

'Ik kan niet riskeren dat ik door de mand val. Nee toch?' zei Sam. 'Wie gaat er mee?'

Op dit punt moet ik een bekentenis doen. Ik begon die oude, brutale Sam te missen. Wat mij betreft mocht hij weer net zo worden als in de grote vakantie. En als ik met hem meeging bij zo'n krankzinnige stunt zou hij zich misschien weer herinneren hoe leuk het was om een jongen te zijn, ook al droeg hij toevallig meisjeskleren.

Jake wilde wel mee, maar Tyrone aarzelde. Normaal had hij weinig last van stemmingen, maar nu staarde hij de hele dag al somber voor zich uit. Algauw bleek (Tyrone kan geen geheimen bewaren) dat hij problemen thuis had. En dat was míjn schuld, omdat ik zo'n leuk vriendinnetje had!

Terwijl we naar het winkelcentrum liepen, bracht ik Sam op de hoogte, maar van zijn gevoelige houding tegenover Zia Khan was weinig meer over nu hij weer in jongensgezelschap was.

'Ho! Dus nu moet Ty ook een vriendinnetje,' zei hij. 'Die Simone heeft heel wat op haar geweten.'

Tyrone lachte en ging voorop toen we naar de High Street liepen. Zijn sombere buien duurden nooit lang.

Crash

We namen een kamer in een goedkoop hotel in het westen van de stad en gingen op zoek. Lang hadden we niet nodig.

Tyrone

Er heerste een rare sfeer die avond. Hoe je het ook bekeek, we hadden de afgelopen vier dagen een knappe stunt uitgehaald. Als Sam zich aan het eind van de week als jongen ontpopte, zouden er heel wat beschaamde gezichten te zien zijn op Bradbury Hill.

Maar hoe hadden we ons dat eigenlijk voorgesteld? Een simpel

'Kiekeboe! Gefopt!' was niet voldoende om het rumoer te be-
zweren als Sam zijn charmante meisjes-uniform, compleet
met haarband en opgevulde beha, aan de wilgen zou hangen.
Nu pas drong het tot ons door dat we ons mooie plan wel van
de grond hadden gekregen, maar dat het ook nog zonder
kleerscheuren moest landen.

Matthew

Sam stapte Burger Bill binnen alsof hij er dagelijks kwam. Hij
duwde de deur open, liet zich op een stoel achter een tafeltje
vallen en keek om zich heen terwijl hij met zijn paardenstaart
speelde, zoals hij de laatste dagen wel vaker deed.
Wij volgden een beetje schoorvoetend, met gebogen hoofd.
Bill was hamburgers aan het bakken, terwijl zijn dochter – die
achttien was en bijna net zo groot als haar vader – naar ons tafeltje kwam om de bestelling op te nemen. We zaten er al vijf
minuten voordat Bill ons ontdekte.
Hij kwam naar ons toe en droogde zijn machtige handen aan
een theedoek. 'Laat het maar aan mij over,' mompelde Sam te-
gen ons toen we hem zagen naderen.
'Ik dacht dat ik duidelijk was geweest, of niet?' zei Burger Bill.
'Ik wil jullie drieën hier niet meer zien.'
'Neem me niet kwalijk, meneer,' piepte Sam verlegen.
'Wat?'
'Ik weet dat u last had van die jongens, maar dat was hun
schuld niet,' zei Sam fronsend, alsof het een pijnlijke herinne-
ring was. 'Dat kwam door mijn broer, die er ook bij was.'
'Bespaar me je sprookjes,' zei Bill. 'Wegwezen, jullie allemaal.'
'Hij is nu terug naar Amerika,' ging Sam haastig verder. 'Hij
zit in een weeshuis. Ze zeiden dat hij…' – hij snoof dramatisch
– '… psychisch niet in orde was.'

Burger Bill sloeg zijn armen over elkaar. 'O nee?'

'Sinds mijn moeder is omgekomen bij dat auto-ongeluk...' Sams stem brak. 'Simon ging helemaal door het lint. Toen we bij onze familie in Londen logeerden dachten we dag en nacht aan onze moeder. Aan mam.'

'Een auto-ongeluk, een moeder die is omgekomen...' Bill schudde zijn hoofd. 'Jullie denken zeker dat ik álles geloof?'

Opeens, tot onze verbijstering en grote schrik, vulden Sams ogen zich met tranen. Hij staarde met een vage blik langs mij en Jake, alsof hij op dat moment het ongeluk zag waarbij zijn moeder daadwerkelijk was omgekomen. Zonder zijn handen voor zijn gezicht te slaan sloot hij zijn ogen. Hij snikte niet, maar de tranen – meer tranen dan menselijk gezien mogelijk leek – stroomden over zijn wangen en druppelden op het formicatafeltje.

Een vader die vlakbij zat met twee kleine meisjes, keek bezorgd om.

Burger Bill wierp een blik in mijn richting. 'Is dat waar?' vroeg hij zacht.

Ik knikte.

Hoofdschuddend, alsof kinderen met verongelukte moeders het zoveelste probleem waren dat speciaal bedoeld was om zijn leven nog moeilijker te maken, slenterde hij naar de toonbank terug.

Sam zat roerloos, nog steeds met zijn ogen dicht en tranen op zijn wangen. Toen Tyrone een hand op zijn schouder legde haalde hij diep adem, veegde met zijn mouw over zijn ogen en zijn neus en mompelde: 'Nu mogen we wel blijven zeker?'

O ja, we mochten blijven. Maar veel lol was er niet meer aan. Bills dochter bracht hamburgers met patat, maar niemand wist nog iets te zeggen. Het viel me op dat Sam, die normaal alles naar binnen werkte wat hij te pakken kon krijgen, zijn eten nauwelijks aanraakte.

We wilden betalen. Burger Bill kwam naar ons toe. 'Laat maar,' zei hij, zo zacht dat geen van de andere klanten hem kon horen. 'Dit was gratis. Voor deze ene keer.'

We mompelden een bedankje. Bill bleef rond het tafeltje drentelen toen we opstonden.

'Eh, meisje,' zei hij tegen Sam, 'ik vind het heel erg, van je moeder en zo.'

Sam knikte en verdween door de glazen deur naar het winkelcentrum.

Burger Bill

Ik hoef mezelf niets te verwijten. Als kinderen hier binnenkomen en zich onbeschoft gedragen, moet ik ingrijpen. Ik kon onmogelijk weten dat die langharige Amerikaanse knul die een vechtpartij begon zo van streek was door de dood van zijn moeder.

Maar ik was blij dat zijn zusje het uitlegde. Ze leek me een lief kind en ik was nog de hele middag ontdaan door wat ze me verteld had.

Ik ben zelf ook vader, dus ik begrijp die dingen.

Tyrone

Vanuit het winkelcentrum liepen we een drukke straat in. De zon scheen helder, waarschijnlijk de laatste keer voordat het echt herfst zou worden en in een zijstraat stond een ijscowagentje.

Omdat we net wat geld hadden overgehouden stelde Matt voor om een ijsje te halen. Nog steeds een beetje van streek door wat er bij Burger Bill was gebeurd sloten we ons aan bij de rij.

Sam stond helemaal achteraan. Op het moment dat Jake aan de beurt was, zei hij heel zacht en ongelovig: 'Nee.' Alleen dat ene woord.

Matt en ik staarden hem aan. Hij keek naar de overkant van de straat, waar een helderblauwe auto – zo'n klein boodschappen- wagentje – geparkeerd stond. Een blondine uit een B-film, met een jeans die zo strak zat dat deze op haar benen gespoten leek, leunde aan de straatkant tegen het dak van de auto.

Aan de andere kant op de stoep, stond een kleine, kale man met een scherp gesneden zwart pak en een donkere bril, in ge- sprek met een paar voorbijgangers. Ze keken de straat door en wezen. Blijkbaar had hij hun de weg gevraagd.

'Dat kán niet.' Sam was opeens doodsbleek. Hij liep in de richting van het stel bij de auto.

'Sam!' riep ik hem na, maar hij luisterde niet. Ik ging achter hem aan.

Hij liep een meter of twintig de straat door en stak toen over. Ik bleef in zijn kielzog. Vastberaden stapte hij op de blauwe auto af.

Op het laatste moment hield hij zijn pas in om de man wat be- ter te kunnen bekijken. Ik was minder geïnteresseerd in zijn ge- zicht dan in zijn stem. Hij sprak luid met een duidelijk Ameri- kaans accent.

We liepen het stel voorbij en Sam deed alsof hij de etalage van een elektronicazaak bekeek. Ik zag zijn ogen in de ruit. Ze wa- ren groot en donker, maar zijn gezicht vertoonde geen enkele uitdrukking.

'Ken je die man?' vroeg ik.

Hij knikte langzaam. 'Dat is mijn vader,' zei hij.

12

Ottoleen

Dat is zo raar van die Engelsen. Ze zeggen 'ja' als ze 'nee' bedoelen. Als je in Amerika mensen de weg vraagt, naar een straat waar ze nog nooit van hebben gehoord, schudden ze gewoon hun hoofd en lopen door.

Hier blijven ze staan. 'Somerton Gardens,' zeggen ze langzaam. 'Ja, waar is dat ook alweer?' Pas na vijf minuten geven ze toe dat ze geen flauw idee hebben.

Ik heb dat al snel door, maar Crash is heel ouderwets en gelooft nog in mensen. Dus duurt het een kwartier voordat hij eindelijk een paar bruikbare aanwijzingen krijgt. En al die tijd lopen er mensen voorbij die ons aanstaren alsof we van een andere planeet komen of zo.

'Wat een land.' Crash wringt zich weer in de Nissan, met zweetplekken op zijn beste rode shirt. Hij schakelt en we rijden weg.

Matthew

Toen ze weer terugkwamen en de straat overstaken zag ik aan Tyrones gezicht dat er iets helemaal niet in orde was. Hij liep schuin achter Sam, vlakbij hem, bijna alsof hij dacht dat mijn neef zich elk moment onder een aanstormende auto zou kunnen werpen.

Toen keek ik naar Sam. Hij had nooit veel kleur, maar nu was hij echt zo wit als een doek. Zijn lege, uitdrukkingsloze gezicht deed me denken aan die allereerste keer – jaren geleden leek het – dat hij bij ons op de stoep had gestaan, naast mijn moeder.

Ze kwamen naar ons toe.

'Wat is er gebeurd?' vroeg Jake.

Tyrone wierp hem een waarschuwende blik toe. 'Sam denkt dat hij zijn vader heeft gezien,' zei hij.

'Dat dénk ik niet,' zei Sam met een harde, kille stem. 'Dat weet ik zeker.'

'Hier?' vroeg ik. 'In Londen?'

'Het was die man van die blauwe auto,' zei Tyrone.

'Was dat je vader?' Ik voelde dat Jake de man op de stoep – een mollige, kleine, kale figuur in een pak uit een gangsterfilm – probeerde te combineren met de stoere vent over wie Sam zulke heldhaftige verhalen had gehouden. 'Hij is heel… anders dan ik had verwacht.'

'O ja?' vroeg Sam toonloos. 'Hij leek nog dezelfde Crash van vroeger, alleen had hij een nieuwe vriendin.'

'Maar wat doet hij in Londen?' vroeg Jake.

Sam keek de straat door in de richting waarin de kleine blauwe auto was verdwenen. 'Hij is hier niet als toerist, dat is duidelijk,' zei hij.

Nadat Jake en Tyrone naar huis waren vertrokken, liepen Sam

en ik vanaf de High Street naar het park.

Ten slotte verbrak ik het stilzwijgen. 'Je vertelde dat je vader in de gevangenis had gezeten,' zei ik. 'Is dat echt zo?'

Sam knikte. 'Reken maar.'

'Maar het klonk alsof je… trots op hem was,' zei ik voorzichtig.

Sam leek daar een tijdje over na te denken. 'Ik denk dat je trots op iemand kunt zijn zonder dat je hem wilt zien.'

'O ja?'

Sam scheen ineen te krimpen. Er kwam een verdrietige uitdrukking op zijn gezicht en even dacht ik dat hij me zou vertellen wat dit allemaal betekende. 'Het ligt heel ingewikkeld,' zei hij.

'We moeten mijn ouders waarschuwen,' zei ik, terwijl we verder liepen.

Sam keek me aan, met zo'n typisch lachje van hem. 'Dat laat ik helemaal aan jou over, man,' zei hij.

Meneer Burton

Ik zat achter mijn bureau in de huiskamer om wat achterstallige leesproeven weg te werken toen ik de jongens hoorde thuiskomen. Ze mompelden wat op de gang en een van hen verdween naar boven.

Even later opende Matthew de deur. Aan zijn gezicht zag ik al dat er iets gebeurd moest zijn – iets vervelends.

'Sam heeft zijn vader gezien. Hier vlakbij,' zei hij.

'Aha.' Ik maakte een aantekening in de kantlijn van mijn proeven om te kunnen terugvinden waar ik gebleven was, en schoof de papieren opzij. 'Dus meneer Lopez is in de stad.'

'Je lijkt niet verbaasd.'

'Ga even zitten,' Matthew,' zei ik. 'Het wordt tijd om je te vertellen over een paar nieuwe ontwikkelingen.'

En ik deed hem het hele verhaal – over het telefoontje van Durkowitz, het nieuws van Sams erfenis en de grote kans dat zijn criminele vader interesse zou krijgen in de situatie. Tegen de tijd dat ik uitgesproken was, zat Matthew met zijn hoofd te schudden.

'En dan zeg je nog dat er geen geheimen zijn in dit gezin,' zei hij.

'Normaal gesproken zouden we jullie meteen hebben verteld wat er aan de hand was, maar…' Ik aarzelde en koos met zorg mijn woorden. 'Je moeder en ik vonden het beter om Sam eerst aan zijn nieuwe school te laten wennen voordat we hem met een volgend probleem opzadelden. We wilden het juiste tijdstip kiezen.'

'Dus jij denkt dat Lopez achter het geld aan zit.'

'Uit de brieven van Gail aan je moeder kwam hij niet naar voren als de meest gewetensvolle vader.'

'Sam was echt geschokt om hem te zien. Vreemd eigenlijk. Hij heeft het altijd over zijn vader, maar ik denk niet dat hij graag met hem terug zou gaan naar Amerika.'

'En dat is een probleem,' zei ik. 'Niet veel rechters zullen een zoon bij zijn eigen vader vandaan houden.'

'Sam kan nog geen beslissing nemen,' zei Matthew. 'We moeten hem een tijdje uit het zicht houden.'

'Hoor eens, Matthew,' zei ik geruststellend, 'voorlopig is dit een probleem voor volwassenen. Wij zullen proberen om het op te lossen, op de beste manier voor iedereen. Laat het maar aan ons over, dan…'

'Nee,' viel Matthew me in de rede, verrassend vastberaden. 'Het is geen probleem voor volwassenen,' zei hij. 'Het gaat om Sam. Ik zal wel met hem praten.'

Ik wilde voorstellen om op Mary te wachten en dan familieberaad te houden, maar voordat ik iets kon zeggen was Matthew al verdwenen.

Matthew

Sam zat op bed voor zich uit te staren.

Ik kwam naast hem zitten, op het randje van het bed en zei zo rustig en zakelijk mogelijk: 'Blijkbaar zijn er een paar dingen gebeurd waar wij niets van wisten.'

'O ja?' Sams stem klonk afstandelijk en verveeld.

Ik vertelde hem over de erfenis: dat hij nu rijk was en dat het geld zou blijven binnenstromen zolang de cd's van de heavy metal band 666 bleven verkopen. Je zou verwachten dat dit nieuws hem een beetje zou opvrolijken – Sam koesterde een grote liefde en respect voor de dollar – maar hij zuchtte alleen maar alsof het er allemaal niet toe deed.

'Dus mam was toch niet zo dom, achteraf,' zei hij zacht. We kwamen nu bij het moeilijkste punt van dit gesprek, maar Sam zag het al aankomen. 'En mijn vader weet daarvan?' Ik knikte. 'Dus daarom is hij naar Londen gekomen. Niet om mij te zien, maar om het geld in te pikken.'

'Misschien,' zei ik. 'Misschien ook niet.'

'O, reken maar. Ik ken hem goed genoeg.'

Ik keek hem even aan. Op dit soort momenten had Sam iets hulpeloos. Dan bleef er weinig over van zijn stoere houding en was hij gewoon een bleek, ernstig jongetje, eenzaam en verloren. 'Was hij echt zo'n slechte vader?' vroeg ik.

Tot mijn verbazing schudde Sam zijn hoofd. 'Dat viel wel mee. O, hij had vaak slaande ruzie met mijn moeder, hij hield er vriendinnen op na en hij kwam altijd in de problemen met de politie, maar hij had ook zijn goede kanten.'

'Zoals?'

'Toen ik wat ouder werd, deden we vaker dingen samen. Dan ging ik met hem en zijn vrienden mee. Hij…' – er gleed een vreemd lachje over Sams gezicht – 'hij betrok me bij zijn werk, zal ik maar zeggen.'

Ik wachtte of er nog meer zou komen.

'Kinderen kunnen handig zijn,' mompelde Sam. 'Stel dat je een gestolen cheque wilt innen en je hebt een jochie van vier bij je dat een heleboel heibel trapt. Dan zal de kassier je misschien sneller het geld geven, om je de deur uit te werken. Of als je langs de beveiliging van een gebouw wilt komen, met een huilend zoontje op sleeptouw, brullend dat hij moet plassen. Of stel dat er een eenzaam kind op de stoep staat, angstig en verdwaald, dan kun je een paar minuten de aandacht van de politie afleiden. Dat soort dingen.'

Ik probeerde niet geschokt te kijken. 'Dus hij nam je mee op zijn… klussen?'

'Hij nam me op in het familiebedrijf, ja. Alleen wat jonger dan gebruikelijk. En dat ging allemaal goed, totdat…' Sam staarde naar de grond en bewoog de duim van zijn rechterhand alsof hij een onzichtbaar muntje omhoog schoot. 'Totdat we tegen de lamp liepen.'

'Hoe dan?'

Sam keek me aan. 'Als hij me mee terug neemt naar Amerika, ga ik ervandoor. Dan duik ik onder bij een paar vroegere vriendjes van mijn bende.'

'Dan loop je weg?'

'Sam Lopez loopt nooit weg. Hij… verhuist.'

Ik dacht even na. 'Dus je wilt voorlopig niet worden gevonden door je vader?'

'Zo kun je het wel stellen.'

Ik legde hem mijn plan uit. Nog voordat ik uitgesproken was begon hij al te lachen.

Meneer Burton

Mary was thuisgekomen van haar werk en we zaten in de keuken over de laatste gebeurtenissen te praten toen Matthew weer binnenkwam.

Hij zei dat hij alles had besproken met Sam – ook de erfenis die Gail hem had nagelaten. En ze hadden een mogelijke oplossing bedacht, zei hij. 'Het zou een schok kunnen zijn,' vervolgde hij. 'Dus zet je schrap.'

Eerlijk gezegd deden we dat al. Dit was niet de Matthew die we kenden. Door de crisis met Sam was hij totaal veranderd. Wij waren gewend aan een kind, aan onze grappige, onhandige kleine jongen. Maar opeens leek het of hij niet alleen de leiding had genomen over zijn neefje, maar ook over ons, zijn vader en moeder.

Ik probeerde hem vriendelijk uit te leggen dat we heel dankbaar waren voor zijn hulp, maar dat het gewoon onpraktisch en onmogelijk was om Sam erg lang te verbergen. Het leek ons beter om de politie advies te vragen. 'Dit is een ernstige zaak,' zei ik. 'Als we de verhalen mogen geloven is Sams vader geen aangenaam figuur.'

Op dat moment ging de keukendeur open. Mary, die tegenover me zat, keek over mijn schouder.

Toen slaakte ze een gil.

Mevrouw Burton

Waarschijnlijk heb ik sinds mijn elfde jaar nooit meer één onvrijwillig geluid gegeven.

Maar toen ik opkeek en haar… hem… in de opening van de keukendeur zag staan, schrok ik me echt een ongeluk.

Het was een meisje. Maar toch ook niet. Het was Sam, dat zag ik ook wel. Maar hij was zo beheerst, zo zeker van zichzelf, zo open en eerlijk, dat mijn adem stokte. Dit leek niet zomaar Sam in vrouwenkleren, nee, dit leek een echte meid!

'Hé, mensen,' zei hij rustig.

'Allemachtig,' zei David.

Plechtig liep Sam langs ons de keuken door, kwam toen weer terug en ging op een van de stoelen zitten.

'Zeg maar hallo tegen de nieuwe Sam,' zei hij.

'Waar heb je die kleren vandaan?' vroeg David.

'Ze waren van Jakes zus,' zei Matthew. 'We hebben ze geleend.'

'Nou...' David probeerde te glimlachen, maar het was een rare grimas. 'Je lijkt je er nogal in thuis te voelen.'

'Omdat ik ze de hele week al aan heb,' zei Sam.

'Wát?' riepen David en ik in koor.

Matthew grijnsde. 'Het was een ideetje van ons. Een soort uitdaging. We wilden de meisjes in de klas erin laten tuinen.'

'Zoiets doms en krankzinnigs heb ik nog nooit gehoord,' zei ik. 'Maar eh... werkte het?'

'Wat dacht u?' Sam zette grote ogen op en glimlachte op een verontrustend vrouwelijke manier.

'Dus dat verklaart die geplukte wenkbrauwen,' zei David. 'En jij moet ook Simone zijn, Matthews vriendinnetje.'

'Daar was ik dus helemaal niet blij mee.'

Ik bekeek hem nog wat beter en voor het eerst viel me iets op. 'Sam, zijn dat borsten?' vroeg ik.

Crash

Laat in de avond, reden we langzaam voorbij Somerton Gardens nummer 23, de pot met goud aan het eind van de regenboog. Er brandde licht en er liepen mensen rond; een heel gewoon, gelukkig gezinnetje, dat niet kon vermoeden dat er haaien om hun knusse vijver cirkelden.

'Ik kan dat geld bijna ruíken,' zei ik.

'Miauw,' zei Ottoleen. Ze was een heel tevreden poesje die avond.

Matthew

Wat een verrassing. Mijn ouders vonden het niet zo'n geweldig idee dat Sam als meisje verkleed zou blijven, dag en nacht, totdat zijn vader de moed opgaf en weer naar huis zou gaan. Ze zagen allerlei problemen – praktische en juridische bezwaren, omdat het toch wel héél slecht zou zijn wat we deden – maar hoe langer we erover praatten, des te duidelijker werd de situatie. Het was een zware opgave. Er stond veel op het spel en de risico's waren groot. Maar als iedereen zijn rol goed speelde zou het kunnen lukken. Of het al die moeite waard was, hing eigenlijk af van één persoon.

Later die avond, na het eten, zaten we in de huiskamer. De stiltes werden steeds langer.

'Misschien kunnen we het beter eerlijk en open spelen,' zei pap, 'en de zaak voor de rechter brengen.'

'We kunnen hem uitleggen dat Sam hier nu zijn eigen leven heeft,' zei mijn moeder. 'Zijn vader kan toch regelmatig op bezoek komen?'

Maar Sam schudde zijn hoofd. 'Jullie begrijpen het nog steeds niet, geloof ik. Open en eerlijk? Dat zijn woorden die Crash Lopez niet kent. En hij komt alleen naar de rechtbank als zijn advocaat hem in het getuigenbankje zet. Nee, hij zal proberen me mee terug te nemen, hoe dan ook.'

'En wat vind je daarvan?' vroeg mam.

Sam keek haar even aan, kil en doordringend. 'De vraag is wat ú daarvan zou vinden, tante.'

Mijn moeder trotseerde zijn blik en glimlachte toen. 'Dat zou me veel verdriet doen, Sam.'

'Mij ook,' zei pap.

Ze keken alledrie naar mij. 'Ja, oké.' Ik haalde mijn schouders op. 'Het zou best saai zijn zonder jou. Je bent bijna een deel van het gezin.'

Sam knipperde snel met zijn ogen, alsof er een vuiltje in zat, en scheen toen iets op de vloer te ontdekken wat hem hevig interesseerde. 'Ik denk…' Hij fronste. 'Ja, zo denk ik er zelf ook over.'

Mam wilde een arm om hem heen slaan, maar Sam deinsde terug en hief quasi geschrokken zijn handen. 'Rustig aan,' zei hij. 'Eén stap tegelijk.'

Terwijl het even stil was, probeerden we alle vier deze demonstratie van saamhorigheid te verwerken.

'We moeten bedenken wat onze volgende stap zal zijn,' zei mijn vader ten slotte. 'Morgen is het vrijdag. Ga maar naar school zoals… normaal.' Hij glimlachte. 'In het weekend maken we wel nieuwe plannen.'

Sam haalde zijn schouders op en kwam overeind. 'Mij best,' zei hij. 'Maar als hij erachter komt waar jullie wonen zal Crash gauw genoeg voor de deur staan.'

'Waarom noemen ze hem eigenlijk Crash?' vroeg mam.

'Dat zult u nog wel merken,' zei Sam.

13

Elena

Zoals alle Weegschalen ben ik heel gevoelig voor de stemmingswisselingen van anderen, dus toen Sam de volgende morgen moe en bleek op school kwam, wist ik dat er iets belangrijks was gebeurd.

Het was tijd om te bewijzen dat ik echt haar vriendin was. Ze zong dan wel liedjes met mijn ex-vriendin Zia Khan, maar in het werkelijke leven vormden El en Sam een topteam.

Na het eerste uur nam ik haar even apart.

'Alles oké, Sammo?' vroeg ik.

'Ja, hoor,' zei ze. 'Waarom niet?'

'Ik wilde je alleen zeggen dat ik er voor je ben. Als je ergens over wilt praten, kan ik heel goed luisteren. Daar zijn vriendinnen voor.'

'Bedankt,' zei ze. 'Ik zie het vandaag niet zo zitten. Een beetje moe en suf. Begrijp je?'

Ik begreep het heel goed. Mijn intuïtie klopte weer als een bus. 'Ik denk dat jouw probleem uit drie kleine letters bestaat,' zei ik, en ik fluisterde ze in haar oor.

'Wát?' vroeg Sam.

'Geen probleem,' zei ik. 'Ik zal wat in je kastje leggen, voor alle zekerheid. Het is belangrijk om goed voorbereid te zijn.'

'Maar... wat is pms?' vroeg ze.

'Ach, dat weet je toch wel?' lachte ik. 'Premenstrueel syndroom. Vlak voordat je ongesteld wordt, ben je nogal kort aangebonden en snel geïrriteerd. Dat zul je wel merken. Het is niets om je voor te schamen; een heleboel meisjes hebben dat.'

'O ja?' zei Sam. 'Nou, dat verklaart veel.'

Ik lachte weer. 'Ik zal het aan niemand vertellen,' zei ik.

Charley

Sam was het geworden. Elena was de eerste die het doorhad. Ze nam Kate en Donna in vertrouwen, en algauw deed het gerucht de ronde onder de meisjes van de tweede.

Sam was het geworden.

Toen Steve haar iets vroeg bij Engels en ze vaag voor zich uit bleef staren zonder iets te zeggen, werden er veelbetekenende blikken gewisseld.

Toen ze in de lunchpauze bijna niets at, vormde Elena geluidloos het woord 'ongesteld' in mijn richting.

Het was het belangrijkste nieuws van die dag.

Mark

Ik had het zwaar te pakken. Het leek wel een soort koorts, een ziekte die bezit nam van mijn hele hoofd en lichaam. Ik kon me niet meer concentreren in de klas. Dat was niets nieuws, maar mijn vrienden begonnen me te sarren. Ze stootten elkaar aan en rolden met hun ogen als ik voorbij kwam. Ik was duidelijk niet cool meer. Mijn reputatie liep ernstig gevaar.

De Amerikaanse babe leek nog steeds niet te ontdooien.

Toen ik die vrijdagmiddag naar haar toe slenterde en 'Hé Sam' zei, compleet met de stralende Kramer-lach, keek ze me langzaam aan, alsof ze uit een droom ontwaakte. 'Weet je het al?'

'Wat?' vroeg ze.

'Of je met me uit wilt.'

'Uit? Waar heb je het over man?'

'Naar een club, of een concert of zo. Je houdt van muziek, hoorde ik. We kunnen naar een meidengroep gaan kijken.'

Sam schudde haar mooie hoofdje, alsof er belangrijker dingen in het leven waren dan een date met Mark Kramer.

'Ze is niet in de stemming, Mark,' zei een van haar vriendinnen, Charley Johnson.

'Maar ik ga wel mee naar een club, als je wilt,' piepte dat wicht Elena.

Ik negeerde haar en deed een stap in Sams richting. Het werd tijd voor de Kramer-stem, zacht en honingzoet. Dat werkte altijd.

'Wat vind je, Sam?' fluisterde ik. 'Het is vrijdag. Iederéén is op vrijdag in de stemming.'

'Wil je het echt weten?' vervolgde dat spichtige kind, Elena. 'Het is haar tijd van de maand. Als je dat niet begrijpt moet je het je moeder maar vragen.'

'Tijd van de maand?' lachte ik. 'O, maar er is geen betere remedie dan een stevige dosis Mark Kramer.'

Eindelijk scheen het gesprek tot Sam Lopez door te dringen. Ze stak een hand in haar jaszak. 'Ja, El heeft gelijk,' zei ze. 'Het is mijn tijd van de maand.' Ze haalde iets tevoorschijn dat verdacht veel op een tampon leek en tikte er hard mee tegen mijn borst. 'Begrijp je het nou eindelijk, mafkees? Ik heb een *heel… zware… dag.*'

'Oké, oké.' Ik spreidde mijn handen als teken van overgave en deed een stap terug. 'Misschien een ander keertje.'

Elena

We hadden een beha gedeeld en mijn voorraadje tampons. Niemand kon nog beweren dat ik niet Sams beste vriendin was.
Toch was ik een beetje verbaasd over de manier waarop ze Mark die middag behandelde, en eerlijk gezegd had ik dat pakje tampons niet in haar kastje gelegd om als aanvalswapen te gebruiken!
Maar goed, we zijn allemaal wel eens kribbig op die tijd van de maand, niet?

Matthew

Sam en ik liepen zwijgend naar huis.
Ten slotte stelde ik hem de grote vraag: 'Wat wordt het? Jongen of meisje?'
Sam haalde zijn schouders op. 'Ik zou het ook niet weten,' zei hij.
Die avond had hij meer tijd nodig dan anders om zijn normale kleren weer aan te trekken.

Ottoleen

Als Crash een actie voorbereidt houdt hij zich doodstil, als een panter die op het punt staat een hert of zoiets te bespringen. (Ik geef toe dat Crash niet echt op een panter lijkt; hij is wat breder, hij heeft minder haar, en een panter laat zijn knokkels niet kraken als hij gespannen is, maar je begrijpt wat ik bedoel.) Ik hou me meestal gedeisd als hij in zo'n stemming is.
Die dag blijven we in het hotel, behalve tussen de middag, als we naar McDonald's gaan.
Kauwend op een Big Mac vertelt hij me dat hij van plan is om

meneer en mevrouw Burton vroeg in de avond een bezoekje te brengen.

'Dan zijn de kinderen er toch?' zeg ik.

'Hm,' zegt hij. 'Dan staat bij iedereen de televisie aan, die het geschreeuw overstemt.'

Die verwijzing naar 'geschreeuw' bevalt me niet erg. 'Ik dacht dat we alleen wilden controleren of kleine Sam er was,' zeg ik.

'De tv overstemt het geschreeuw,' herhaalt hij alsof hij me niet gehoord heeft.

Crash is er klaar voor.

Mevrouw Burton

Een paar minuten over zeven werd er gebeld. De manier van aanbellen – tien seconden langer dan algemeen als beleefd wordt beschouwd – vertelde me dat het de beruchte Crash Lopez moest zijn.

Bang was ik niet. Dit was mijn huis, verdorie. Maar David zag een beetje bleek om de neus. Ik stuurde de jongens naar boven en liep naar de voordeur.

Crash

Vanbinnen was ik zo gespannen als een vinger om de trekker van een pistool. Maar aan de buitenkant glimlachte ik als een onschuldige Amerikaanse bezoeker, een vader die op zoek was naar zijn zoon.

Ik droeg een pak, een wit overhemd en een das die strak om mijn nek zat. En Ottoleen? Die middag had ze me laten zien wat ze wilde aantrekken: haar strakke jeans en een bijna even strak T-shirt.

'Te sexy,' zei ik.

Ze probeerde een kort zwart rokje.

'Nog steeds te sexy.'

Dus gingen we winkelen en kochten een Engelse bloemetjes-jurk voor haar, een paar maten groter dan ze gewend was. 'We moeten allemaal offers brengen,' zei ik.

En zo stonden we nu voor de deur van dat keurige Engelse huisgezinnetje.

Een lange vrouw deed open. 'Hallo,' zei ze met een geforceerd lachje op haar gezicht, alsof ze ons liever zag gaan dan komen.

'Mevrouw Burton?' vroeg ik.

'Ja.'

'Mijn naam is Anthony Lopez,' zei ik. 'Ik ben getrouwd ge-weest met uw overleden zus, Galaxy.'

'O,' zei ze. 'Wat een leuke verrassing.'

'En dit is mijn vrouw, Ottoleen Lopez.'

'Aangenaam,' zei Ottoleen met een beleefde kleine-meisjes-glimlach.

'Hoe maakt u het?' zei mevrouw Burton.

'Heel goed,' zei Ottoleen.

Na een paar seconden zei de vrouw: 'Komt u binnen.'

We stapten de hal in, die was ingericht in een sombere Engel-se stijl, met bloemenschilderijen aan de muur en lampen uit zo'n film uit de fifties.

'U woont hier mooi, mevrouw Burton,' zei Ottoleen.

De vrouw scheen haar niet te horen en liep voor ons uit. Ik knipoogde snel naar Ottoleen en volgde haar naar de huiska-mer, waar meneer Burton – een burgerlijk type in een vest – de krant zat te lezen.

We werden voorgesteld en gingen op de bank zitten. Ottoleen liet meer van haar benen zien dan gepast was voor de gelegen-heid.

Meneer Burton vroeg of we iets wilden drinken.

'Nee, dank u,' zei ik.

'Een kop thee zou welkom zijn,' zei Ottoleen.

Tot mijn verbazing was het de man die opstond en naar de keuken ging om thee te zetten.

We voerden een oppervlakkig gesprekje, heel droevig en zo van Galaxy en ik zei dat ze een bijzondere meid was geweest, zoals je ze niet meer zag. Een groot verlies voor ons allemaal, bla-bla-bla. 'Een van de grootste tragedies uit mijn leven,' zei ik, 'was dat ik net op zakenreis was en pas na de begrafenis het trieste nieuws van haar dood hoorde.'

Meneer Burton kwam terug met een blad en schonk thee in. Het werd tijd om terzake te komen.

'Ik heb begrepen dat u voor mijn zoon, Sam, hebt gezorgd,' zei ik.

'Uw zoon?' Mevrouw Burton keek me koeltjes aan over de rand van haar theekopje. 'Die zit toch bij een pleeggezin?'

Ik glimlachte om mijn verbazing te verbergen. 'Dat dacht ik niet. U bent bij de begrafenis geweest en u hebt hem meegenomen. Nu wil ik hem terug.'

'Dit moet een vervelend misverstand zijn,' zei mevrouw Burton, nog steeds zo ijzig. 'Ik ben inderdaad op de begrafenis van mijn zus geweest, maar in mijn eentje weer teruggekomen.'

'Een misverstand?' zei ik. 'Dat meent u niet.'

'Ik meen het wel degelijk, meneer Lopez. En ik wil u voorstellen uw onderzoek via de juiste juridische kanalen voort te zetten.'

Ik voelde een geweldige woede opkomen, diep in mijn buik.

Ottoleen

Naast me voel ik Crash verstijven, alsof hij moeite heeft zich te beheersen. 'Crash…' mompel ik nog, maar het is al te laat. Hij zet het theekopje met zo'n harde klap op het tafeltje dat de scherven en de thee over het tapijt vliegen.

'Hij is mijn zoon!' brult hij.

Meneer en mevrouw Burton staren hem met grote ogen aan, duidelijk geschrokken, maar zeggen niets.

'Het gaat zeker om dat geld?' roept Crash. 'Jullie willen iets regelen, maar luister goed! Misschien begrijpen jullie niet helemaal wat er aan de hand is. Het gaat om familie, ja? Om familiegeld. En dat is heilig.'

Meneer Burton kijkt naar het gebroken kopje met een gezicht alsof hij het bijna in zijn broek doet, maar zijn vrouw trekt haar schouders recht.

'Ik heb geen flauw idee wat u bedoelt,' zegt ze.

Crash

Ik sprong overeind. Die vent, Burton, kromp ineen alsof hij dacht dat ik een pistool zou trekken.

'Gaan jullie moeilijk doen?' zei ik. 'Ook goed.'

Ik liep de kamer uit en keek in de keuken. Toen rende ik de trap op, met twee treden tegelijk.

Ik zag drie dichte deuren. Ik gooide de eerste open – een grote, lege slaapkamer. In de volgende kamer zat een jongen achter een computer. Hij schrok toen de deur openging.

'Waar is Sam?' vroeg ik.

'Wie?' zei hij.

Van achter de derde deur klonk muziek. Ik deed hem open.

Een blonde meid zat haar haar te kammen voor de spiegel. Ze keek me onverstoorbaar aan. 'Kan ik iets voor u doen?' vroeg ze.

'Wie ben jij?' vroeg ik.

'Simone,' zei ze. 'En wie bent u?'

Ottoleen

Crash is weer wat gekalmeerd tegen de tijd dat hij terugkomt in de huiskamer.

'Er zitten twee kinderen boven,' zegt hij tegen mij, alsof de Burtons er niet bij zijn. 'Maar geen Sam.'

'Twee?' vraag ik.

'Ja, een Engels jochie en een meisje, Simone.'

Mevrouw Burton glimlacht even. 'O ja,' zegt ze. 'Simone is een vriendin uit Canada. Ze is hier met een uitwisselingsprogramma.'

Meneer Burton staat op en zegt: 'Het spijt me dat uw reis voor niets is geweest.'

Crash zegt hem dat hij kan doodvallen en stormt het huis uit.

'Dank u voor de thee,' zeg ik nog voordat ik achter hem aan ren.

Dit gaat niet volgens plan.

Matthew

Beng! Dat was de voordeur. Beng, beng! Twee autoportieren. Dan het geluid van een motor en piepende banden. Ten slotte was het weer stil.

Ik liep naar Sams kamer. Hij zat op zijn bed in zijn rok en zijn jasje. Tien minuten geleden, toen we boven kwamen, was hij nog Sam de jongen geweest. Terwijl de volwassenen beneden zaten te praten moest hij zich hebben omgekleed.

'Dus dat was je vader.'

Hij staarde voor zich uit. 'Yup,' zei hij zacht.

'Heb je een beslissing genomen?'

Hij knikte.

Mijn ouders verschenen achter hem.

'Goed gedaan, Sam,' zei mijn moeder, maar haar stem trilde alsof ze nog in shock was. 'Dat was heel dapper van je.'

Mijn vader ging op het bed zitten en sloeg een arm om Sams schouder. 'Gaat het een beetje?' vroeg hij.

Sam rukte zich los met een onwillig gezicht. 'Laat me met rust,' zei hij.

Pap stond op en met ons drieën bleven we aarzelend staan wachten.

'Wegwezen allemaal,' zei Sam met een zachte, vermoeide stem.

Tyrone

Die avond kreeg ik een sms van Matt: CRASH HIER GEWEEST SAM NU BOY2GIRL FULL-TIME, schreef hij.

Normaal gesproken had ik het naadje van de kous willen weten, maar op dat moment had ik mijn eigen problemen.

Na school had mijn moeder me meegenomen naar Juliana's huis, waar ik het meisje ontmoette met wie ik volgens haar een keer naar de film moest.

Laat ik het vriendelijk zeggen. Ze was niet echt mijn type: mager, langer dan ik en met een gezicht als een zuurpruim. Na de thee zei mevrouw Lavery dat ze mijn moeder de nieuwe gordijnen op de bovenverdieping zou laten zien (ja, hoor...), zodat ik alleen met Juliana achterbleef.

Het waren de langste en pijnlijkste vijf minuten van mijn leven. Ik mocht Juliana niet en waarschijnlijk was dat wederzijds. We hadden helemaal niets gemeen. Na ongeveer dertig seconden wisten we niets meer te zeggen. Nadat we een minuut stommetje hadden gespeeld, huppelde Juliana naar de piano (ik háát huppelaarsters) en begon op de toetsen te rammen.

Toen onze moeders eindelijk terugkwamen, keken ze naar ons

– Juliana achter de piano en ik op de bank – met een glimlach alsof ze nog nooit zoiets romantisch hadden gezien.

'En?' vroeg mam toen we eindelijk vertrokken. 'Wat vind je ervan?'

'Nee,' zei ik. 'Dat is wat ik ervan vind. Nee, nee en nog eens nee.'

Mijn moeder glimlachte op een veelzeggende manier die mijn maag deed omdraaien. 'Die dingen kosten tijd,' zei ze.

14

Matthew

Dat moet ik Sam nageven: toen hij eenmaal een besluit had genomen, hield hij het ook vol.

Die zaterdagochtend kwam hij naar beneden voor het ontbijt in zijn schooluniform, alsof het nu vanzelfsprekend was dat hij als meisje door het leven ging.

'Wanneer gaan we winkelen?' vroeg hij mijn moeder.

'Winkelen?'

'En niet van die goedkope todden,' zei hij. 'Simone wil mooie spullen en accessoires, oké?'

Mam fronste haar voorhoofd. 'Ik zal je honderd pond geven. Dat moet genoeg zijn voor een jongen om een leuke jurk, een blouse en schoenen te kopen.'

'Honderdvijftig,' zei Sam. 'Ik wil ook een tasje. En misschien wat make-up.'

'Daar ben je veel te jong voor,' zei mam.

'Honderdvijftig pond? *Please...*' zei Sam.

Mijn moeder gaf zich gewonnen en pakte haar tas. 'Ik geloof dat ik je als jongen leuker vond,' zei ze.

Zia

Dat weekend zat ik op mijn kamer nummers te schrijven. Toen ik Sam had horen zingen was er iets in me wakker geworden. Opeens wist ik hoe mijn muziek moest klinken: aan de opper- vlakte ritmisch, akoestisch, als een gitaargroep, maar met vreemde contrasten daaronder, mineur- en verminderde sep- tiemakkoorden en zo, op de meest onverwachte momenten.

In mijn hoofd hoorde ik Sams hoge, zuivere, maar krachtige stem met een vreemde, geheimzinnige droefheid. Het klinkt mis- schien stom, maar met Sams stem en mijn nummers en backing vocals zou er iets heel bijzonders ontstaan, dat wíst ik gewoon.

Ik schreef over eenzaamheid, over het verlangen naar een vriend- je, over het gevoel van anders zijn dan anderen en over iemand die zo met zichzelf bezig was dat ze totaal de weg kwijtraakte (luister goed, Elena Griffiths!). Het waren geen optimistische nummers, de meeste zelfs vrij somber, maar veel beter dan ik ooit geschreven had.

Tegen het einde van het weekend had ik vijf nieuwe songs, *In- side My Room*, *Mr. Perfect*, *Private Cloud*, *Invisible* en *The Ego Has Landed*. Ik zette de gitaarpartij en vocals op een bandje en typte de teksten op de computer van mijn vader.

Sam zou maandag niet weten wat ze hoorde.

Jake

Ken je dat, als iemand een mop vertelt die veel te lang duurt? Dan krijg je kramp in je lachspieren. 'Oké, heel leuk,' wil je zeggen. 'Maar nu weer iets anders.'

Zo was het ook op zaterdag toen Tyrone, Matt en ik door High Street liepen met de enige echte Miss Sam Lopez.

Het had zo'n goed idee geleken om de meiden voor joker te

zetten door een spion op ze af te sturen. Maar het ging allang niet meer om Elena en haar groepje. Sam speelde nu officieel een meisjesrol en niemand wist hoe lang het zou duren voordat hij weer een jongen zou kunnen zijn.

En dan die andere reden waarom de grap opeens bloedserieus was geworden: Sams vader, Crash Lopez, was in de stad. En uit Matts verhaal begrepen we dat hij een kruising moest zijn tussen de Godfather en de Terminator. Als hij Sam te pakken kreeg, zou Sams hele leven veranderen.

Alles leek trouwens al anders die zaterdag. Sam ook. Hij schitterde nog wel in zijn meisjesrol, showde zijn nieuwe kleren en maakte de verkoopsters het leven zuur, maar soms had hij ook zo'n harde, meedogenloze blik in zijn ogen die me herinnerde aan toen hij pas in Engeland was.

We gingen naar Burger Bill, waar we nu regelmatig kwamen sinds Sam Bill had ingepalmd met zijn tragische voorstelling. De draagtassen stonden rond onze voeten en dankzij het geld dat Sam had meegekregen konden we ons een Burger de Luxe veroorloven, de duurste hamburger op de kaart.

'Nou? Hoe zie ik eruit?' vroeg Sam op een gegeven moment.

We keken naar hem. Hij had zijn haar in een paardenstaart, zilveren oorbellen met zijn sterrenbeeld Schorpioen in zijn oren en gekleurde valse nagels. Hij droeg een haltertopje en boven zijn groene broek was een streepje bleke blote buik te zien.

'Niet gek,' zei Matt. 'Maar mijn moeder zal die nagels niet waarderen. Veel te sletterig.'

Sam bekeek zijn spiegelbeeld in de ruit. 'Ik had mezelf nooit gezien als een tanktop-girl, maar oké,' zei hij. 'Je weet pas of iets je staat als je het hebt aangetrokken.'

Ik ving Matts blik en zag hem ineenkrimpen. Sam als mode-icoon, dat ontbrak er nog maar aan.

'Vind je niet dat je wat te ver gaat?' vroeg ik Sam zo nonchalant mogelijk.

Sam keek me aan op een manier die me weer herinnerde aan onze grote vechtpartij aan dit zelfde tafeltje, in de vakantie. 'Wat bedoel je?' vroeg hij.

Ik zag dat Tyrone en Matt me probeerden te waarschuwen, maar ik ging toch door. 'Die kleren, die stem, de hele voorstelling. Allemaal leuk en aardig, maar zou je niet liever normaal willen zijn?'

'Wat is normaal?' vroeg Sam.

Ik lachte. 'Nou, je niet verkleden als meisje bijvoorbeeld.'

Sam balde een vuist, maar leek zich toen te beheersen. Hij strekte zijn vingers en inspecteerde zijn valse nagels. 'Het is gewoon ánders om een meisje te zijn. Je kunt dingen doen die voor een jongen onmogelijk zijn. En dat is best leuk, soms. Of had je daar problemen mee?'

Ik bekeek hem eens wat beter. In het licht van de tl-buizen zag ik iets aan Sam wat me nog niet eerder was opgevallen.

'Niet zo'n groot probleem als jij,' zei ik en ik tikte met een vinger tegen zijn bovenlip. 'Je begint al een aardige snor te krijgen, meid.'

Sam sloeg een hand voor zijn mond. 'Je hoeft niet persoonlijk te worden,' mompelde hij, terwijl hij opstond en naar de toonbank slenterde. 'Ik betaal voor iedereen, Mister Bill,' zei hij.

'Dat hoort toch niet!' Burger Bill knipoogde naar ons drieën. 'Vinden jullie het zomaar goed dat het kleine vrouwtje de rekening betaalt?'

Sam haalde een rol bankbiljetten uit zijn achterzak en legde een briefje van twintig pond neer.

'We praten niet meer over kleine vrouwtjes, Mister Bill,' zei hij. 'Dat is seksistisch.'

Bill leek iets te willen antwoorden, maar misschien herinnerde hij zich dat het Amerikaanse meisje een zware tijd achter de rug had, want hij hield zijn mond en schoof haar het wisselgeld toe met een kort: 'Alsjeblieft, kind.'

Tyrone

Toen we bij Burger Bill zaten en Jake iets vroeg waardoor Sam hem weer bijna op zijn gezicht sloeg – maar zich gelukkig bedacht – kreeg ik opeens een briljant idee.

Ik zei het tegen Sam toen we even later door het winkelcentrum liepen.

Tot mijn verbazing en opluchting ging hij meteen akkoord.

Ottoleen

Dat weekend is er niets te beginnen met Crash. 'Als Sam niet bij de Burtons is, waar is hij dan wél?' roept hij voortdurend (maar minder netjes dan ik het hier opschrijf).

We overwegen of die bekakte Engelse familie hem misschien ergens verborgen houdt. Maar dat is niet zo logisch, omdat ze helemaal niet wisten dat we zouden komen. Hij belt wat vriendjes in Amerika, maar volgens de geruchten zit de jongen toch echt in Londen.

Dus loopt Crash te piekeren, staart uit het raam, kauwt kauwgom en staart naar de grauwe gebouwen van Londen.

Opeens krijg ik een geweldig idee. 'Als we eens een paar scholen bellen?'

'En de leraren onder druk zetten?' mompelt Crash. 'Hé, dat zou kunnen.'

'Ik bedoel, misschien is die jongen bij familie ondergebracht, ergens in de buurt, en kunnen we hem daarom niet vinden. Maar hij moet wel naar school.'

Crash laat zijn knokkels kraken. 'Als we het kantoortje van het schoolhoofd binnenstormen, de leerlingenlijst grijpen…'

'Welke school, Crash?'

Hij fronst en denkt even na. 'Daar heb je een punt, babe,' zegt hij ten slotte.

Ik trek de la van het nachtkastje open, haal de telefoongids eruit en zoek de lijst met scholen op.

Dan pak ik de telefoon en toets een nummer. 'Spreek ik met S. Peters?' vraag ik met mijn keurigste stem. 'Aha, dank u. Ik ben een ouder en ik woon hier pas. Uw school is me aanbevolen door een van de vrienden van mijn zoon, Sam Lopez… O, er zit geen Sam Lopez bij u op school? Neem me niet kwalijk dat ik u heb gestoord, mevrouw.'

Als ik ophang kijkt Crash me aan met zo'n blik die me duidelijk moet maken dat ik helemaal niets van detectivewerk weet. Maar voor deze ene keer trek ik me niets van hem aan en toets het volgende nummer in.

Mevrouw O'Grady

Als succesvolle school krijgt Bradbury Hill veel aanvragen van ouders, maar toevallig herinner ik me nog dat er een dame met een Amerikaans accent naar de administratie belde.

Toen ze de naam van Sam Lopez noemde, kwam ik in de verleiding om te antwoorden dat één lastige Yank op school meer dan genoeg was, maar ik ken mijn plichten en ik weet dat alleen de rector, mevrouw Cartwright, zulke beslissingen mag nemen.

'Ik vind het heel leuk dat Sam ons heeft aanbevolen,' zei ik zo neutraal mogelijk. 'Maar alle aanvragen om kinderen bij ons op school te plaatsen, moeten schriftelijk worden ingediend.'

Crash

Ottoleen krijgt soms van die krankzinnige ideeën, zoals alle vrouwen. En de wet van het toeval bepaalt dat er zo nu en dan een goed idee bij moet zitten.

Ik was op bed in slaap gesukkeld terwijl mijn vrouw de ene school na de andere belde. Ik hoorde haar rustige stem op de achtergrond, maar opeens slaakte ze een woeste kreet van triomf.

Ik opende mijn ogen. Ze stond aan het voeteneind van het bed met een velletje papier in haar hand.

'Wat is er?' vroeg ik.

'Ik heb hem gevonden,' zei ze met een grote grijns op haar gezicht. 'Ik weet waar je zoon is.'

Ik pakte het papiertje aan en las de naam die ze had genoteerd in haar hanenpoten.

'Scholengemeenschap Bradbury Hill.' Ik glimlachte. 'Weet je, voor een wijf ben je best slim, zo nu en dan.'

'Goh dank je wel, Crash,' zei ze.

Mevrouw Sherman

Tyrone en ik hebben een goede relatie. Heel open, weet je? Als hem iets dwars zit, kan hij altijd bij zijn moeder terecht, dat weet hij. En als ik me wat zorgen maak dat hij zoveel tijd doorbrengt met die twee ongemanierde, onverzorgde, hakkelende, slecht presterende vriendjes van hem, dan kan ik daar als begripvolle moeder heel goed met hem over praten.

'Ze vinden jou ook geweldig, mam,' zegt hij dan (hij is heel ad rem, mijn zoon – misschien gaat hij ooit de politiek in).

Dus toen Tyrone die eerste zondag na het begin van het nieuwe schooljaar aan het ontbijt zat en zei dat er 's middags iemand zou langskomen, riep ik bij wijze van grapje: 'Een van die holbewoners die jij je vrienden noemt?'

'Nee, geen jongen,' zei Tyrone onverstoorbaar. 'En ze kent ook woorden van meer dan één lettergreep.'

'Ze?' Ik herinner me nog dat ik mijn theekopje halverwege mijn mond had toen dat geweldige nieuws tot me doordrong. 'Zei je "ze"?'

'Ja.'

'Het is toch niet Juliana?' vroeg ik hoopvol. Tyrone maakte vulgaire braakgeluiden. 'Wie dan?' vroeg ik.

'Dat zul je wel zien.'

'Bedoel je dat je een vriendinnetje hebt, Tyrone?'

Daar scheen hij even over na te denken. 'Laten we zeggen dat we goede vrienden zijn, op dit moment. Ik wil me niet opdringen – je weet hoe het is.'

'Natuurlijk jongen, natuurlijk. Misschien moet ik wat bij de thee halen. Of kastanjes! We zouden kastanjes kunnen poffen boven de haard en…'

'Mam.' Tyrone keek me aan met een van die vermoeide blikken waar hij zo goed in is.

'Je wilt me niet in de buurt? Schaam je je soms voor je eigen moeder?'

'Nee hoor. Je mag haar best ontmoeten. Dat lijkt me wel gezellig. Met de hele familie rond de haard. Ze is een beetje verlegen.'

'Geweldig,' zei ik. 'Wat leuk.'

Tyrone

Dus dat was mijn idee. Wij hadden Sam geholpen. Nu werd het tijd dat Sam míj eens hielp.

Makkelijk zat.

Mevrouw Sherman

Wat trek je aan als je zoon voor het eerst een vriendinnetje mee naar huis neemt? Ik weet dat ouders die dingen intuïtief zouden moeten weten, maar ik vond het toch moeilijk. Na een valse start koos ik voor een keurig maar informeel broekpak, met purperen design-sneakers als bewijs dat ik een coole, jonge moeder was.

Achteraf bleken al die zorgen voor niets. Toen ze kwam, ontpopte Sam – zo heette ze – zich als een charmante kleine meid, heel anders dan sommige van die bazige, luidruchtige meiden die je tegenwoordig weleens op straat ziet.

Als een echte jongen klapte Tyrone volledig dicht en zei geen woord toen we thee zaten te drinken in de serre. Dus probeerde ik het meisje maar op haar gemak te stellen.

Ze was Amerikaans, wat me wel beviel. Ik heb Amerikanen altijd veel dynamischer en ambitieuzer gevonden dan Europeanen.

'Heb je al enig idee wat je later wilt gaan doen, als je groot bent?' vroeg ik Sam op een gegeven moment.

'Ik wil advocaat worden, mevrouw,' zei ze met een lief lachje. 'Een vennoot op een groot kantoor. Ik wil misdadigers achter de tralies brengen of misschien wel op de elektrische stoel. Ik wil lid worden van de golfclub en veel geld verdienen en zo.'

'Heel goed,' zei ik. 'Ik zou graag zien dat Tyrone ook eens wat vaker aan zijn toekomst dacht.'

Tyrone mompelde iets onverstaanbaars en liet zich nog verder wegzakken in zijn stoel.

'O, maar we hebben het dikwijls over later en wat Tyrone wil gaan doen als hij van school komt,' zei Sam.

'O ja?' Ik kon mijn oren nauwelijks geloven.

'Ty zegt dat hij economie wil gaan studeren,' vertrouwde Sam me toe. 'Ik vind dat hij beter eerst een opleiding als accountant kan doen. Dan heb je een goede basis. De juiste papieren zijn zó belangrijk in het leven. Vindt u ook niet, mevrouw Sherman?'

'Absoluut,' zei ik. Ik voelde me wel een beetje gekwetst dat mijn zoon nooit iets tegen mij had gezegd over zijn plannen en ideeën, maar zijn charmante jonge Amerikaanse vriendin had een positieve invloed op hem, dat was duidelijk.

Alsof ze mijn gedachten had gelezen vervolgde Sam: 'Tyrone doet wel alsof hij geen ambities heeft en alleen maar een feestbeest is, een geweldige hunk die de meiden van zich af moet slaan, maar als je hem beter leert kennen merk je dat hij meer is dan alleen een mooie jongen.'

Tyrone en ik staarden Sam allebei aan. Hoeveel ik ook van mijn zoon houd, zo had ik hem toch nooit gezien. 'Een feestbeest? Meiden? Is hij daarvoor niet wat te... fors gebouwd?'

Sam glimlachte verlegen. 'Dik is hip, mevrouw Sherman. Dik is *hot, hot, hot*. Ik moet echt vechten tegen de concurrentie. De meisjes noemen hem "T-bone", omdat er zo véél van hem is.'

Tyrone kreunde zacht en mompelde iets, met opeengeklemde kaken. Het klonk verdacht veel als 'Ik maak je dood, Sam.'

Ik schoot in de lach om deze heerlijke confrontatie. Maar ik had het vermoeden dat het jonge stel even alleen wilde zijn, dus verontschuldigde ik me en verdween naar boven.

Ik zat net met andere moeders te bellen – eigenlijk nergens over, maar ik kon niet wachten om Tyrones grote nieuws te vertellen – toen ik luide stemmen uit de kamer beneden hoorde. Die schatten maakten ruzie! Het beste bewijs dat ze het serieus meenden met elkaar.

Tyrone en Sam. T-bone en zijn 'babe'. Ik was vreselijk trots en gelukkig, die dag.

Tyrone

Dat was het probleem met Sam. Hij wilde je wel helpen, maar op de een of andere manier hielp hij je daardoor nog verder het moeras in.

Het bezoekje van mijn 'vriendin' betekende daarom goed en slecht nieuws tegelijk.

Het goede nieuws was dat mijn moeder me niet langer als een probleemkind zag dat nooit een vriendinnetje of een goede baan zou krijgen. Het slechte nieuws was dat ze, dankzij Sam, nu overdreven verhalen begon te vertellen tegen iedereen. Die hele avond zat ze aan de telefoon met haar vriendinnen. Ze vond steeds wel een smoes om iemand te bellen. En door de dichte deur van haar slaapkamer ving ik veelzeggende flarden op als 'zo'n énig Amerikaans meisje…', 'eerst accountant worden…', 'de meiden niet van zich afslaan…' of 'dik is nu hip…' Eindelijk kon mijn moeder trots op me zijn. Nou Sam, bedankt!

Matthew

De natuur kan soms wreed zijn. Net op het moment dat Sam zich thuisvoelde in zijn meisjesrol en zijn vader nog als een hongerige gier om het huis cirkelde, vertoonde zijn lichaam opeens heel andere symptomen.

Die avond legde ik het probleem van Sams snor aan mijn moeder voor. Tot mijn verbazing bood ze meteen haar hulp aan. Ze had zelfs wat van dat ontharingsspul dat ze – ik wil de details echt niet weten, mam! – zelf ook weleens gebruikte.

We waren in haar slaapkamer. Sam zat voor haar toiletspiegel, wachtend tot dat roze goedje op zijn bovenlip was opgedroogd. 'Sta je klaar om hem in bedwang te houden terwijl ik het wegtrek, Matthew?' grapte mam. 'Dat doet behoorlijk pijn.'

'Het zal wel,' zei Sam, zo stoer mogelijk voor iemand met roze ontharingsspul onder zijn neus. 'Het is voor meisjes! Hoeveel pijn kan het dan doen?'

'Goed,' zei mijn moeder. 'Maar ik heb je gewaarschuwd.' Ze
trok zachtjes aan een los uiteinde van de hars.

'Au!' piepte Sam toen de eerste haartjes uit zijn huid werden
getrokken. 'Rustig aan!'

Hij kromp ineen. Op dat moment gaf mijn moeder een flinke
ruk, en wég was de snor!

'Ahhhh….. ooohh… au!' Met zijn hand over zijn mond geslagen sprong Sam overeind, dansend van pijn.

'Ik zei het je toch?' Met enige voldoening inspecteerde mam
de blonde haartje in de roze strip.

'Hoe houden meisjes dat uit?' riep Sam. Maar het waren niet
zijn woorden waardoor mam en ik ons geschrokken omdraai-
den en hem met open mond aanstaarden. Het was zijn toon.
Aan het eind van de zin was zijn stem opeens gedaald tot een
diepe, mannelijke bas.

'O jee,' zei mam. 'Dat kan er ook nog wel bij. Hij krijgt de
baard in zijn keel.'

'Welnee,' zei Sam, nu weer met zijn bekende hoge stem.

'Je moet gewoon niet te veel praten,' zei mijn moeder.

'Optimist,' mompelde ik.

15

Steve Forrester

Er was iets vreemds gebeurd met de tweede klas. Het zootje ongeregeld dat ik me van vorig jaar herinnerde, met maar een paar goed gemotiveerde leerlingen die hun best probeerden te doen tussen al dat rumoer, was subtiel veranderd. De hele klas leek meer... hoe zal ik het zeggen... volwassen.
Ook de kloof tussen de jongens en de meisjes was niet meer zo groot. Soms als ik opkeek vanachter mijn tafel, terwijl de klas aan een opdracht bezig was, zag ik tot mijn verbazing alleen maar gebogen hoofden. Normaal zat een paar mensen vaag voor zich uit te staren of uit het raam te kijken, of probeerden de jongens (meestal jongens, ja) elkaar af te leiden. Maar nu... Als de meisjes een vraag beantwoordden, luisterden de jongens zelfs! Zo nu en dan staken ze zelf een vinger op en niet alleen om een stomme opmerking te maken.
Ik zei er niets over omdat ik de betovering niet wilde verbreken, maar ik vroeg me wel af wat hier aan de hand was. Het was net zo'n moment in een wild-west-film, als een van de cowboys zegt: 'Het is hier stil... veel te stil.'

Elena

Opeens was Zia het Muzikaal Genie. Op maandagochtend kwam ze naar school met die krankzinnige, verre blik in haar ogen van iemand die zoveel prachtige dingen heeft bedacht dat ze niet eens de tijd heeft gehad om te eten, te drinken, te slapen of naar de wc te gaan.

Toen Charley haar vroeg waarom we haar het hele weekend niet hadden gezien, zei ze dat ze 'aan nummers had gewerkt'. En toen Sam verscheen, samen met Matthew en zijn vrienden, sprintte ze naar haar toe met een plastic draagtas in haar hand. Charley en ik zagen dat ze Sam een paar vellen papier en een bandje gaf.

'De Zingende Zusjes,' zei ik.

'Leuk toch?' vond Charley. 'Voor allebei.'

Maar ik zag heus wel dat ze zich zorgen maakte.

Mark

Ik hou van een uitdaging. Soms, bij het voetballen, als ik geen enkele bal krijg of tegenover een verdediger sta die bijna net zo goed is als ik, zeg ik bij mezelf: 'Vooruit, Mark Kramer, doe er wat aan!' Dan duik ik de zestien-meter in en algauw is het raak. Een pass, een één-tweetje en... ja, hoor... weer een klassieke Kramer-goal!

Zo zag ik dat ook met die kleine Yank, mijn toekomstige vriendinnetje. Ik dacht het hele weekend aan haar: hoe ik haar van haar vriendinnen moest losweken en kon laten zien hoe het leven kon zijn met een echte man! En dus dook ik de zestien-meter in om Sam te krijgen.

Die maandag in de pauze slenterde ik naar haar toe. Ze stond met haar vriendinnen te kletsen.

'Dit is voor jou, Sam,' zei ik en ik gaf haar een envelop.

'Wat is dat?' vroeg ze.

'Een kaartje voor de grote wedstrijd van woensdagavond. City tegen United.'

'Zo!' zei Elena. 'Dat is kicken. Hoe kom je daaraan?'

'Contacten bij de kaartverkoop,' zei ik, terwijl ik nog steeds naar Sam keek. 'Hebben we een date?'

Ze aarzelde. Ik zag dat de Kramer-charme zijn werk begon te doen.

'Ik zal erover denken,' zei ze. 'Ik hou niet zo van soccer, eerlijk gezegd.'

'Niet te lang wachten, babe. Een heleboel mensen zouden een moord doen voor die kaartjes.' Cool slenterde ik terug en keek nog even over mijn schouder om haar een knipoog te geven, maar ze stond alweer met haar vriendinnen te praten.

'Die komt wel,' zei ik tegen Ben en Jason, twee jongens uit mijn klas die hadden toegekeken.

'Je hebt het wel zwaar te pakken,' zei Jason met een medelijdend lachje.

Op dat moment wist ik dat het niet enkel meer om mij en Sam Lopez ging. Als Sam weer nee zou zeggen, was dat een afgang. Dan zou iedereen me uitlachen.

En daar houdt Mark Kramer niet van.

Zia

Waarschijnlijk had ik verwacht dat Sam wat enthousiaster zou reageren toen ik haar mijn nummers gaf. Ik had er het hele weekend aan gewerkt, het waren goede songs en ik had ze speciaal voor háár geschreven.

Maar er was iets vreemds met Sam, die dag, alsof ze heel andere dingen aan haar hoofd had.

'Hé cool,' zei ze, terwijl ze het tasje met mijn nummers in haar schooltas deed. 'Ik zal er vanavond naar luisteren.'

'We kunnen ze van de week repeteren,' zei ik.

'We zien wel,' zei Sam.

Later die dag, toen Mark Kramer naar ons toe kwam en Sam een kaartje gaf voor een stomme voetbalwedstrijd, leek ze heel blij. Alsof dat kaartje belangrijker was dan mijn vijf songs. Misschien had ik haar toch verkeerd ingeschat. Misschien hou ik die nummers wel zelf.

Charley

Zed is een van de minst humeurige mensen die ik ken, maar die dag was ze niet te genieten. Toen Sam aan Elena en mij vroeg of ze met Mark Kramer moest uitgaan of niet, reageerde Zia heel boos – vreemd hoor, omdat we het allemaal geweldig vonden dat iemand van ons door Mark als date werd gevraagd.

'Volgens mij is ze jaloers,' zei Elena op haar bekende tactvolle wijze.

'Jaloers?' viel Zia uit. 'Waarom zou ik jaloers zijn op Mark Kramer?'

Het duurde even voordat de betekenis van wat ze zei tot ons doordrong. El veronderstelde dat Zia de pest in had omdat ze zelf iets met Mark wilde, maar vreemd genoeg was ze dus niet jaloers op Sam omdat die een afspraakje had met Mark, maar op Mark omdat hij uitging met Sam.

'Dat is eigenlijk niet wat ik bedoelde,' zei Elena.

Ottoleen

Opeens heb ik het best naar mijn zin in Londen.

De volgende dag zitten we op het terras van een pub aan de

Theems, in een waterig Engels zonnetje. Er wordt geroeid op de grijze rivier, aan het tafeltje naast ons zit een jong stel met een baby en een oude man die over het pad tussen het terras en de rivier wandelt, knikt ons vriendelijk toe. 'Morgen,' zegt hij alsof hij ons ergens van kent.

'Hoi,' zeg ik.

Crash staart naar de rivier, diep in gedachten verzonken.

'Wat?' zegt hij.

'Niks, schat,' zeg ik. 'Ik zei een wandelaar gedag.' Ik doe mijn ogen dicht en glimlach. 'Het is heerlijk hier,' mompel ik.

'Als we die jongen te pakken hebben, zijn we weg,' zegt hij, maar aan zijn toon hoor ik dat hij het met me eens is.

Hier, in een ander land, is hij lang niet zo opgefokt als in Amerika. Niemand hier kent Crash Lopez, ondernemer en keiharde zakenman. Hier kan hij gewoon zichzelf zijn. Die harde, gespannen uitdrukking die hij thuis altijd op zijn gezicht heeft lijkt hier soms… ik durf het bijna niet te zeggen… veel milder. Zo nu en dan vang ik een glimp op van een andere Crash Lopez, niet langer een vat vol opgekropte woede, maar een man die zich erbij neer heeft gelegd dat hij niet zo jong meer is en dat je niet iedereen de stuipen op het lijf hoeft te jagen om het gevoel te hebben dat je leeft.

'Wat is het plan, Crash?' vraag ik hem.

'Ik bel die school,' zegt hij. 'Dan gaan we erheen om te zien of we mijn zoon kunnen vinden.' Hij neemt een slok bier en schudt zijn hoofd alsof hij nog altijd niet kan geloven dat je in Engelse pubs geen trendy cocktails kunt krijgen zoals in Amerika. 'Als we hem hebben gevonden zullen we proberen hem over te halen om mee te gaan naar huis. We moeten overkomen als echte… ouders.'

'Wij zouden best goede ouders zijn.' Het is eruit voordat ik er erg in heb.

Maar Crash lijkt het niet te horen. Hij fronst. 'Dat jochie mag ons wel dankbaar zijn dat we al die moeite hebben gedaan voor hem.'

'O, hij gaat heus wel mee, Crash,' zeg ik. 'Per slot van rekening ben jij zijn vader.'

'Vroeger deden we wel dingen samen.' Crash staart over de Theems. 'Galaxy zeurde altijd dat ik te snel ging, dat ik hem meer als bendelid behandelde dan als zoon, maar zo is Crash Lopez nu eenmaal, oké? Hoe moest ik weten dat die jongen daar niet tegen kon?'

Ik wil hem vragen wáár Sam niet tegen kon, maar ik zie aan Crash' gezicht dat hij niet in de stemming is voor verklaringen. 'Het is al lang geleden,' zeg ik.

'Ja. Hij zal wel veranderd zijn.'

'Om te beginnen is hij nu miljonair,' zeg ik met een lachje.

'Precies. Ook dat,' zegt Crash, maar ik heb het gevoel dat hij nu niet aan het geld denkt.

Zia

Ik herhaalde steeds bij mezelf dat het me alleen om de muziek ging. Ik had me opgegeven om een solonummer te doen bij de schooluitvoering, maar sinds ik Sam had horen zingen, zo mooi tweestemmig met mezelf, wist ik dat we samen moesten optreden.

Ik begon al te denken dat Mark en die stomme voetbalwedstrijd belangrijker voor haar waren dan mijn nummers, maar ik had me geen zorgen hoeven te maken. De dag nadat ik haar het bandje had gegeven, kwam ze op het schoolplein naar me toe en zong zachtjes het refrein van *Private Cloud* in mijn oor. Ik glimlachte. Zelfs zo zacht klonk het nog beter dan ik me had voorgesteld.

'Zullen we na school die nieuwe nummers proberen?' vroeg ze.
Ik kromp ineen. Het punt is dat mijn ouders niet zo dol zijn
op mijn gitaarspel. 'Het is nogal druk bij mij thuis,' zei ik.
'Kom dan naar mij toe,' zei ze. 'Neem je gitaar en een bandje
mee, dan nemen we samen een paar nummers op.'
'Vinden je oom en tante dat wel goed?'
'Ja hoor. Dat zijn schatten,' zei ze met die stralende glimlach,
terwijl ze me diep in mijn ogen keek, alsof ze me nog beter
kende dan ik mijzelf.
Ik kreeg een raar gevoel in mijn buik. Het is de muziek, her-
haalde ik bij mezelf. Alleen de muziek.
Maar in mijn hart wist ik wel beter.

Matthew

Het feit dat zijn vader na al die jaren weer naar hem op zoek
was, scheen Sam veel rustiger te maken, hoe vreemd dat ook
klinkt. Hij hoefde niet langer altijd het middelpunt te zijn.
Tussen de lessen door praatte hij nu net zo vaak met ons als met
Elena en haar vriendinnen, waardoor iedereen veel prettiger
met elkaar omging.
Een voorbeeld. Die week, op een dag – dinsdag geloof ik – liep
hij met Tyrone, Jake en mij naar huis. We hadden het erover
dat Tyrones moeder veel meer respect voor hem had nu hij met
een Amerikaans vriendinnetje was thuisgekomen. Het enige
probleem was dat mevrouw Sherman dingen riep als 'Hoe gaat
het met T-bone vandaag?' en voortdurend naar 'dat leuke Amerikaanse meisje' informeerde.

Mevrouw Sherman

Ik besloot me die week wat minder druk te maken over mijn

zoon. Hij bleek heel goed zijn eigen weg te kunnen vinden zonder de hulp van zijn oude moeder. En zelfs zijn overgewicht was dus geen probleem. Gelukkig maar. Ik was vreselijk opgelucht en blij voor ons allebei.

Er moest nog maar één ding gebeuren. Nu Tyrone het plan had opgevat om een geslaagd zakenman te worden als hij van school kwam, leek het me een goed idee dat hij vast een voorsprong nam op andere jongens en meisjes.

Dus deed ik navraag naar privé-leraren op het gebied van economie en accountancy. Dat zou mijn geheime project blijven tot het moment dat ik mijn zoon ermee kon verrassen.

Ik kon niet wachten om zijn gezicht te zien.

Matthew

Jake was de afgelopen paar dagen nogal somber. Hij luisterde naar de verhalen over Tyrone en zijn vriendinnetje, onze ontmoeting met meneer en mevrouw Crash, en de verrassende toestemming van mijn vader en moeder om Sam nog een tijdje zijn meisjesrol te laten spelen. Maar het leek niet echt tot Jake door te dringen, alsof hij belangrijker dingen aan zijn hoofd had dan een jongen die zich als meisje verkleedde om aan zijn criminele vader te ontsnappen.

Blijkbaar had Sam dat ook door, want toen we door het park liepen vroeg hij: 'En hoe is het leven in Jakey's wereld?'

Misschien hoorde Jake een echo van Sams oude spot in zijn stem, want hij kreeg een voorzichtige, defensieve uitdrukking op zijn gezicht. 'Wat maakt jou dat uit?' vroeg hij.

'Je leek zo teruggetrokken,' zei Sam luchtig. 'Ik vroeg me gewoon af of alles in orde was.'

'Je bedoelt dat ik mijn hart moet luchten in de groep?' zei Jake smalend, maar zonder veel overtuiging. 'Je bent te lang met die meiden omgegaan.'

'Rustig nou, Jake,' zei Tyrone. 'Hij vraagt het alleen maar.'

'Ik heb genoeg van die familieverhalen,' mompelde Jake.

We kwamen langs het bankje waar de Barakkers elkaar altijd troffen. Het was al een tijdje geleden dat we hier voor het laatst waren geweest, maar Sam ging zitten, streek peinzend zijn rok glad en zei: 'Ik ben ook niet zo dol op dat familiegedoe.'

Jake schopte een steen tegen de muur.

'Hoe gaat het nu met je vader?' vroeg Sam.

Jake vloekte zachtjes. Hij schoof wat met zijn voet over de grond en vertelde toen wat er de laatste tijd bij hem thuis was gebeurd.

Het bleek dat we Jake behoorlijk op zijn ziel hadden getrapt met al onze verhalen over vaders en moeders. Sinds zijn eigen vader was weggegaan, woonde hij bij zijn moeder en zijn twee zussen. En de laatste twee jaar van het huwelijk tussen zijn ouders waren ook geen pretje geweest.

Nu hij nog de enige man in huis was, leek zijn moeder zich constant aan hem te ergeren. Ze had kritiek op de toestand van zijn kamer, de kleren die hij droeg, de manier waarop hij praatte en zijn slechte cijfers op school.

De twee meisjes, van zestien en zeven, sloten zich bij die aanval aan en klaagden voortdurend over dingen die hij wel, niet of fout had gedaan.

'Dat gaat de hele dag zo door,' zei Jake. 'Ik hoef maar een kamer binnen te komen of iemand krijgt alweer de pest in.'

'Je bent een jongen,' zei Sam. 'Je moeder kankert op je omdat ze kwaad is op je vader. En je zussen kiezen haar kant.'

'O, ben je nu ook al psycholoog?' Jake lachte hol.

'Wat vindt je vader ervan?' vroeg ik.

'Welke vader?' zei Jake. 'Ik heb hem al een maand niet gezien. Hij belt me eens in de week en dat is het.'

Het bleef even stil. Toen stond Jake resoluut op alsof hij besefte dat hij al te veel gezegd had. 'Ik moet weg,' zei hij.

'Weet je wat je doet?' Sam keek naar hem op. 'Bel je vader en zeg dat je hem graag wilt ontmoeten. 'Praat er met hem over.'

'Dat hoort híj te doen als vader. Niet ik,' zei Jake. 'Hij is tenslotte weggelopen.'

'Geloof me,' zei Sam, 'misschien heeft hij het zo moeilijk met wat er is gebeurd dat hij zich schaamt om jou te laten merken wat hij voelt. Of misschien heeft je moeder iets tegen hem gezegd. Je moet met hem praten, Jake. Bel hem of stuur hem een sms'je. Kijk wat er gebeurt.'

Maar Jake liep al weg met zijn handen in zijn zakken, zijn magere schouders gebogen, afgeschermd tegen de wereld en zijn ongelukkige situatie.

Crash

Dit is het drie-punten-systeem van Crash Lopez: kijken, informatie verzamelen, snel toeslaan en maken dat je wegkomt. Oké, vier punten dan.

Die week besteedden we aan observeren. We reden zo onopvallend mogelijk de buurt door in dat zielige boodschappenautootje en probeerden te wennen aan het taaltje van de inboorlingen, met veel *please, thank you* en *are you sure?*

Ik had nog steeds het gevoel dat die akelige Burton-familie iets voor me verborgen hield, dus die dinsdagavond zaten we in de auto in Somerton Gardens, weggedoken achter een krant, en hielden het huis in de gaten.

Ze bleken die avond maar één bezoeker te hebben: een Indiaas meisje met een gitaarkoffer. Ze kwam mee met die jongen van Burton en dat Canadese meisje, Simone. Terwijl de avond viel hoorden we dat er in huis gezongen werd.

'Dat zijn die meisjes,' zei Ottoleen. 'Klinkt leuk, vind je niet?'

'Ja,' zei ik, 'door een paar muren heen wel. Misschien zou het van dichtbij veel minder mooi zijn.'

'Een gezellig gezin…' zei Ottoleen, met zo'n dromerige stem waar ik altijd de kriebels van krijg, eerlijk gezegd.

'Vergeet het maar,' zei ik kortaf. 'We zijn hier om mijn zoon terug te krijgen, oké?'

'Ik zei toch niet dat wíj een gezinnetje moeten stichten? Ik zei toch niet hoe geweldig dat zou zijn en hoe gelukkig het me zou maken?'

Ik keek haar aan. Ze keek terug met dat lachje waarvan ze weet dat ik het niet kan weerstaan.

'Schat,' zei ik, 'een gezin stichten is een serieuze zaak, heel iets anders dan een auto starten of een knokpartij beginnen.'

'Maar het kan ook héél makkelijk zijn,' zei ze, en ze gaf me een kneepje in mijn knie.

Het was even stil in het huis aan de overkant. Toen zongen de meisjes weer verder.

'Dat wachten duurt me veel te lang,' zei ik. 'Ik wil iets dóén.'

'Natuurlijk, Crash.' Ottoleen schoof nog dichter naar we toe. 'Iedereen wil weleens iets doen…'

Zia

Het was een van de meest magische momenten van mijn leven. Sam en ik waren meteen naar haar kamertje gegaan. Matthew bleef beneden om tv te kijken.

Ik haalde mijn gitaar uit de koffer en stemde hem. 'Waar zullen we mee beginnen?' vroeg ik.

'Wat dacht je van *Private Cloud*?' opperde Sam. 'Dat wordt toch de single?'

Ik lachte, speelde de akkoorden van de intro en stopte toen. Ik speel heel makkelijk in het openbaar, maar in een kleine groep

van een paar mensen voel ik me juist verlegen.
Maar toen begon Sam te zingen. Ze nam de toonsoort van me over en ging in haar eentje door.

'They say – take it easy, take it slow
They say – give it time and let it grow
They tell me take it one day at a time.

They say – that caution never fails
One day – the wind will catch my sails
And take me through the shadowland, the second-hand
And soon I'm gonna climb...'

Het eerste couplet klonk zo geweldig nu Sam het zong, dat mijn vingers bijna als vanzelf over de snaren gleden. Toen ze bij het refrein kwam, zong ik de tweede stem. Algauw zaten we te lachen en keken in elkaars ogen. We zongen samen!

'And I'll be high in the sky
Looking down on the world
Me on my private cloud
Living my daydreams
Wherever I go
Singing my life out loud.'

Ik had moeite om niet te gaan huilen door alle emoties die in me opwelden. Maar Sam begon al aan het tweede couplet. Magisch. Ik zal het nooit vergeten.

Matthew

Ik was beneden toen ik die stemmen hoorde, door het plafond. Eerst dacht ik dat Sam en Zia een cd hadden opgezet. Ik zette het geluid van de tv zachter en luisterde wat beter. Ze zongen samen, met een gitaar, en het was… nou, mag ik 'ongelooflijk' zeggen?

16

Mevrouw Cartwright

Ik was op kantoor, in de tweede week van het nieuwe school-jaar, toen ik een telefoontje kreeg van een Amerikaanse meneer. Hij zei me dat hij naar Londen ging verhuizen en zijn zoon graag op onze school zou inschrijven. Maar eerst wilde hij de school eens zien als dat kon.

Eerlijk gezegd beviel zijn toon me niet erg. Ik antwoordde dat er bepaalde procedures waren voor dit soort dingen.

'Procedures?' vroeg hij. 'Hoezo? Mijn vrouw en ik willen ge-woon de school een keer bekijken. Wat dacht u van morgen? Zou dat gaan?'

Ik zei hem dat hij de juiste weg moest bewandelen, zoals alle ouders van toekomstige leerlingen. Over acht dagen was onze eerste open dag. Volgende week donderdag, vanaf zeven uur, waren hij en zijn vrouw welkom om de school te bezoeken en kennis te maken met mij en een paar docenten.

Ik hoorde dat hij overlegde met mevrouw Stevenson.

'Normaal vragen we de ouders om hun kind ook mee te ne-men,' zei ik. 'Is het een jongen of een meisje?'

'Eh, een jongen,' zei meneer Stevenson. 'En hij heet…' hij aarzelde even, 'hij heet Angelo.'

'Angelo is van harte welkom,' zei ik.

Hij mompelde iets, wat verdacht veel klonk als 'Ja, het zal wel', en hing toen op.

Langzaam legde ik de hoorn weer neer. Hopelijk had Angelo betere manieren dan zijn vader als hij een plaatsje wilde krijgen op Bradbury Hill.

Matthew

Ik begreep er niets van. Alsof Sams leven nog niet ingewikkeld genoeg was, had hij nu ook nog een afspraakje gemaakt! Erger nog: hij leek zich erop te verheugen.

'Je kunt het gerust afzeggen,' zei ik tegen hem toen we naar school liepen op de ochtend van zijn date met Mark Kramer.

'Waarom zou ik dat doen?' vroeg Sam hoofdschuddend. Zijn lange blonde haar wapperde heen en weer.

'Omdat je al genoeg problemen hebt.'

'O, ik red me wel.'

'Meisjes zeggen zo vaak een date af.'

'Maar dit meisje niet.'

'Maar je bent een jóngen, man!' Ik moest me beheersen om het niet hardop te schreeuwen.

Hij glimlachte en schudde nog eens zijn hoofd. 'Wat kun jij toch ouderwets zijn.'

Charley

Wat ze ook zei, ik had best in de gaten dat Sam zich verheugde op haar date met Mark Kramer. Iedereen in de klas wist dat ze met Mark naar een voetbalwedstrijd zou gaan. Sommige meisjes pestten haar ermee, maar iedereen was onder de indruk, dat was wel duidelijk.

Zo vaak kwam het niet voor dat een jongen uit de zesde interesse had in een meisje uit de tweede! En dat het ook nog Signor Hunko zelf was, maakte het extra spannend.

In de pauze, op het schoolplein, zagen we dat sommige oudere meisjes Sam een blik toewierpen alsof ze zich afvroegen: Wat heeft dat kind wat wíj niet hebben?

Sam leek er heel cool onder, maar ik zag dat al die aandacht haar toch een beetje te veel werd. De rest van ons – op één uitzondering na misschien – was gewoon trots op haar.

Elena

Wat een drukte om niks! De kans was groot dat Mark niet eens zou komen opdagen of samen met die Tasha, zoals hij mij ook had geflikt.

Hoe dan ook, waar zou Sam zijn geweest zonder mijn opgevulde beha? Dat bedoel ik maar.

Meneer Burton

Toen Matthew zorgelijk meldde dat Sam naar een voetbalwedstrijd zou gaan met die oudere jongen, had ik een lang gesprek met Mary over de beste manier om de situatie aan te pakken.

Er was duidelijk een probleem met de buitenwereld. Een meisje van dertien hoorde geen afspraakjes te hebben met een jongen die vier jaar ouder was. Zeker niet als die jongen een bepaalde reputatie had.

Aan de andere kant: Sam wás helemaal geen meisje. In werkelijkheid gingen er gewoon twee jongens naar een voetbalwedstrijd. Wat deed het ertoe of een van die jongens toevallig als meisje was verkleed?

Om de een of andere reden deed dat er héél veel toe. We maakten ons zorgen. Dit deugde niet.

Mevrouw Burton

Geen van beiden zei er iets over, maar ik wist dat we allebei hetzelfde dachten. Sam had een beetje te veel plezier in zijn meisjesrol. Dit voelde niet goed.

Hij plukte zijn wenkbrauwen. Hij maakte zich druk over zijn kleren. Hij giechelde. Echt, als hij op een avond zou hebben aangeboden om een nieuw vegetarisch gerecht voor ons te koken waar hij het recept van had én had gezegd dat hij later kapper wilde worden, zou ons dat niets hebben verbaasd.

Het 'h'-woord. Niemand van ons zei het hardop, maar we dachten het nu allemaal.

Niet dat we iets hadden tegen mensen die 'h' waren, maar toch maakten we ons een beetje ongerust.

Mark

Achteraf gezien hadden we beter de familietribune kunnen nemen of misschien de zuidtribune – in elk geval niet de Pit. Want de Pit, het vak met de harde supporterskern, was geen geschikte plek voor meisjes. Helaas waren er alleen nog kaartjes voor de Pit te krijgen. En Sam had gezegd dat ze opwinding en sfeer wilde.

Nou, die kreeg ze.

Iedereen gedraagt zich anders buiten school, maar Sam Lopez was die avond een complete verrassing. Er stonden al rijen voor het hek toen ik haar in het oog kreeg. Zonder dat lange blonde haar zou ik haar niet eens hebben herkend. Ze zigzagde door de menigte heen als een soort cowboy en keek naar links en rechts met grote ogen en een gevaarlijk lachje op haar gezicht. Ze droeg jeans, gympen en een groot paars jack waarin ze nog kleiner leek dan anders.

'Zo!' zei ze toen ze me had bereikt. 'Dit begint erop te lijken.'

'Ik wist wel dat je voetbal leuk zou vinden,' zei ik.

'Niet het voetbal,' zei ze, een blik om zich heen werpend, 'maar het geweld. Je kunt het bijna *ruiken*.'

'Wees maar niet bang,' zei ik zo geruststellend mogelijk. 'Bij mij ben je veilig.'

Ze keek me aan en lachte nogal vreemd, bijna alsof ze medelijden met me had.

We zochten onze plaatsen en tegen de tijd dat de wedstrijd begon, wist ik dat ik een grote fout had gemaakt door dit meisje mee te nemen naar de Pit. Om me heen zag ik een paar bekende gezichten, hooligans en psychopaten die alleen naar de wedstrijden kwamen om te knokken.

Sam keek nauwelijks naar het veld, maar hield haar omgeving in de gaten terwijl de supporters juichten, riepen en brulden naar de aanhangers van de tegenpartij die op de noordtribune stonden.

Het duurde niet lang of ze begon mee te doen. Binnen een paar minuten schreeuwde ze net zo hard als de jongens. Normaal roep ik ook wel wat, maar toen ik Sam zo hoorde gillen was ik het liefst heel ergens anders geweest – in een bioscoop, een restaurant, waar dan ook, maar niet in de Pit tijdens een derby.

Algauw kregen de supporters dat rare Amerikaanse meisje in de gaten dat luidkeels stond te schelden.

'Goed zo, meid!' riep een van hen nadat Sam in haar eentje overeind was gesprongen en een paar goedgekozen beledigingen in de richting van het andere vak had geslingerd.

'Rustig nou, Sam,' mompelde ik.

Ze wierp me een snelle blik toe en ik zag een gevaarlijke glinstering in haar ogen. 'Problemen, *hombre?*' vroeg ze.

Ik haalde mijn schouders op en zei niets.

Vijf minuten voor het eind van de wedstrijd begon de ellende pas goed. De tegenpartij scoorde, in het doel vlak voor ons. De spelers vierden het doelpunt en een paar van hun supporters renden het veld op en deden mee, nog geen vijftig meter bij ons vandaan.

Dat pikten onze eigen supporters niet. Ze sprongen overeind en voordat de stewards konden ingrijpen, stormde er al een groepje op de tegenstanders af.

Ik wilde me naar Sam omdraaien om haar te zeggen dat we beter konden vertrekken, maar op dat moment zag ik dat ze opsprong, door het middenpad rende, over het lage hekje klom en zich in de vechtpartij stortte die aan de rand van het veld was ontstaan.

Het liep snel uit de hand toen steeds meer supporters zich ermee gingen bemoeien. De spelers verlieten het veld en vanuit de hoek van het stadion kwamen een stuk of tien zwaar gepantserde politiemensen te paard in een gesloten front op de vechtende supporters af.

Wat moest ik doen? Sam achterna rennen, het veld op, om haar daar vandaan te halen? Het was al te laat. Ze deed enthousiast mee, schoppend en slaand. Het leek me beter om te blijven waar ik was. Dan wist ze in elk geval waar ze me kon vinden als de rust was weergekeerd.

Maar Sam leek helemaal niet van plan om terug te komen. Eén of twee supporters van de tegenpartij leken te aarzelen toen ze dat kleine meisje in de voorste linie zagen. Dat was een vergissing. Sam viel onmiddellijk aan. De één kreeg een schop in zijn kruis, de ander een vuist in zijn gezicht.

Toen de bereden politie de twee partijen probeerde te scheiden, besloot een aantal relschoppers dat de pret nu lang genoeg geduurd had. Grijnzend en met geheven vuist bliezen ze de aftocht en namen hun plaatsen weer in. Algauw waren er nog hooguit vijftig vechtersbazen op het veld, met Sam in het middelpunt – zoals iedereen nu wel weet. Ik rende naar de voorste rij van de tribune en schreeuwde naar haar van achter de stewards, die inmiddels schouder aan schouder stonden om te voorkomen dat er nog meer mensen het veld op kwamen.

Te laat. Het groepje vechtende supporters werd ingesloten door de paarden. Politiemensen met honden rukten op en in het flitslicht van de verzamelde fotografen werden de hooligans door de agenten afgevoerd naar politiebusjes buiten het stadion, onder luid boegeroep en gejoel van de andere supporters. Dat was het laatste wat ik van Sam zag op de avond van onze date. Tussen twee agenten, die met kop en schouders boven haar uit staken, verdween ze van het veld terwijl de fotografen hun plaatjes schoten en mensen op de tribunes haar nawezen. Niemand, geen enkele speler of supporter, had die avond zoveel indruk gemaakt als Sam Lopez.

Meneer Burton

Die avond rond tien uur werden we gebeld door Mark Kramer. 'Er is iets gebeurd,' zei hij.

Hij gaf me het adres van het politiebureau waar Sam naartoe was gebracht. Ik zei dat ik eraan kwam.

Matthew

Zal ik je de waarheid zeggen? Het was bijna een opluchting voor me toen we dat telefoontje van Mark Kramer kregen over de trieste afloop van zijn date met Sam.

Het had nog veel erger kunnen zijn. Vroeg of laat zou Mark iets hebben geprobeerd, gezegd of gedaan waardoor Sam nog maar één keus had: Mark op zijn gezicht slaan of zijn geheim verraden.

Dat probleem was in elk geval voorkomen nu hij bij een voetbalrel betrokken was geraakt en in een politiecel terecht was gekomen.

Sam – de échte Sam – was terug. Die avond had hij zijn wenkbrauwpincet opgeborgen en was de deur uitgegaan om keet te trappen. Net als vroeger in Amerika.

Je kunt iemand wel een jurk aantrekken, hem tussen de meiden zetten en alles geven wat een meisje maar kan verlangen, maar een vent blijft een vent.

En eerlijk gezegd was ik daar niet rouwig om.

Agent Chivers

Het was een zware avond. We grepen een stel supporters van de thuisclub bij hun kladden, hielden de ergste relschoppers aan en lieten de rest een paar uurtjes afkoelen voordat we hen met een waarschuwing naar huis stuurden.

Een paar jongens maakte zich zorgen over een meisje dat samen met de hooligans was gearresteerd, maar we hadden geen keus. Bovendien was ze volgens de twee agenten die haar hadden aangehouden heel goed in staat om voor zichzelf op te komen.

Een paar minuten over elf arriveerde er een meneer Burton, die naar het meisje vroeg. We lieten hem in het verhoorkamertje, brachten het meisje Lopez daar naartoe en zeiden dat we haar met een officiële berisping zouden vrijlaten omdat ze waarschijnlijk op het verkeerde pad was gebracht door een paar van haar oudere, ongure vriendjes.

Meneer Burton leek opgelucht, maar het meisje keek ons woedend aan. Alsof het ónze schuld was.

We wilden hen net laten gaan toen de dienstdoende brigadier het nodig vond om na te gaan of die meneer Burton – niet haar vader – wel haar officiële voogd was, zoals hij beweerde.

Ik belde het nummer dat meneer Burton me opgaf en kreeg mevrouw Burton aan de lijn, die de situatie uitlegde, maar niet bepaald blij leek met wat er was gebeurd. Ten slotte lieten we Miss Lopez vrij. Graag zou ik stiekem hebben meegeluisterd toen die kleine meid weer thuiskwam.

Vreemd genoeg besefte ik pas naderhand waarom ze me bekend was voorgekomen. Ik had haar al eens eerder gezien, in het park met een paar jongens.

Die jongelui van tegenwoordig… ik maak me weleens zorgen!

Mevrouw Burton

Pas na middernacht waren ze thuis. Eén blik op Sam vertelde me dat dit niet het moment was om alles uitvoerig te bespreken.

Zijn jeans was gescheurd en zijn paarse jack waarop hij zo trots was geweest, zat onder het vuil en de modder. Hij had een rode striem over zijn wang en het begin van een lelijk blauw oog. Hij keek me niet aan toen hij de keuken binnenkwam.

'Ik sterf van de honger,' mompelde hij, terwijl hij een paar boterhammen uit de broodtrommel haalde en ze in de broodrooster ramde.

'Gaat het een beetje?' vroeg Matthew.

'Natuurlijk. Waarom niet?' zei Sam.

'We praten er morgen nog wel over,' zei ik rustig, met een waarschuwende blik naar David en Matthew.

'Waarover?' vroeg hij.

Het geroosterde brood sprong omhoog. Sam pakte een sneetje en smeerde er boter op zonder een bord te gebruiken. Toen nam hij een grote hap.

'Zo!' zei hij agressief, terwijl hij ons vernietigend aankeek. 'Dus dat was voetbal? Soccer?' Hij kauwde even. 'Zal ik jullie eens wat zeggen? Ik vond het wel leuk.'

17

Mevrouw Cartwright

Het was geen goede dag. Een paar minuten nadat ik op school was aangekomen werd ik gebeld door mevrouw Burton, die me vertelde dat Sam Lopez wat 'narigheid' had meegemaakt, zoals zij het uitdrukte.

Die 'narigheid' bleek een complete vechtpartij te zijn geweest tijdens een plaatselijke voetbalwedstrijd. Tot mijn schrik hoorde ik dat Sam daarheen was gegaan in het gezelschap van Mark Kramer, een van de minder betrouwbare jongens uit de zesde. Ik antwoordde mevrouw Burton dat Bradbury Hill niet verantwoordelijk was voor wat leerlingen in hun vrije tijd uitspookten, maar beloofde dat ik met Sam en die jongen van Kramer zou praten.

Vermoeid hing ik op. Dat kon er nog wel bij. We hebben als school altijd hard opgetreden tegen elke vorm van gewelddadigheid of vandalisme en ik dacht dat we dat probleem wel onder controle hadden. Blijkbaar had ik me vergist. Zelfs de meisjes uit de tweede begonnen zich nu als jongens te gedragen en dreigden te ontsporen.

Ik dacht terug aan die dag, vorige week, toen ik een groep meisjes had betrapt terwijl ze American football speelden op het schoolplein. De kille, brutale blik waarmee Sam Lopez me had aangekeken was een waarschuwing geweest. Jammer genoeg bleek mijn voorgevoel juist te zijn. Dat kind was nog erg kwetsbaar. Geen wonder dat de oudere jongens haar allerlei ongewenste dingen konden leren.

Er werd op mijn deur geklopt. Het was Karen O'Grady, mijn secretaresse, die een krant in haar hand had.

'Neem me niet kwalijk, rector,' zei ze, 'maar ik vond dat u dit moest lezen.'

Ze legde de krant voor me neer. Onder de vette kop TIJGERKAT stond een grote foto van een verward tafereel met politiemensen en vechtende voetbalsupporters. Midden in het gewoel, met haar gezicht verborgen achter haar wapperende blonde haar, ontdekte ik een klein meisje met een uitgestoken been. Ze leek verdwaald in het geweld – behalve dat ze op het punt stond om iemand die op de grond lag een doodschop te verkopen.

'Er bellen al journalisten op,' zei Karen. 'Ze kennen haar naam nog niet, maar iemand bij de politie heeft ze blijkbaar een tip gegeven dat het een meisje van Bradbury Hill moet zijn.'

Mijn maag kromp ineen. Al mijn werk leek opeens voor niets geweest. Mijn hele carrière, mijn goede naam als vooraanstaand schoolleider… Alles kon in één klap worden weggevaagd door dit soort publiciteit.

'Zeg dat ik geen commentaar heb,' zei ik. 'En herinner ze eraan dat een school niet verantwoordelijk is voor wat de leerlingen in hun eigen tijd doen.'

'Goed, rector.'

'O, en na de dagopening wil ik Mark Kramer en Sam Lopez spreken op mijn kantoor.'

'Goed, rector.'

'Wil je me nu vijf minuten alleen laten?'

Karen knikte. 'De kast, rector?'

'Ja,' zei ik. 'De kast.'

Elena

Ik kon het niet geloven. Toen Charley en ik die ochtend op school kwamen had iedereen het al over Sam en Mark, en de voetbalrellen. Op het schoolplein hadden zich groepjes verzameld rond kranten met Sams *Tijgerkat*-foto op de voorpagina. 'Daar is ze!' zei iemand.

We draaiden ons om en zagen Sam het hek binnenkomen met Matthew. Zelfs van een afstand zag ik al dat ze een blauw oog had, dik en gezwollen. Ze liep voorzichtig, maar toen ze merkte dat iedereen naar haar keek, verscheen er een lachje om haar lippen. 'Hé Sam, te gek!' riep een meisje uit de brugklas. Sam stak een hand op, als een onverslaanbare heldin die haar fans begroette.

Als ik ergens een hekel aan heb, is het aan dat opschepperige gedoe. 'Ze geniet ervan,' zei ik tegen Charley. 'Alsof het zo geweldig is om aan een vechtpartij mee te doen en in de krant te komen.'

Sam stond met Jake en Tyrone te praten en maakte een soort schoppende beweging, alsof ze demonstreerde hoe het was gebeurd. Ze lachte stoer.

'Wat vinden we ervan?' vroeg Charley. 'Is ze nog steeds onze vriendin, of een ex-vriendin?'

'In elk geval is ze een hooligan,' zei ik.

'Precies,' zei Charley. 'En ik hou niet van geweld.'

'Ik ook niet.'

Sam kwam naar ons toe. De leerlingen maakten ruim baan

voor haar. Toen ik haar triomfantelijke gezicht zag met dat blauwzwarte oog waarop een panda trots zou zijn geweest, kon ik een glimlach niet onderdrukken. Charley keek me aan en haalde gelaten haar schouders op.

'Hoi Sam,' zeiden we in koor.

Matthew

Sam vond het prachtig. Als een held kwam hij het schoolplein op. Hij hield van al die aandacht en dit was zijn grote moment. Nou ja, één van zijn grote momenten.

De rest van de school – jongens én meisjes van de laagste tot de hoogste klassen – vond het geweldig wat hij had gedaan. En toen bekend werd dat er op de voorpagina van een krant een foto stond van Sam Lopez die een of andere hooligan in elkaar schopte, was hij helemaal de grote ster. 'Hé, Tijgerkat!' riepen mensen als Sam voorbijkwam met een trots zwaaiende rok.

Wacht nou eens even, dacht ik: we hebben het over iemand die zomaar een andere supporter heeft geschopt en geslagen. Daar ga je iemand toch niet om bewonderen?

Maar Sam was een beroemdheid. De reden waarom deed er niet meer toe. Beroemd was beroemd.

En toen mevrouw O'Grady naar hem toe kwam om te zeggen dat de rector hem wilde spreken, nu meteen, leek Sam nog trotser op zichzelf.

Mevrouw Cartwright

Het is een heerlijke ontspanning, die kast. Andere schooldirecteuren hebben een therapeut of slikken kalmerende middelen, maar ik reageer me liever af door eens flink te schreeuwen in de privacy van mijn kast.

Mijn secretaresse Karen, een geweldige vrouw die al tien jaar voor me werkt, begrijpt het belang van die privé-momenten. Ik zal haar ook niet de schuld geven van wat er nu gebeurde.

Ik stond in mijn koele, donkere kast, met mijn ogen dicht zoals ik gewend was en concentreerde me op mijn stress. In gedachten verzamelde ik alle problemen tot een hoopje stof dat ik kon wegblazen door zo hard mogelijk te gillen. Ik haalde diep adem.

Ik dacht aan... voetbalvandalen.

'*Aarrgghh!*'

Hijgend nam ik even pauze. Toen dacht ik ... riooljournalisten.

'*Aaaarrrrgggghhhh!*'

Het ging al beter. Nog één schreeuw en ik zou me weer schoon en zuiver voelen.

Ik dacht aan... Sam Lopez.

'*AAAARRRRGGGGHHHH!*'

Een geweldige schreeuw – een van mijn beste, lang en hard, heel gezond. Daar knapt een mens van op. Ik was weer de strenge rector, die alles in de hand had. Energiek schudde ik mijn hoofd, rechtte mijn schouders, opende de deur van de kast... en keek recht in het gezicht van Sam Lopez.

'Gaat het weer een beetje, mevrouw Cartwright?' vroeg Sam. Ze hing in de stoel tegenover mijn bureau, met een grote grijns op haar brutale smoeltje.

'Ik eh... ik zocht wat papieren,' zei ik.

'Ja, hoor,' zei ze. 'Het is heel goed om zo nu en dan stoom af te blazen. Niet dan?'

Ik ging achter mijn bureau zitten en hield de ochtendkrant omhoog. 'Kun je me dit uitleggen?'

Ze haalde haar schouders op en raakte haar rechteroog aan dat blauw en gezwollen was. 'Dat was míjn manier om stoom af te blazen.'

Ik haalde diep adem en gaf haar een preek over verantwoordelijkheid, maar ik was niet op mijn best na wat er zojuist was gebeurd. Na een minuutje vroeg ik haar om die jongen, Mark Kramer, te gaan halen.

'Ach, laat Mark nou maar.' Ze stond op. 'Hij kon het niet helpen.'

Dat zou ík wel uitmaken, zei ik haar.

'Ja, hoor,' zei Sam Lopez, en ze knipoogde naar me met haar goede oog. 'Mij best.'

Zia

Ik was nogal laat, die ochtend. Tegen de tijd dat ik op school kwam, had iedereen het over Sam en Mark Kramer en de knokpartij bij de wedstrijd.

Ik sprak haar niet, maar ik zag dat ze gelukkig was. Ze keek als een prinses die haar eigen koninkrijk had gekregen – een *bad girl* die het helemaal had gemaakt.

Die gedachte speelde de hele dag door mijn hoofd. Een *bad girl* die het had gemaakt. *Bad girl, bad girl, with the baddest kind of fame.* Dat zou een geweldig nummer worden.

Ottoleen

Crash begint genoeg te krijgen van het wachten. Hij vindt het maar niks om geld uit te geven aan het hotel en die Nissan zonder er iets voor terug te krijgen. Hij denkt er al over om ergens een kleine kraak te zetten – dat is nu eenmaal zijn werk, en daar is hij goed in – maar ten slotte besluiten we ons gedeisd te houden totdat we naar die school kunnen gaan.

Crash is niet onder de indruk van Engeland, eerlijk gezegd. Op een ochtend, als we aan zo'n smerig ontbijt zitten dat het hotel ons voorzet, laat hij me de krant zien die hij zit te lezen.

Het is een of ander stom artikel met de kop ZELFS KLEINE MEISJES WORDEN HOOLIGANS, maar vooral de foto die erbij hoort zit hem dwars. Er staat een blond meisje op dat een oudere jongen in elkaar schopt bij een sportwedstrijd. Ze kan niet ouder zijn dan twaalf of dertien.

'Dat is nog maar een kind, verdorie! En een meisje nog wel.' Crash schudt zijn hoofd. 'Wat een land.' Dan bekijkt hij de foto wat beter. 'Waar heb ik dat gezicht eerder gezien?'

Crash

Ik had wel genoeg van Engeland gezien. Ik wilde weg. Dit was geen land voor mijn zoon om op te groeien.

Die ochtend belde ik het schoolhoofd.

We wilden meteen de school bekijken, zei ik haar. We zouden een tijdje de stad uit gaan, dus het was dringend.

Ze klonk verstrooid, alsof ze andere dingen aan haar hoofd had. 'Misschien is de schooluitvoering een goede gelegenheid,' zei ze. Dan zouden alle leerlingen en docenten er zijn en een heleboel ouders.

Een schooluitvoering? Wat had ik daar te zoeken? Maar misschien zouden we in de drukte de kans krijgen om rond te kijken en mijn zoon te vinden.

'Goed,' zei ik. 'Dat lijkt me leuk.'

Ik hing op en fronste mijn voorhoofd.

Dat leek me *leuk*? Had ik dat echt gezegd? We moesten hier snel vandaan voordat het te laat was.

Steve Forrester

Ik moest die week een beslissing nemen. Dat nieuwe meisje, Sam, was betrokken geraakt bij een vechtpartij tijdens een voetbalwedstrijd, ook al vermoedde ik dat het de schuld zou zijn van die oudere knul, Mark Kramer. Ondanks haar stoere houding was Sam nog maar een ontvankelijk jong meisje. Maar vechten was vechten, hoe je het ook bekeek.

Ik besloot om niets over het incident te zeggen in de klas, maar Sam door mijn houding te laten blijken dat ik haar gedrag ernstig afkeurde.

Ik denk dat ik Sam zo een lesje leerde over hoe wij de dingen doen in dit land. Ze werd wat rustiger en bracht meer tijd door met Zia Khan. Blijkbaar hadden ze samen een muziekproject.

Zia

Ik had het moment perfect gekozen. Toen ik Sam de tekst en de muziek van *Bad Girl* gaf, was ze precies in de juiste stemming en had ze de scherpte in haar stem die het nummer nodig had.

De dag nadat ik het had geschreven, repeteerden we op haar kamer thuis. Nog voordat ze de melodie helemaal in haar hoofd had, gaf ze het nummer al een sombere dreiging die de rillingen over mijn rug deed lopen.

Er was wel een probleempje. Het refrein, dat eindigde met een korte Latino hip-hop riff, zou veel beter klinken met nog meer stemmen die over de solo heen zongen of schreeuwden. Ik kon het zelf wel doen, maar eigenlijk had ik backingvocals nodig; een groep zelfbewuste, agressieve meiden. Daar moest ik nog over denken.

Sinds haar date met Mark Kramer leek Sam nogal nors en grimmig, maar ze ontspande zich toen we zaten te zingen op haar kamertje. Ze had zelfs een heel origineel muzikaal idee.

Toen ze het laatste refrein zong met veel power, gebeurde er iets vreemds. Bij de laatste regel ging haar stem niet omhoog, zoals de bedoeling was, maar brak opeens tot een dierlijk ge-grom.

Ik stopte met spelen. 'Wat was dat?' vroeg ik.

Sam keek verlegen en schraapte haar keel. 'Niks,' zei ze.

'Is het te hoog voor je? Ik kan het wel transponeren, als je wilt.'

'Nee...' Weer schraapte ze haar keel. 'Ik dacht dat zo'n grom-mend geluid wel paste, op dat punt in het nummer.'

'Een grommend geluid?'

'Ja. Zoals Warren Zevon, in *Werewolves of London*. Dat ken je toch wel?' vroeg ze.

Ik schudde mijn hoofd. Sam begon altijd over groepen en nummers uit het stenen tijdperk, waar ik nog nooit van had ge-hoord.

'Ja, dat gegrom van Zevon past hier heel goed,' zei ze. 'Dat hou-den we erin.'

We probeerden het nog eens, veranderden een akkoord en vertraagden het tempo een beetje zodat ze de juiste toon kon treffen. Maar deze keer zong ik er dwars tegenin, met een uit-haal, wat een vreemd en griezelig effect opleverde.

De derde keer zongen we op volle kracht. De deur vloog open en Matthew stond op de drempel met zijn handen over zijn oren.

'Wat is dat voor kattengejank?' riep hij. 'Het klinkt afgrijse-lijk.'

Sam keek me aan, met die grote grijns waar ik zo van hield.

'Dat was precies de bedoeling,' zei ze.

Elena

Het was donderdag toen Zed en Sam in de pauze naar Charley en mij toe slenterden. Ik zag dat ze probeerden een grijns te on-derdrukken en wist meteen dat ze iets in hun schild voerden.

'Het punt is,' zei Sam, 'dat ons kleine muzikale genie hier een geweldig nummer heeft geschreven dat we bij de schooluitvoering willen spelen.'

'Zia zou toch iets in haar eentje doen?' vroeg ik achterdochtig.

'Nee, niet meer,' zei Zia. 'Sam en ik spelen een nummer, *Private Cloud*, en daarna willen we iets doen met een grotere groep.'

'Een groep?' zei Charley. 'En wie zitten er in die groep?'

Charley

Ja, vergeet het maar. Dat was het stomste idee dat ik ooit had gehoord. Om te beginnen hadden we maar één of hooguit twee dagen om te repeteren. En in de tweede plaats heeft Elena een stem als een krassende nagel over een schoolbord.

Elena

Gelukkig heb ik een vrij goede stem (al zeg ik het zelf) en genoeg persoonlijkheid op het toneel. Ik maakte me wat zorgen over Charley – die is niet echt geschikt voor de showbizz – maar de rest van ons kon haar wel opvangen.

Charley

Die avond, bij mij thuis, liet Zia ons een bandje van het nummer horen. Een beetje vreemd, maar het bleef wel hangen.

'En wat moeten wij nou doen?' vroeg ik.

'Jullie schreeuwen het refrein, zo hard als je kunt,' zei Zia.

'Schreeuwen?' zei Elena. 'Ik dacht dat we moesten zingen.'

Zia hield een heel verhaal dat de timing zo subtiel moest zijn en dat het geschreeuw eigenlijk het belangrijkste deel van het hele nummer was.

'Maar als ik nou het tweede couplet zing?' opperde Elena.

Er viel een stilte. Heel even leek het of iemand haar zou moeten vertellen dat de zaal binnen tien seconden zou leeglopen als Elena Griffiths solo ging zingen. Maar tot mijn verbazing wist Sam de situatie te redden.

'Het is wel een ingewikkelde tekst om te leren,' zei ze. 'En we hoopten eigenlijk dat jullie een soort funky dansje konden doen, om het nummer wat sexy glamour te geven.'

Elena dacht een paar seconden na. 'Sexy glamour?' zei ze toen. 'Ja, dat lukt me wel.'

Jake

Er zijn dingen waar je met niemand over kunt praten. Matt en Tyrone wisten dat ik het thuis moeilijk had. Dat zag ik aan hun ogen en dat hoorde ik aan hun stem. Als ze 's ochtends vroegen 'Alles oké?' was dat meer dan zomaar een begroeting. Maar het is heel pijnlijk om over zulke dingen te praten.

Toch drukten die problemen op mijn schouders als een zak cement. Vroeger, toen we nog een normaal gezin waren, had ik wel met mijn moeder kunnen praten of zelfs met mijn zus Chrissie, maar nu was alles anders.

Binnen een paar seconden zou het eerst een discussie worden en dan een ruzie, waarbij iedereen me van alles naar het hoofd zou slingeren. Dat ik nooit eens hielp. Dat ik nooit eens praatte. Dat ik nooit tijd had voor mijn kleine zusje Lily. Dat ik een waardeloze figuur was. Dat ze nooit iets aan me hadden.

'Typisch een man,' zou mijn moeder dan zeggen.

'Met zo'n typisch mannelijke houding,' zou Chrissie eraan toevoegen.

En dan zouden ze lachen, hard en zenuwachtig, hoewel iedereen in zijn hart wel wist dat het helemaal niet grappig was.

Die vrijdag in de middagpauze zat ik rustig in mijn eentje aan de rand van het schoolplein toen Sam Lopez – tijgerkat en held van de school – me zag zitten en naar me toe kwam.

Hij praatte nonchalant over alles waar hij mee bezig was: dat hij met Zia Khan zou optreden bij de schooluitvoering en meer van die dingen. Ik bromde beleefd wat terug, maar eerlijk gezegd begon ik zwaar genoeg te krijgen van 'boy2girl' Sam.

'Hoe is het met je vader?' vroeg hij toen. Zomaar.

'Goed hoor,' zei ik automatisch.

'Dus je hebt hem niet meer gesproken?'

'Hij heeft me niet meer gebeld. Mijn vader heeft het druk, weet je.'

Sam keek me aan, heel cool, met zijn ogen half dichtgeknepen. 'Dat zei ik je toch? Soms moet je zelf de eerste stap zetten.'

'Bedankt voor je advies, meneer de familie-expert.'

Een paar weken geleden zou Sam nog kwaad zijn geworden om zo'n antwoord, maar nu glimlachte hij alleen. 'Kom je morgen naar de schooluitvoering?'

Ik haalde mijn schouders op. 'Ik had er geen zin in, maar mijn moeder stond erop. Ze wil zich graag laten zien. Dan voelt ze zich een echte ouder.'

'Probeer haar te lozen.'

'Wat?'

'Probeer je moeder te lozen. Er komen nog genoeg schoolavonden waar ze naartoe kan. Bel je vader en vraag of hij mee wil.'

'Het is zaterdagavond. Dan heeft hij wel wat anders te doen.'

'Ik durf te wedden dat hij ja zegt.'

'Ik weet het niet, Sam.'

'Soms moet je volwassener zijn dan de volwassenen.'

Op dat moment zag ik Mark Kramer naar ons toe komen, gevolgd door een paar van zijn vriendjes uit de zesde, Dan Collins en Liam Murphy.

Mark

Ik was al die opmerkingen spuugzat. Al twee dagen lang zaten mijn vrienden me te jennen over mijn date met Sam. Ze hadden gehoord dat ik op de tribune was weggekropen, zeiden ze, terwijl Sam met de supporters van de tegenpartij knokte! Ik was voor joker gezet door een meisje uit de tweede. Ik was helemaal niet zo cool en keihard als ik me voordeed. De volgende keer kon ik het beter met een brugpieper proberen, zeiden ze. Nee, dit was niet grappig meer.

Eerlijk gezegd had ik niet veel zin om nog eens met Sam uit te gaan. Haar gedrag van die avond had me daarvan genezen. Misschien ben ik in mijn hart wel ouderwets, maar als ik de keus heb (en Mark Kramer hééft de keus, geloof me) ga ik toch liever uit met een meisje dat zich ook meisjesachtig gedraagt.

Maar het ging om het principe. Mark Kramer laat zich niet door zo'n klein, mager meisje voor schut zetten tegenover zijn vrienden.

Dus had ik een plan. Ik zou in het weekend nog eens met haar uitgaan – naar een veilige plek, waar je geen knokpartijen hoefde te verwachten. Dan zou ik haar tot mijn vriendinnetje maken, of ze wilde of niet. En daarna zou ik haar dumpen.

Op school zou het gerucht al snel de ronde doen: Mark had weer een date met Sam. De natuurlijke orde was hersteld. De Grote Hartenbreker was terug!

Matthew

Ken je die natuurdocumentaires op tv, waarin kuddedieren zich bijna gedragen alsof ze allemaal onderdeel zijn van één groot lichaam? Nou, zo gaat het ook op school. Niemand hoeft te waarschuwen dat er problemen dreigen. Dat hangt gewoon in de lucht. De hele kudde slaat alarm, nog voordat er echt iets gebeurd is.

Ik stond met Tyrone te praten toen ik Mark en twee andere jongen naar Sam en Jake toe zag lopen. Iets in Marks houding, zoals hij tegenover Sam bleef staan, tussen zijn vrienden in, maakte duidelijk dat ze niet zomaar een praatje kwamen maken.

Dus besloten wij om poolshoogte te nemen.

Zia

Ik was op zoek naar Sam, samen met Charley en Elena, om een afspraak te maken om die avond te repeteren met de groep. Maar Sam was nergens te bekennen.

Opeens ontdekten we haar in de hoek van het schoolplein, omringd door een stel jongens.

Mark

Ik bedreigde haar niet. Wat een onzin! Ik had alleen wat getuigen meegenomen om te bewijzen dat Mark Kramer nog altijd onweerstaanbaar was. En dat ze toevallig links en rechts van me stonden terwijl ik met Sam praatte... nou en? Hoe hadden ze dán moeten staan? Achter elkaar?

'Hé Sam,' zei ik vriendelijk.

Ze keek even op van haar gesprek. 'Wegwezen,' zei ze.

'Gaat het al beter met je oog?'

'Ja. Geen probleem.' En ze draaide zich weer om naar haar vriendin.

'Wat doe je zaterdagavond, babe?' vroeg ik, maar Sam leek me niet te horen. 'Zin om naar een club te gaan?' vervolgde ik.

'Ik heb het druk,' zei ze. 'En ik ben je "babe" niet.'

Ik lachte en knipoogde naar een paar knullen uit de tweede,

Matthew en Tyrone, die naar ons toe waren geslenterd en mee-
luisterden. 'Een paar dagen geleden zei ze nog heel wat anders,' grijnsde ik.

Het duurde even voordat die opmerking tot Sams knappe
koppie doordrong. Toen deed ze een stap in mijn richting.

'Lazer toch op man,' zei ze rustig. 'Morgen zing ik op de schooluitvoering, maar zelfs als ik niets te doen had zou ik nog niet
dood gezien willen worden met een sukkel zoals jij.'

'O nee?' In paniek zocht ik naar een sterk antwoord, maar
vreemd genoeg wist ik niets te bedenken. 'En waarom dan niet?'

Elena

Langzaam verscheen er een glimlach op Sams gezicht. Ze keek
Mark strak aan. 'Waarom ik geen date met je wil?' zei ze. 'Omdat ik al een ander vriendje heb.'

Charley en ik staarden elkaar met grote ogen aan. Dit was
nieuws – groot nieuws.

'Ja, vast,' grinnikte Mark boosaardig. 'En wie mag dat wel zijn?'

Sam haalde haar schouders op en liep rustig naar de minst
waarschijnlijke kandidaat op het hele schoolplein van Bradbury Hill.

Tyrone

Wààààat?

Matthew

Tyrone probeerde te glimlachen. Eerst deinsde hij nog terug
toen Sam een arm om zijn brede schouders sloeg, maar Sam
hield hem stevig vast.

'Niet te geloven!' zei Charley. 'Tyrone? Maar hij is zo… ik bedoel, hij is zo *Tyrone*.'

'Ze maakt een geintje,' zei Mark. 'Wie wil er nou een date met zo'n klein dik jochie?'

'Je bent gewoon jaloers,' zei Sam. 'Bij jou vergeleken is Ty pas écht een vent.'

Opeens waren alle ogen gericht op Tyrone, de verrassende hunk van Bradbury Hill.

Hij slikte moeizaam. 'En blijf voortaan uit de buurt van mijn vriendinnetje!' zei hij stoer, hoewel zijn stem een beetje beefde.

Mark negeerde hem. Hij keek Sam doordringend aan. 'Daar ga je spijt van krijgen, meisje,' zei hij. Toen draaide hij zich om en vertrok, zo waardig mogelijk, met Dan en Liam in zijn kielzog.

'Gefeliciteerd,' zei Jake, die verbaasd zijn hoofd schudde. 'De ware liefde slaat toe!'

'Krijg nou wat,' zei Charley.

'Stille wateren, diepe gronden,' zei ik.

'Ik geloof het niet,' fluisterde Zia. 'Ik geloof het gewoon niet.'

Mevrouw Cartwright

De schooluitvoering op Bradbury Hill is een prachtige avond, die de kinderen de kans geeft om te laten zien wat ze kunnen. Hun ouders en de ouders van toekomstige leerlingen krijgen een indruk van de school en zelf nodig ik altijd een paar invloedrijke gemeenteraadsleden en journalisten uit. Een unieke gelegenheid om reclame te maken voor de school – de avond waarop ik de vruchten van mijn werk kan plukken, zoals ik dat noem.

Toch was ik dit jaar een beetje zenuwachtig.

Die eerste weken waren vreemd verlopen. De eerste dag was er al gevochten op het schoolplein, de meisjes uit de tweede waren zich als jongens gaan gedragen, twee leerlingen waren bij een voetbalrel betrokken geraakt en mijn spionnen in de zesde waarschuwden me dat Mark Kramer iets in zijn schild voerde. Het ligt niet in mijn aard om iemand te beschuldigen, maar bij al die problemen dook steeds weer dezelfde naam op.

Dat verdraaide Amerikaanse meisje! Waarom had ik haar in vredesnaam als leerling geaccepteerd?

Tyrone

Een geweldige grap. Lachen! Bedankt, Sam. Eerst maakte hij mijn moeder wijs dat ik een soort liefdesgod was die er stiekem van droomde om accountant te worden en toen bezorgde hij me de eeuwige vijandschap van Mark Kramer en zijn bende door rond te bazuinen dat ik zijn vriendje was. Nou ja, háár vriendje dus.

Kon het nog erger? Natuurlijk.

'Hoe is het met dat leuke vriendinnetje van je?' vroeg mijn moeder op vrijdagavond. 'Je ziet haar niet zo vaak meer, geloof ik.'

Ik haalde mijn schouders op. 'Je weet wat ze zeggen: hoe slechter je ze behandelt, des te meer houden ze van je.'

Fout antwoord.

'Luister eens goed, Tyrone Sherman!' Opeens ontstak mijn moeder in gerechtvaardigde woede. 'Dat jij toevallig zo onweerstaanbaar bent voor de andere sekse betekent nog niet dat je die meisjes slecht mag behandelen. Ik accepteer niet dat je je gedraagt als een of andere... loverboy!'

'Ik ben geen loverboy, mam,' zei ik vermoeid. 'Sam heeft het gewoon druk gehad met repeteren voor de schooluitvoering, morgenavond. Ze zingt in een meidengroep.'

Weer een foutje. Ik zag het al aan haar gezicht. Ik kon mezelf wel schoppen.

'Schooluitvoering?' zei ze. 'Morgenavond? Dat was ik bijna vergeten.'

'Mam, we hoeven niet…'

'Geen woord meer, Tyrone Sherman. Jij gaat je vriendinnetje steunen en daarmee uit. Ik wil haar graag horen zingen.'

Heel fijn. Dat kon er nog wel bij.

Charley

Raar hoor. Sinds Sams verbijsterende onthulling dat Tyrone haar vriendje was, liep Zia rond met een gezicht alsof de wereld was vergaan.

'Vergeet die repetitie maar!' snauwde ze toen we aan het eind van de dag onze jassen pakten. 'De groep bestaat niet meer. Ik treed in mijn eentje op.'

'Maar we klinken juist zo goed,' zei ik. 'Wat is het probleem?'

Zia schudde haar hoofd. 'Dat zou jij toch niet begrijpen,' zei ze.

'We hebben er zoveel werk in gestoken,' zei Elena. 'En ik zou mijn nieuwe topje dragen.'

'Sorry,' zei Zia, 'maar ik kan het niet. Vraag me niet waarom.'

Op dat moment verscheen Sam.

'Ik zocht je al,' zei ze tegen Zia. 'Wij moeten praten.'

'Waarom praat je niet met Tyrone, je liefje?' viel Zia uit.

'Omdat ik met jóú wil praten.'

'Daar heb ik geen zin in,' zei Zia.

'Ik loop met je mee naar huis. Ik moet je iets vertellen.'

Voor het eerst kreeg ik het gevoel dat hier iets vreemds aan de hand was, dus besloot ik om me tactisch terug te trekken. 'We bellen straks nog wel,' zei ik.

Sam en Zia vertrokken. Sam hield een ernstig verhaal en Zia knikte onder het lopen. Ze leken wel… ik weet het niet… een stelletje.

'Ik begrijp er niets van,' zei Elena. 'Wat hééft die meid opeens?'

'Geen idee,' zei ik.

Een paar minuten nadat ik thuiskwam kreeg ik een telefoontje van Zia.

'Over die repetitie,' zei ze. 'Dat wordt morgenochtend om tien uur. Bij Sam thuis.'

'Ik dacht dat de groep was opgeheven.'

'Nee, niet meer.'

'Wat is er dan veranderd?'

Zia lachte door de telefoon. 'Het leven, de liefde, de showbizz… álles is veranderd,' zei ze.

En ik had haar altijd zo nuchter en verstandig gevonden.

Ottoleen

Dat Britse eten valt niet goed bij mij. Elke ochtend moet ik overgeven, al dagenlang. Het weer is grijs en grauw en Crash is ook de oude niet.

Al een week heeft hij niemand meer op zijn gezicht geslagen. En hij drinkt nu Engels bier. En een keer toen iemand vlak voor zijn Nissan overstak, waardoor hij hard moest remmen, schudde hij zijn hoofd en lachte. 'Die rare Engelsen,' zei hij, bijna vertederd.

Dat klopt niet. Dat is niet normaal. Dat is niet de Crash Lopez met wie ik getrouwd ben.

De dag voor het schoolconcert lijkt hij opeens indruk te willen maken op de leraren – alsof hij echt een vader is die zijn kind naar die school wil sturen. Hij heeft vreselijke kleren ge-

kocht: een donkerblauwe blazer en een broek met omslagen.
'Crash, je ziet eruit als zo'n oude, duffe Britse kolonel,' zeg ik
als hij me die vrijdagavond in onze hotelkamer zijn kleren laat
zien.
'Ik pas me aan, kind,' zegt hij. 'Engelsen doen niet aan mode;
daar staan ze om bekend. Van hippe kleren worden ze nerveus.'
'Dus je houdt zelfs je zonnebril niet op?'
Crash bekijkt zichzelf in de spiegel. Voorzichtig zet hij zijn
zonnebril af, als experiment, knippert even met zijn ogen en
zet hem haastig weer op.
'Die bril blijft,' zegt hij. 'Anders zie ik niks.'
Ik sla mijn arm om hem heen. 'En daarna kunnen we weer terug naar Amerika?' fluister ik. 'Ik heb zo'n heimwee.'
'Natuurlijk,' zegt Crash. 'Morgen om deze tijd zitten we in het
vliegtuig. Met z'n drieën. En een vette bankrekening.'
'O, geweldig,' mompel ik.
Maar eerlijk gezegd voel ik me helemaal niet geweldig. Met z'n
drieën? Liever niet. Drie is teveel, zeggen ze toch?

Zia

Ze heeft het me verteld. *Hij* heeft het me verteld. Toen we die
avond naar huis liepen. Ik had kwaad moeten zijn, maar dat
was ik niet. Ik was juist gelukkig, gelukkiger dan ik ooit in
mijn leven was geweest.
Zij was een hij. Wij waren óns. En ik? Ik voelde me net als in
mijn eigen song.
In de zevende hemel.
Op een roze wolk. Mijn *Private Cloud.*

18

Jake

Ik stelde het telefoontje naar mijn vader zo lang mogelijk uit. Als je een probleem maar lang genoeg op zijn beloop laat, dacht ik, lost het zich soms vanzelf op. Maar op zaterdagochtend kon ik het niet langer voor me uit schuiven. Dus pakte ik de draadloze telefoon, liep ermee naar mijn kamer en belde mijn vader.

'Jake.' Mijn vader klonk verbaasd en – vond ik – niet erg blij om iets van zijn zoon te horen. Hij vroeg de gebruikelijke saaie dingen over school en zo, om maar niets te hoeven zeggen over wat er werkelijk aan de hand was in zijn leven en het mijne.

Ik viel hem in de rede. 'Er is vanavond een uitvoering op school. Kom je ook?'

'Een uitvoering? Maar…' Hij lachte even. 'Jij speelt toch helemaal niets?'

Typisch mijn vader, altijd positief. 'Een vriend van mij wel,' zei ik. 'En ik dacht dat je misschien wel een paar leraren wilde spreken over mij.'

'Zou ik dat doen?' vroeg hij, om tijd te winnen. 'En je moeder dan?'

'Ik vraag het jou, pap. Alsjeblieft.'

Stilte aan de andere kant. Ik wilde al zeggen dat het niet meer hoefde, toen hij antwoordde: 'Dat lijkt me heel leuk, Jake. Maar ik wil geen problemen met je moeder.'

'En als zij het goed vindt?'

'Dan ga ik graag met je mee.'

Toen ik naar beneden liep, zaten mijn moeder en Chrissie in de keuken.

'Mam,' zei ik, 'vind je het goed dat pappa vanavond met me meegaat naar die schooluitvoering?'

Ze keken me allebei aan alsof ik iets verschrikkelijks had gezegd.

'Ik zou toch met je meegaan, Jake?' zei mijn moeder. 'Dat hadden we afgesproken.'

'Maar pap vindt het leuk.'

Mijn moeder lachte. 'Alleen zodat hij mij een hak kan zetten. Die man is zó doorzichtig.'

'Ja,' beaamde Chrissie meteen. 'Alsof hij ooit eerder belangstelling heeft gehad voor een schoolavondje!'

'Ik heb het hem zelf gevraagd,' zei ik.

'Wat aardig van je,' mompelde mijn moeder bitter.

'Mamma had zich er ook op verheugd,' zei Chrissie. 'Verdorie, wat kunnen mannen toch egoïstisch zijn. Ze denken alleen maar aan zichzelf.'

Mijn moeder keek me aan en ik wist wat haar volgende stap was in dit spelletje. Ze zou op mijn schuldgevoel werken.

'Goed, ga maar met je vader.' Ze glimlachte dapper. 'Ik vermaak me wel. Heus. Ik zorg de hele week voor je, maar je vader mag leuke dingen met je doen in het weekend. Zo gaat het blijkbaar tegenwoordig.'

'Ik heb hem al zo'n tijd niet gezien.'

'Ach goh,' zei Chrissie. 'Wat zielig nou voor Jakey.'

Mam lette niet op haar. Tot mijn verbazing knikte ze. 'Goed dan,' zei ze. 'Niet voor hem, luister goed, maar voor jou.'
'Bedankt mam,' zei ik, en ik gaf haar een snelle kus op haar wang voordat ze haar hoofd weg kon draaien.

Matthew

Ik wist dat er iets aan de hand was toen Sam me vroeg of ik ook bij de repetitie wilde zijn. Waar hadden de meiden mij voor nodig? Dit had niets met muziek te maken.

Mijn vader en moeder hebben altijd veel tijd nodig voor de boodschappen op zaterdagochtend, dus hadden we het huis voor ons alleen.

De meisjes arriveerden samen, Zia met haar gitaar en een grote grijns op haar gezicht. Alsof ze zojuist geweldig nieuws had gekregen.

Ik haalde voor iedereen wat te drinken uit de koelkast, alsof we de beste vrienden waren. Toen ze naar de huiskamer slenterden, zei Sam nonchalant dat ik ook bij de repetitie zou zijn.

'Dat dacht ik niet,' zei Elena, met een blik naar Zia.

Maar Zia haalde haar schouders op, ging op de bank zitten en opende haar gitaarkoffer. 'Mij best,' zei ze. 'Misschien is het wel goed om er publiek bij te hebben.'

'Zed…' Elena zette haar handen op haar heupen en keek geschokt. 'Dat lijkt me toch een beslissing van de hele groep, vind je niet?'

Zia keek even naar Sam en glimlachte.

Sam lachte terug – als een jongen, vond ik. Opeens begreep ik wat er ging gebeuren.

Hij stond op. 'Meiden,' zei hij.

Iets in zijn stem trok de aandacht van Charley en Elena. Ze keken elkaar geschrokken aan.

'Hoezo, "meiden"?' zei Charley.

'Heb je het tegen ons?' vroeg Elena.

Sam spreidde zijn armen. Hij genoot van dit moment. 'Ik moet jullie iets vertellen.'

Charley

Nee. Dit kon niet. Onmogelijk. Die rare Yank hield ons voor de gek.

Maar terwijl Sam nog aan het woord was, keek ik eerst naar Zia en toen naar Matt. 'Is dat waar?' vroeg ik.

Matt knikte. 'Sam is een jongen,' zei hij. 'Dat is hij altijd geweest en dat zal hij altijd blijven. Het was een uit de hand gelopen grap.'

'*Uit de hand gelopen?*' Elena's stem sloeg over. 'Dat mag je wel zeggen, ja! Je hebt ons ongelooflijk belazerd, akelig joch. We dachten dat je een van ons was.'

'Dat ben ik ook, El. Luister nou…'

Maar Elena was niet te stoppen. 'Wat ik allemaal niet voor je heb gedaan! De geheimen die ik je heb verteld, de tijd die ik aan je heb besteed, de make-up tips die je van me hebt gekregen. Ik heb je zelfs mijn beha geleend.'

Sam keek omlaag naar zijn borst. 'Ik zal mijn prammen wel missen.'

'Ik heb je mijn tampons gegeven…' vervolgde Elena met een zacht, wanhopig stemmetje. 'Weet je wel hoe persoonlijk dat is? Een meisje deelt haar tampons niet zomaar met iedereen.'

'Zeker niet met een jongen,' mompelde Zia, weinig behulpzaam.

'Ik voel me zo… gebruikt,' snotterde Elena.

'Ik was je echt heel dankbaar,' zei Sam. 'Zo kon ik Mark Kramer op een afstand houden. Omdat het mijn tijd van de maand was, en zo.'

'Ja. Hoe zit dat met Mark Kramer?' vroeg ik, om het gesprek op een ander onderwerp te brengen dan Elena en haar tampons. 'Wat wilde je met hem?'

Sam haalde zijn schouders op en lachte. 'Die relatie had niet veel toekomst, eerlijk gezegd.'

'Hij gaat helemaal door het lint als hij het hoort,' zei Matt. De gedachte aan Marks gezicht – de Grote Hartenbreker die hoorde dat zijn laatste vriendinnetje een jongen was – brak heel even de spanning in de kamer.

'En wat gebeurt er nu?' vroeg ik.

'We treden vanavond gewoon op,' zei Sam. 'Daarna zien we wel.'

Zia stemde haar gitaar.

'Ik dacht dat we een echte meidengroep waren,' mopperde Elena. 'Ik weet niet of ik wel in een achtergrondkoortje wil zingen voor een jongen.'

'Doe nog één keer alsof ik een meisje ben,' zei Sam. 'Voor mij.'

'En voor mij,' zei Zia met een lachje.

'Alsjeblieft, El,' drong Sam aan.

Elena

Het bekende verhaal. De hele toekomst van onze band rustte weer op de schouders van Elena Griffiths. Waarom was ík het altijd die de belangrijkste beslissingen moest nemen?

Ze smeekten me op hun blote knieën. Ze begrepen natuurlijk ook wel dat er zonder mij geen band meer zou zijn – dat ik het belangrijkste lid was.

'Ik weet het niet,' zei ik.

Maar toen ik hun wanhopige gezichten zag, nam ik een besluit. Voor deze ene keer zou ik met mijn hand over mijn hart strijken. Voor hen.

'Goed dan.' Ik knikte kort. 'Laten we maar beginnen.'
En Zia speelde de intro van *Bad Girl*.

Matthew

Eerst de gitaar, dan Sam die solo zong, Zia met de tweede stem
en ten slotte het refrein met de andere twee. Ze bouwden het
langzaam op, *Bad Girl*.
Hoe het klonk? Niet zo geweldig, moet ik zeggen. De vier leden van de groep leken allemaal een andere kant op te gaan en
ook nog in een ander ritme. Elena en Charley staarden verlegen naar de grond. Hun geschreeuw klonk als kinderen die
rotzooi trapten op een schoolplein. Zia ramde op haar gitaar
en zong met lange uithalen. Zelfs Sam keek alsof hij door de
grond kon zinken.
'Mooi,' loog ik toen ze klaar waren.
'Vind je?' zei Zia, die mijn beleefde commentaar wel doorzag.
'Nou ja… redelijk.' Haastig veranderde ik van onderwerp,
voordat de harde waarheid gezegd moest worden. 'Hoe noemen jullie jezelf als groep?' vroeg ik.
Ze staarden me aan.
Niet te geloven. Ze hadden een groep opgericht zonder dat ze
een naam hadden verzonnen.

Tyrone

Pas die zaterdag, toen mijn moeder terugkwam van een mid-
dagje shoppen, besefte ik dat ik een klein probleempje had:
Sam.
Ik lag op mijn bed een boek te lezen toen ze binnenkwam,
ongewoon tevreden met zichzelf. Ze draaide één keer in het
rond en keek me vol verwachting aan.

'Nou?' zei ze.

'Wat?'

'Hoe zie ik eruit voor je schoolavond? Zeg nou niet dat je niets bijzonders ziet.'

'Wat je nu aan hebt, dat is toch nieuw?'

'O, mannen! Ze zien nooit iets. Sam zal het heus wel opvallen, vanavond.'

Ik ging rechtop op bed zitten. Mijn moeder had nieuwe kleren gekocht, zag ik nu. Ze droeg een vreemde combinatie, een rok en een blouse die van oude zakken leken gemaakt.

'Sam is een heel nuchter meisje.' Mam draaide nog eens in het rond. 'Dus wilde ik iets aantrekken dat haar duidelijk zou maken dat jouw moeder een elegante, succesvolle vrouw is, maar ook heel aardig en doodgewoon. Dat spreekt hier toch uit? Zeg eens wat, Ty.'

'Sam staat op het toneel, mam. Ze heeft wel andere dingen aan haar hoofd.'

'Maar daarna, als we met ons drieën tegenover al die andere ouders staan – ikzelf, mijn zoon en zijn leuke, succesvolle vriendinnetje. Dan kijkt iedereen naar ons. Dus moet ik er goed uitzien.'

'O ja, dat is zo. Ik was die andere ouders helemaal vergeten.'

'Ze zullen zo jaloers op me zijn.' Mam lachte, maar opeens fronste ze haar voorhoofd. 'Sam zal toch niet vinden dat ik de show steel? Jonge meisjes kunnen heel gevoelig zijn op dat punt.'

Ik boog me weer over mijn boek. Het zou een hele schok zijn voor mijn moeder. Net nu ze, voor het eerst van haar leven, dacht dat ze trots op me kon zijn, zou ze diep vernederd worden.

'Sam zal het prachtig vinden,' zei ik.

Matthew

De schooluitvoering is een belangrijke avond voor de school. Mevrouw Cartwright doet alsof het een grote kans is voor de leerlingen om hun muzikaliteit en acteertalent te demonstreren, bla-bla-bla, maar in werkelijkheid gaat het alleen om de volwassenen.

Ouders kunnen met eigen ogen zien hoe geweldig hun kinderen presteren. Leraren lopen rond met een gezicht alsof ze heel normale, betrouwbare mensen zijn. En vooral de ouders van toekomstige leerlingen en een handvol hoge pieten van de gemeente komen kijken wat een fantastische school Bradbury Hill is geworden onder de bezielende leiding van mevrouw Deirdre Cartwright.

Allemaal show. Dat is het. Allemaal show.

Dus als je geen grootheidswaanzin hebt of het lievelingetje van de leraar bent, kun je beter je snor drukken bij de schooluitvoering.

Vorig jaar was ik nog een van de nieuwelingen. Mijn vader en moeder wilden laten zien wat een gemotiveerde, toegewijde ouders ze waren. Het was al erg genoeg om sommige nummers op het toneel te moeten aanzien, maar erger nog was de geforceerde vriendelijkheid van de leraren. Ik nam me heilig voor dat ik dit jaar liever griep zou krijgen dan nog zo'n avond te moeten meemaken.

Maar toch kwam ik nu, een jaar later, weer opdraven. Alleen vanwege mijn neefje uit Amerika.

De eerste mensen die we zagen toen we op school kwamen, waren Jake en zijn vader, meneer Smiley. Ik had verwacht dat hij in een hoekje zou wegkruipen omdat hij hier helemaal geen zin in had, maar tot mijn verbazing kwam hij al bij het hek naar ons toe.

'Hallo, meneer en mevrouw Burton,' zei hij vrolijk en beleefd.
'Hé, Matthew. Sam.'

Sam grinnikte een beetje vreemd. 'Hallo, Jakey,' zei hij.

'Sam, dit is mijn vader.' Jake knikte opzij naar meneer Smiley.
Jakes vader is zo'n echte manager, maar deze keer droeg hij
geen pak – zelfs geen stropdas.

'Hallo, jongedame,' zei hij, terwijl hij Sam een hand gaf. 'Ik
heb al veel over je gehoord.'

'Maar nog niet alles, meneer Smiley,' zei Sam. Op dat moment
scheen hij iets aan de overkant te zien. 'Ik moet me voorbereiden,' zei hij, en hij was verdwenen.

Een paar minuten later verscheen mevrouw Sherman, in een
krankzinnige, wapperende rok en voor een paar ton aan glin-
sterende juwelen. Tyrone sjokte achter haar aan met een pijnlijke grimas op zijn gezicht.

Toen ze ons hadden bereikt sloeg mevrouw Sherman een arm
om Tyrones brede schouders. 'Ga maar achter Sam aan om
haar succes te wensen,' zei ze zo luid dat iedereen het kon horen.

Tyrone mompelde iets over plankenkoorts.

'Geloof me, dat zal ze fijn vinden.' Mevrouw Sherman wierp
een blik op ons. 'Ik weet hoe meisjes zijn. Misschien een kus-
je om haar sterkte te wensen?'

Blijkbaar keken mijn ouders wat geschokt bij de gedachte dat
Tyrone Sam zou kussen, want mevrouw Sherman draaide zich
naar ons om. 'Kalverliefde! Het is toch wat!' En ze lachte vrolijk.

Ik probeerde een eind aan het gesprek te maken en zei dat we
onze plaatsen moesten opzoeken, maar Tyrones moeder liet
zich niet tegenhouden.

'Dat hebben jullie toch wel gehoord?' zei ze tegen mijn ouders.
'Ty en Sam zijn een stelletje.'

'Een stelletje wat?' vroeg mijn moeder.

'Nou ja… ze gaan met elkaar.' Mevrouw Sherman lachte trots. 'Ach, die kinderen. Ze proberen het geheim te houden.'

'O ja?' vroeg mijn vader.

'Tyrone is Sams vriendje. Ja toch, Ty?'

Mevrouw Sherman

Vreemd dat de Burtons zo verbaasd reageerden op het nieuws over Sam en Tyrone.

'Mijn zoon schijnt nogal goed te liggen bij de meisjes,' zei ik, met iets van moederlijke trots in mijn stem. 'Ze vinden hem allemaal geweldig. Vooral die lieve kleine Sam.'

Tyrone kreunde. 'Mam, toe nou.'

'Daar… kijk ik van op,' zei Mary Burton, een beetje uit de hoogte.

'Laten we maar naar onze plaatsen gaan,' zei die grijze muis van een man van haar.

Glimlachend liep ik achter hen aan. Ze lieten wel érg duidelijk blijken hoe jaloers ze waren.

19

Matthew

Het kon elk moment beginnen. De zaal liep al aardig vol, maar we vonden nog plaatsen op de vierde rij. Even later zaten we allemaal naast elkaar: drie families, zeven mensen – en meer geheimen dan ons lief was. Samen met de rest van het publiek wachtten we op de voorstelling.

De avond was niet goed begonnen. En het zou nog veel erger worden.

Ottoleen

We zijn te laat. Stel je voor! Dagenlang hebben we niets anders gedaan dan wachten en straks missen we het nog!

De kleren, die zijn het probleem. Crash wil vooral niet opvallen. De hele week zeurt hij al dat hij een echte Engelsman wil lijken en op de avond van de voorstelling staat hij zo lang voor de spiegel in onze hotelkamer dat we nog maar net op tijd zijn. Maar het resultaat mag er wezen. Iedereen die ons ziet, zou zweren dat we een leuk jong Engels echtpaar zijn, dat een school zoekt voor hun kind.

Nu hoeven we alleen Sam nog maar te vinden.

Matthew

Ik voelde dat mijn moeder me in mijn arm kneep. Zwijgend, met grote ogen van paniek, knikte ze in de richting van de deur. Daar, in de deuropening van de zaal, krankzinnig uitgedost, stonden meneer en mevrouw Lopez. Crash droeg een blazer, als de schipper van een zeiljacht, maar met een donkere gangster-bril. Zijn vrouw leek uit een oude film gestapt, in een bloemetjesjurk met een grote hoed.

'Wat doen zíj hier?' fluisterde ik. 'Ze weten niet eens dat Sam op Bradbury Hill zit.'

Hoofden draaiden zich om toen Crash en zijn vrouw naar twee vrije plaatsen op de derde rij liepen.

'Het komt wel goed.' Mijn vader staarde met een bleek gezicht naar het podium. 'Sam is een meisje.'

'Ja, hoor,' mompelde ik. 'Geloof je het zelf?'

Het licht werd gedimd. Mevrouw Cartwright stond op van de vip-rij voor in de zaal en beklom het trapje naar het podium. De schooluitvoering ging beginnen.

Mevrouw Cartwright

Het is een avond voor de kinderen, maar ik druk graag mijn stempel op het feest door de bezoekers te verwelkomen en een paar woorden te zeggen over de school en onze laatste successen. Daarna laat ik het podium aan onze jeugdige artiesten.

Matthew

Een toespraakje van het Karrenpaard gaat als volgt. Eerst vertelt ze wat ze wil gaan zeggen. Dan zegt ze dat. Daarna zegt ze het nog een keer, in iets andere woorden. Ten slotte herinnert ze je nog eens aan wat ze heeft gezegd. Zodra ze overeind komt met die triomfantelijke grijns op haar gezicht weet je dus dat ze voorlopig nog niet uitgesproken is.

Algauw dwaalden mijn gedachten af, terwijl zij haar bekende verhaal hield over het grote talent van de leerlingen, de begripvolle houding van de leraren en de enorme successen van Bradbury Hill sinds zij daar rector was: prijzen, examencijfers, noem maar op. Opeens schrok ik wakker toen ze een blik op haar papiertje wierp en zei dat er een wijziging was in het programma.

'Zia Khan, een van Steve Forresters sterren uit de tweede… en ik moet zeggen dat de tweede dit jaar veel indruk heeft gemaakt… zal niet solo optreden, maar samen met drie andere meisjes uit haar klas. Hun groep heet…'

Elena

De Panda's?

We moesten in shocktoestand zijn geweest toen we in het kleedlokaal zaten, een paar minuten voor het optreden, en akkoord gingen met die naam.

'Het past heel goed in het concept.' Sam zocht in de zak van zijn jack en haalde een aansteker en een oude kurk tevoorschijn. 'Iedereen ziet mijn blauwe oog. Waar of niet?'

'Ja, dat valt wel op,' zei Charley.

Sam klikte de aansteker aan en hield het vlammetje bij de kurk. 'Daar maken we gebruik van,' zei hij. Na een paar seconden hield hij de zwartverbrande kurk omhoog. 'We schmin-

ken allemaal een zwart oog... alsof we net hebben gevochten.'
'Eh, ik begrijp het niet helemaal.' Ik probeerde niet al te sarcastisch te klinken. 'Waarom zouden we dat doen?'
'Omdat het grappig is. En interessant. Dan hebben we onze naam. En het is een duidelijk signaal.'
'Een signaal dat we niet goed wijs zijn?' opperde Charley.
'Ach, waarom ook niet?' zei Zia. Ze stemde haar gitaar. 'Ik heb ook foto's gezien van modellen in Parijs met een blauw oog. Dat schijnt mode te zijn, dit jaar. De in-elkaar-geslagen-look.'
'De in-elkaar-geslagen-look. Ja, ik geloof dat ik daar iets over gelezen heb in *Heat*.' Ik stak mijn hand uit. 'Oké, geef me die kurk maar,' zei ik.

Matthew

Om een of andere reden – ik weet niet precies waarom – kan ik me maar weinig herinneren van het eerste uur van de schooluitvoering. Een paar brugpiepers krasten op een viool. Een viermansband uit de zesde stond somber op het toneel en speelde een paar covers van recente hits. Een jongen uit een klas boven mij deed een komisch nummer over ouders, dat er voornamelijk op neerkwam dat hij aan ons vroeg: 'Ouders, hè? Wat vind je daar nou van? Nou? Nou?' Een paar bewoners van de planeet Nerd zongen christelijke Afrikaanse liedjes. En tussen de nummers door hees het Karrenpaard zich het toneel op om de volgende act te introduceren.
Ik zat half te slapen toen de rector eindelijk het optreden aankondigde waar onze rij op had zitten wachten. 'En nu, dames en heren, is het tijd voor een stel wilde beesten, en ik bedoel ook *wilde beesten*. Hier zijn de Panda's!'
Elena, Charley, Zia en Sam stommelden uit de coulissen het podium op. Ze hadden roetvlekken op hun armen en gezich-

ten en Sam had de mouw van zijn shirt gescheurd. Ze leken wel overlevenden van een bomaanslag.

Heel even viel er een geschokte stilte in de zaal. Wat moest dit voorstellen? Was het een soort satire? Maar toen begon die brave mevrouw Sherman te klappen en te roepen: 'Heel goed!' Het publiek lachte aarzelend. Zia sloeg het eerste akkoord aan van *Private Cloud*.

Er gebeurde iets die avond toen Sam begon te zingen. Er ging een soort huivering door de zaal, alsof het publiek ontwaakte uit zijn beleefde verveling en zich liet meeslepen door het geluid van Sams stem en Zia's gitaar.

'*They say – don't let your heart rule your head. But I say – you're gonna be a long time dead.*' Het klonk zo ontspannen alsof Sam een gesprekje hield met zichzelf. Hij stak een hand uit toen het couplet overging in het refrein: '*I feel my life slip like water through the fingers of my hand. And I'll be high in the sky…*'

Maar op dat moment, terwijl Zia de tweede stem zong, werd duidelijk dat de groep een probleem had. De andere twee Panda's hadden het hele nummer bijna niets te doen, behalve wat te bewegen op de achtergrond. Charley zwaaide heen en weer alsof ze dronken was, terwijl Elena vreselijk overdreven stond te dansen, misschien omdat ze al een paar seconden geen aandacht meer had gekregen.

De betovering was verbroken. Hier en daar werd al gelachen, nauwelijks onderdrukt. Ik keek de rij langs naar Jake. Hij rolde met zijn ogen en streek met een vinger langs zijn keel.

Steve Forrester

Ik was onder de indruk. Ik wist wel dat Zia Khan muzikaal talent had, maar Sam Lopez was een openbaring. Ze bezat een unieke stem: agressief, maar toch merkwaardig teder. Heel boeiend en bijzonder.

Ik moet bekennen dat ik niet helemaal begreep waarom ze zich de Panda's noemden. Pas later drong de subtiele betekenis van hun boodschap tot me door. Die kneuzingen, die blauwe ogen... een rauw puber-protest tegen het probleem van huiselijk geweld!

Briljant. Ik genoot met volle teugen. En ik was vreselijk trots op mijn meiden.

Matthew

De Panda's waren klaar met *Private Cloud*. Tijdens het applaus, aangevoerd door mevrouw Sherman, apetrots op het vriendinnetje van haar zoon, zag ik dat Sams blik over het publiek gleed. Hij lachte tegen Jake en zijn vader, tegen Tyrone en zijn ma, en hij gaf mij een knipoog. Maar opeens veranderde en verhardde de uitdrukking op zijn gezicht.

Sam keek naar de derde rij. Daar, recht tegenover hem in een blazer, ontdekte hij de onmiskenbare gestalte van zijn vader, Mr. Crash Lopez.

Crash

'Dat is die meid die we bij de Burtons zagen,' zei ik.

'Ze heeft wel talent,' zei Ottoleen.

'Dat zal wel,' zei ik. 'Voor een Canadese.'

We lachten om mijn grapje. Op dat moment zag ik dat het meisje ons nog steeds aanstaarde, een beetje kwaad en vijandig. Heel even vroeg ik me af wat haar dwars zat, maar toen zette ik het uit mijn hoofd.

Matthew

Een vreemde stilte viel over de zaal en leek minutenlang te duren, terwijl Sam naar zijn vader staarde en de andere Panda's wat stuntelig om zich heen keken.

Gingen ze nog iets spelen? Moest er iemand een aankondiging doen tussen de nummers door? Of voerden ze gewoon de spanning op? Hoe dan ook, het werkte. Er steeg wat gemompel op uit het publiek. Er werd nerveus gelachen.

Mevrouw Cartwright, die misschien aanvoelde dat er iets mis ging met haar belangrijke schoolavond, stond op alsof ze het podium wilde beklimmen om de volgende act aan te kondigen.

Sams ogen draaiden langzaam haar kant op. 'Toe maar, Zed!' zei hij in de microfoon. Zia sloeg een akkoord aan alsof ze in een heavy-metal band speelde. Het was een strakke, doordringende beat, veel agressiever en heftiger dan het vorige nummer.

En kei- en keihard.

Zia   ,

We hadden de nummers wel gerepeteerd, maar niemand had bedacht hoe we van *Private Cloud* naar *Bad Girl* moesten overschakelen.

Achteraf besef ik pas dat Sams sombere, starende blik veel beter was dan een onnozel praatje, maar op dat moment stonden we te zweten van verlegenheid en zenuwen. Wat dééd Sam in vredesnaam?

Tijdens de pijnlijke stilte had ik blijkbaar aan de volumeknop van mijn gitaar gedraaid, want toen ik de eerste akkoorden speelde werden we bijna van het toneel geblazen door de herrie.

Ik wist maar twee dingen: dat het publiek met grote ogen angstig naar ons keek en dat ik onmogelijk kon stoppen om opnieuw te beginnen.

Dus dreunde *Bad Girl* als een sneltrein door de zaal – nog voordat Sam één noot gezongen had.

Matthew

Er was een vreemd sfeertje ontstaan en iedereen in de zaal was zich daarvan bewust.

Sam deed een paar stappen naar voren en zette zijn voeten wat uit elkaar, alsof hij zich schrap zette voor een vechtpartij. Hij staarde over de hoofden van het publiek en begon te zingen.

Nee, zingen is niet het goede woord. Maar schreeuwen was het ook niet. Het geluid dat Sam voortbracht was heel iets anders, los van de muziek en de woorden die hij zong – een soort zuivere, prachtige woede, die hij met een roestig mes uit het diepst van zijn ziel schraapte.

> *'My momma says be pretty, girl*
> *My poppa's on my case.*
> *Like, am I a doll or a member*
> *Of the freakin' human race?*
> *Every day they come on like*
> *I'm the family disgrace*
> *Hey Mummy, hey Daddy,*
> *Just get out of my face.'*

Mevrouw Cartwright

Eerlijk gezegd was dit niet de bedoeling van de schooluitvoering, die bloedstollende herrie vanaf het toneel. En de tekst die dat meisje Lopez uitkraamde was ook niet erg netjes, met scheldwoorden zoals *freakin'*. Hoewel… was dat eigenlijk wel een scheldwoord? Nou ja, zo klonk het. Ik draaide me naar meneer Brownlow, het gemeenteraadslid dat rechts van me zat, en probeerde me te excuseren. Maar in het lawaai verstond hij geen woord van wat ik zei.

Elena

We wisten dat het nummer heel anders ging dan bij de repetities. Dit was een nieuwe Sam, een Sam die ons meesleurde op de beat van de muziek. Angstig, maar ook wonderbaarlijk.

Matthew

Vraag me niet hoe het publiek op dat nummer reageerde. Ik had alleen maar oog voor Sam, alsof hij me hypnotiseerde. En volgens mij gebeurde dat met iedereen in de zaal.
Dit was échte woede, een muzikale versie van wat iedere jongen of elk meisje weleens voelde, maar de meesten nooit hardop durfden te zeggen – laat staan zíngen, met publiek erbij.
Met een gebalde vuist langs zijn zij begon Sam aan het tweede couplet.

> '*Me, I'm just me,*
> *Not some crazy kind of creature.*
> *But when I go to school*
> *I get hassle from the teacher.*
> *She says that when there's trouble*
> *She just knows I'm gonna feature.*
> *She's Heaven knows, I try my best,*
> *But I just cannot what I call reach her.*'

Ho, dit werd gevaarlijk. Sam slingerde zijn teksten de zaal in met een perfecte imitatie van mevrouw Cartwright. Onder de leerlingen steeg een ongelovig gejuich op toen ze beseften wat hij deed.

Mevrouw Cartwright

Aan het eind van het tweede couplet zag ik een paar mensen mijn kant op kijken. Maar ik bleef glimlachen en trommelde met mijn vingers op mijn knie, in de maat van de muziek. De meisjes bedoelden niemand in het bijzonder. Ze hadden het over ouderwetse, autoritaire leraren die je bij ons op school niet tegenkwam. Hun houding beviel me niet erg, maar ik besloot te blijven lachen.

Matthew

De parodie op het Karrenpaard leek het publiek uit zijn trance te wekken. Opeens waren we niet meer bang of gegeneerd voor wat er op het toneel gebeurde. We kregen er plezier in. Voor het eerst in de geschiedenis durfde iemand tijdens de schooluitvoering te zeggen waar het op stond, zonder zich iets aan te trekken van de mening van de ouders en de leraren.

Toen de drie meisjes het refrein meezongen, zo hard als ze konden, begonnen wij mee te klappen met de beat.

> '*Bad girl, bad girl,*
> *With a bad kind of fame.*
> *For being the baddest of the bad*
> *Bad girl is my name.*'

Charley

We moesten een keus maken. We konden keurig en strak het refrein zingen, zoals Zia het had geschreven en we het samen hadden gerepeteerd, of we konden Sam volgen, die er een heel eigen nummer van maakte.

We volgden Sam. Het resultaat klonk misschien meer als een spreekkoor in een voetbalstadion dan een song, maar het werkte. Aan het eind van het eerste refrein ging de zaal uit zijn dak.

Matthew

De Panda's waren niet meer te stoppen. Charley en Elena deden hun dansje en Zia behandelde haar gitaar als een kettingzaag. Maar hoe groter het rumoer om hem heen, des te roerlozer Sam bleef staan. Het was grappig en beangstigend tegelijk, omdat niemand – misschien Sam zelf niet eens – wist hoe serieus hij het nam.

> 'The boys all try to hit on me,
> Let's go clubbin' out tonight.'
> They tell me I'm a babe,
> I'm such a pretty sight.
> But when we hit the High Street
> They find out too right
> This baby ain't for dancin',
> This baby wants to fight!'

Mevrouw Cartwright

Genoeg. *Genoeg.* Ik stond op en keek of ik de conciërge zag om het geluid af te zetten, maar tot mijn afgrijzen kwam de rest van de zaal nu ook overeind. Ze dachten dat ik de meisjes een staande ovatie wilde geven.

Ik had geen andere keus dan meedoen, dus stond ik even later luid te klappen, hoewel ik me in stilte voor nam dat zoiets nóóit meer zou gebeuren op een schooluitvoering van Bradbury Hill.

Ottoleen

Hé, rock and roll, baby! Ik roep tegen Crash dat ik nooit meer zo'n goed concert heb meegemaakt sinds de New York Dolls bij CBGB, maar hij zit nog altijd keurig op zijn stoel, als een Engelse boekhouder, terwijl de kinderen om hem heen zowat de tent afbreken.

Ten slotte komt Crash langzaam overeind, steekt zijn sterke, gespierde armen boven zijn hoofd en brult: 'Yeah, Bad Girls! *Go for it!*' Ik moet zo lachen dat ik bijna buikpijn krijg.

Echt, die meiden zijn geweldig.

Zia

Ik was eigenlijk wel trots dat het zo goed ging. *Bad Girl* was mijn nummer en al bij de eerste uitvoering ging het dak eraf. Er kwam nog één couplet: dat we brutale meiden waren, die het helemaal hadden gemaakt. Daarna nog één keer het refrein, een abrupt einde, en dan konden we hier weg.

Maar ik had buiten onze leadzanger gerekend. Bij het laatste couplet deed Sam iets met zijn stem. Hij ging een terts omhoog, alsof hij zijn eigen tweede stem wilde zingen – hoog, hard en agressief.

En dat was het enige niet. Hij had mijn tekst vervangen door zijn eigen woorden.

Matthew

Ik zag een verandering bij Sam. Tegen het einde van het nummer leek hij steeds meer relaxed. Terwijl ze het refrein zongen keek hij eerst naar mij, toen naar mijn vader en moeder, en glimlachte even. Ten slotte gleed zijn blik de rij langs en bleef rusten op Crash Lopez. Hij keek de man strak aan, tot aan het spectaculaire einde van de song.

> *'I'm a dog, all you people,*
> *I'm danger on the prowl.*
> *On the street, in the heat*
> *In the gutters mean and foul.*
> *Hear my bark, feel my bite*
> *Hear my wolverine growl*
> *Smell my dog-breath, Daddy,*
> *And listen to me...'*

Crash

'*My dog-breath, Daddy,*' zong het kind. 'Mijn stinkende adem, pappa.' En daarbij wees ze met haar vinger recht naar mij. Ik bedoel, waar *sloeg* dat op?

Matthew

'*Hooooooooo....*'
Terwijl Zia, Charley, Elena en een deel van het publiek het refrein van *Bad Girl* meezongen ging Sams stem steeds verder omhoog.
'*Ooooooooooooo...*'
Ik had nog nooit zoiets gehoord. Het klonk wilder dan

Scooby-Doo, spookachtiger dan de Hond van de Baskervilles, griezeliger dan het gehuil van de gevaarlijkste wolf. Zo nu en dan haalde hij even adem en ging dan weer door met zijn gejank.

Eerst lachte de zaal. Maar toen de Panda's bij het eind van het refrein waren gekomen en elkaar aarzelend aankeken, sloeg hun verbazing ook op het publiek over. De spanning nam toe. Het geklap en gezang verstomde. Zia's ritmegitaar haperde en viel stil.

Maar Sam ging door. Hij haalde heel diep adem om een nog hogere noot te halen, alsof hij probeerde zijn stem te forceren. Opeens wist ik wat er ging gebeuren.

Tyrone

Sams stem vervormde tot een soort gekwaak, dat in zijn keel bleef steken. Hij aarzelde, hoestte, haalde nog eens adem en…

Jake

Nee, hè?

Elena

O… mijn… god.

Crash

Wat krijgen we nou?

Matthew

Sam jankte niet meer. Hij brulde nu – een diep, zwaar, mannelijk geluid.

Een gemompel steeg op uit de zaal. Mensen lachten nerveus.

Maar Sam was nog niet klaar. Hij liep naar de rand van het podium, keek zijn vader diep in de ogen, bracht de microfoon naar zijn mond en gromde langzaam en nadrukkelijk met zijn nieuwe mannenstem: 'Dacht je dat ik een *bad girl* was – een meisje? Een *bad guy*, zul je bedoelen.'

'Het is een jongen!' Het nieuws ging als een lopend vuurtje door de zaal. 'Een *guy*… een jongen. Geen zij, maar een hij…'

Ik keek naar de rector, maar voor het eerst van haar leven stond ze met haar mond vol tanden, net zo verbijsterd als wij allemaal.

Elena

Iemand moest de leiding nemen in deze situatie, en dat zou Elena Griffiths wel weer zijn, besloot ik. Op de een of andere manier moesten we van dat podium af, dus stapte ik naar voren, nam de microfoon van Sam over en zei: 'Dank u, allemaal. Wij waren de Panda's. Graag een warm applaus voor onze gitariste Zia Khan en onze leadzanger…'

Jake

Nee.

Tyrone

Nee!

Matthew

Nee, Elena!

Elena

'… Sam Lopez!'

Jake

De zaal wilde al applaudisseren toen er vanaf de derde rij een luid gebrul opsteeg.

Crash

'*Dat is mijn zoon!*'

Matthew

Een paar meter bij me vandaan wrong Crash Lopez zich naar het toneel, tussen het publiek door, roepend en wijzend naar Sam.
Sam keek vanaf het podium op hem neer en heel even zag ik een uitdrukking op zijn gezicht die ik nog nooit eerder bij hem had gezien: angst.
Hij draaide zich om en sprintte naar de uitgang, aan de achterkant van het toneel.
Terwijl er in de zaal een geweldig rumoer losbarstte, draaide ik me om naar mijn ouders, die doodsbleek en geschrokken naar de deur staarden waardoor Sam verdwenen was.
'Ik geloof dat het tijd wordt om iets uit te leggen,' zei ik.

Mevrouw Cartwright

Dit was duidelijk een crisis. Na haastig overleg met mevrouw Sparks, de lerares die de leiding had van de schooluitvoering, stapte ik het toneel op om mee te delen dat de rest van de avond was afgelast en dat de twee overgebleven acts op het kerstfeest zouden optreden.

Het publiek verspreidde zich, maar ik zat nog met die boze Amerikaan. Eerst dacht ik dat de man niet goed wijs was, maar toen hij een portefeuille trok met een hele rits felgekleurde credit cards, allemaal met de naam 'Lopez', leek het niet onmogelijk dat hij toch familie was van dat meisje… nee, die jongen… Sam Lopez.

Ik nam het Amerikaanse stel en meneer en mevrouw Burton mee naar mijn kantoor en liet Matthew op de gang zitten.

Op mijn kamer vertelde ik hun klip en klaar dat dit een familiekwestie was en dat Bradbury Hill niet betrokken wilde worden bij zo'n onfrisse zaak.

Ottoleen

'Onfris?' roept Crash, die midden in de kamer van de rector staat. Ze zit zelf achter haar bureau en trekt een gezicht alsof ze iets smerigs ruikt. De Burtons zitten wat opzij, bleek en nerveus, echte Engelsen.

'Ja, onfris,' herhaalt dat stijve oude mens. Ze kijkt wat ongerust als Crash zich over haar bureau buigt, met zijn vuisten steunend op het bureaublad, en haar doordringend aanstaart. 'De school heeft hier niets mee te maken.'

'Daar vergis je je in, dame,' zegt Crash, nu wat rustiger. 'Als jullie mijn zoon op een podium zetten, verkleed als meisje, dan heeft jouw school daar álles mee te maken.' Hij priemt met zijn vinger in haar richting. 'Ga mijn zoon halen. Nu meteen. Dan nemen we hem mee naar huis, waar hij hoort. En als je geluk hebt zal ik de politie er buiten houden.'

Mevrouw Cartwright

Eerlijk gezegd leek me dat een goed idee, ook al was ik niet blij met zijn dreigende toon. Het laatste waar ik behoefte aan had, nu het juist zo goed ging met mijn carrière, was een schandaal met een Amerikaans kind dat van huis was weggehaald en zelf niet wist of het een jongen of een meisje was.

'Ik zal mijn secretaresse vragen om hem te zoeken,' zei ik rustig en ik pakte de telefoon.

Mevrouw Burton

Opeens deed David iets wat ik totaal niet van hem verwachtte. Hij stond op, legde zijn vinger op de hoorn van de telefoon en zei op mannelijke toon: 'Nee.'

Sams gangster-vader staarde de rector nog altijd aan. 'Bel je secretaresse, dame,' zei hij.

'Nee.' Mijn man liet zich niet imponeren. 'Wij hebben de voogdij over Sam gekregen. Als u zijn vader bent, moet u maar naar de rechter stappen.'

Meneer Lopez draaide langzaam zijn hoofd naar David toe, totdat ze bijna neus aan neus stonden. 'Misschien moet de jongen dat zélf beslissen.'

'Misschien wel,' zei David.

Mevrouw Cartwright keek naar de twee mannen, en toen naar haar telefoon, waar David nog steeds zijn vinger op hield. Zuchtend stond ze op, liep de kamer door en deed de deur open. 'Matthew,' zei ze, 'wil je zo vriendelijk zijn om Sam Lopez te halen?'

'Ja, mevrouw Cartwright,' hoorde ik Matthew zeggen.
De rector kwam terug en ging weer achter haar bureau zitten.
'Dit is allemaal heel vervelend,' zei ze.

Matthew

Het was druk toen ik het lokaal binnenkwam. Jake en Tyrone waren er, met meneer Smiley en mevrouw Sherman, Zia's ouders, en een paar jongere broertjes en zussen van haar. Elena was er ook, met haar moeder, die bij meneer en mevrouw Johnson, de ouders van Charley, stond.

Heel even vergat ik het hele drama rondom Sam. Iedereen was er en allemaal praatten ze met elkaar – niet de ouders en de kinderen apart, of de jongens tegenover de meisjes, de Barakkers tegenover de Bitches, maar gewoon… families. Raar, hoor.

Toen zag ik Sam.

Hij droeg nog steeds een rok, maar iemand had hem een witte schoolblouse geleend voor over zijn blote schouders, en zijn haar hing voor zijn gezicht als bij een echte hippie. Op dat moment leek hij geen jongen of meisje, maar een verdrietig, verward en eenzaam mens.

'Ze zitten in het kantoor van het Karrenpaard,' zei ik tegen hem. 'En ze willen je spreken.'

Sam stond op. 'Sterkte,' mompelde Zia toen hij naar de deur liep als een veroordeelde op weg naar zijn executie. Vermoeid stak hij zijn hand op.

'Nou, dat was Operatie Samantha,' zei hij schor, toen we de gang door liepen.

'Yup,' zei ik. 'Je bent geen meisje meer.'

'Ik kon er niks aan doen,' zei Sam. 'Toen ik hem daar zag zitten, met die grote grijns op zijn gezicht, was het weer net als vroeger. En ik wist, diep in mijn hart, dat ik niet op de vlucht kon blijven. Het moment was gekomen. Ik moest eindelijk mezelf zijn.'

'Wil je terug naar je vader?'

Sam haalde zijn schouders op. Hij leek niet in de stemming voor een gesprek. We kwamen bij de kamer van de rector en zonder kloppen stapte hij naar binnen.

Ik aarzelde even en liep toen achter hem aan.

Ottoleen

Crash kijkt wie er binnenkomt en ziet die Engelse jongen, Matthew, achter Sam staan.

'Stuur dat joch weg,' zegt hij.

'Het gaat Matthew ook aan,' zegt mevrouw Burton.

'Sam?' vraagt de rector. 'Wil je dat Matthew erbij blijft of niet?'

Sam staart naar de grond alsof de oplossing van al zijn problemen in het patroon van het kleed te vinden is. Eindelijk kijkt hij op. 'Ja, natuurlijk,' zegt hij.

Elena

We probeerden ons normaal te gedragen en bleven nog wat praten in het lokaal. Een van de ouders – Tyrones moeder – stelde voor om met z'n allen pizza te gaan eten, maar we konden Sam en Matthew niet achterlaten op de kamer van het Karrenpaard, om het uit te vechten met Psycho-Paps en zijn vriendin.

Na een tijdje slenterden we terug naar de hal en wachtten tot ze naar buiten kwamen.

Mevrouw Cartwright

Ik richtte me tot het merkwaardige gezelschap dat nu op mijn kamer zat. Ik maakte nog eens duidelijk dat Bradbury Hill op geen enkele manier verantwoordelijk kon zijn voor familie-ruzies of -misverstanden buiten het terrein van de school, maar dat ik hoopte op een verstandige oplossing zodat het kind Lopez in elk geval zou weten met wie ze (hij) die avond mee naar huis zou gaan.

Zo rustig mogelijk vroeg ik: 'En zou iemand me nu kunnen uitleggen hoe ik een Amerikaans kind op mijn school heb ge-kregen dat geen contact heeft met zijn vader en al sinds het be-gin van het schooljaar verkleed als meisje rondloopt?'

Matthew

Het bleef even stil. Toen nam mijn moeder het woord. Ze ver-telde het hele verhaal. Zoals zij het beschreef, was er eigenlijk niet veel aan de hand. Gewoon een rare familietoestand.

Crash

Ik heb in mijn tijd ook wel gekke dingen gedaan, maar zo'n krankzinnig verhaal had ik van mijn leven nog niet gehoord.
'Hoor ik het nou goed, dame?' vroeg ik zacht maar dreigend, als een slang die elk moment kan toeslaan. 'Jij was op de begra-fenis van mijn ex-vrouw en je hebt mijn zoon meegenomen omdat ik er toevallig niet bij was? Je hebt hem gewoon het land uitgebracht, ver weg van zijn familie? Of begrijp ik het ver-keerd?'
Mevrouw Burton keek me aan met die kille Engelse blik die ik nu wel kende. 'Dat was de wens van mijn zus. Zij ging ervan uit

dat u nog in de gevangenis zat. En ze dacht dat wij haar zoon konden opvangen in de gezonde, stabiele omgeving van een normaal gezin.'

'Mag ik daar één kleine opmerking over maken?' vroeg ik luchtig, voordat ik explodeerde: *Hij loopt al drie weken in een rokje rond, verdomme!* En dat noem jij een gezonde, stabiele omgeving?'

'Dat deugt toch van geen kant?' zei Ottoleen. 'Waarschijnlijk hebben jullie dat kind voor zijn leven verpest. Hij weet niet eens meer of hij Sam is of...' ze aarzelde even, 'of Samette... Samine... Samma?'

Die zakkenwasser van een Burton keek Ottoleen aan alsof ze niet goed bij haar hoofd was. Toen draaide hij zich naar mij toe: 'Zou Sam nu meer in de war zijn dan toen hij nog bij u woonde, meneer Lopez? Dat betwijfel ik. En ik moet u ook vragen of Sams erfenis misschien iets te maken heeft met...'

Ik had genoeg gehoord. 'Hij is mijn zoon!' brulde ik. 'En ik neem hem mee naar huis.'

Ik sloeg met mijn vuist op het bureau. Hard.

Matthew

Het geluid van die vuistslag op het bureau leek Sam uit zijn trance te wekken. Voor het eerst sinds we het kantoor waren binnengekomen, keek hij zijn vader recht aan, zonder met zijn ogen te knipperen.

'Herinner je je de muur nog?' vroeg hij zacht.

'De muur?' Crash kneep dreigend zijn ogen halfdicht. 'Waar heb je het over?'

'De muur waar ik je voor het laatst gezien heb. De muur die mijn leven veranderde.'

Crash keek even naar mevrouw Cartwright. 'Hij is in de war!

Dat zei ik je toch? Wie trekt zo'n joch nou vrouwenkleren aan?'
Hij draaide zich weer om naar Sam. 'We kunnen straks wel
over vroeger praten, jongen,' zei hij, met een dreigende ondertoon.

'Wat was er met die muur, Sam?' vroeg mijn vader.

'Ik was net vijf geworden,' zei Sam. Nog steeds keek hij Crash
strak aan. 'Maar jij nam me al een paar maanden mee als hulp-
je bij je klussen. "Crash Junior" noemde je me. Ik hoorde nu
bij de bende.'

'Een mooie tijd,' zei Crash nerveus.

'Mag ik ook vragen wat voor "klus" dat was?' vroeg mevrouw
Cartwright.

'Een heel belangrijke kraak, had je gezegd,' vervolgde Sam, alsof er niemand anders in de kamer was dan hij en Crash. 'Mijn
kans om te bewijzen dat ik net zo'n flinke vent was als mijn vader. Ik hoefde alleen maar op een richel aan de buitenkant van
een raam op de eerste verdieping te blijven staan, waar jij me
had neergezet. Daar moest ik tot honderd tellen en dan op een
muur stappen, boven de straat, een eindje over de rand lopen
en beginnen te schreeuwen, zo hard als ik kon. Iedereen beneden zou in paniek raken. Niemand zou in de gaten hebben dat
drie kerels op de hoek van de straat een kantoor in doken om
alle loonzakjes te stelen die net waren bezorgd.'

'Stelen?' Mevrouw Cartwright begon te begrijpen waar het
over ging.

'Het was een goed plan,' zei Sam. 'Die muur was immers tien
meter hoog. Boven een stenen stoep. Een klein kind op zo'n
hoge muur was een goede afleidingsmanoeuvre.'

'Acht meter, zeiden ze bij de rechtszaak,' mompelde Crash.

'Maar ik verpestte het,' zei Sam. 'Ik keek omlaag en opeens
werd ik duizelig en raakte in paniek. Ik schreeuwde wel, maar
ik wees ook naar jou en riep je naam toen je kwam aanrijden

met de vluchtauto. Jullie konden je niet meer op tijd uit de voeten maken.'

Het bleef stil in het kantoortje terwijl we wachtten wat Sams vader daarop te zeggen had.

'Arme Sam,' mompelde mijn moeder.

We keken naar Crash Lopez, die opeens niet meer zo'n harde gangster was. Hij draaide ongemakkelijk met zijn schouders. 'Jij kon het niet helpen, jongen,' zei hij. 'Het was mijn eigen schuld. Ik was nog jong. Jij had hoogtevrees, maar ik was zelf ook bang – bang om een brave huisvader te worden, mijn vrijheid te verliezen en alles wat belangrijk voor me was. Ik wilde pakken wat ik pakken kon, want zo is Crash Lopez.'

'En dat doe je nu weer,' zei Sam.

'Het gaat me niet om het geld, dat zweer ik,' zei Crash. 'Toen ik hier naartoe vloog dacht ik nog dat die miljoen dollar belangrijk voor me was, maar nu ik je heb gezien denk ik daar heel anders over.'

'Geld? Welk geld?' vroeg mevrouw Cartwright. 'Zou iemand me kunnen uitleggen wat hier aan de hand is?'

'Je bent nooit meer naar ons teruggekomen,' zei Sam. 'Mijn hele leven heb ik geloofd dat je door míj in de gevangenis was beland.'

'Luister jongen. Het lag allemaal heel ingewikkeld. Er waren mensen die me wilden spreken – en niet met de beste bedoelingen, zal ik maar zeggen. Daar wilde ik jou en Galaxy niet bij betrekken.'

'Onzin,' zei Sam. 'Je leidde gewoon je eigen leven.' Heel even keek hij naar Ottoleen. 'Je had lol. En zal ik je wat zeggen? Dat kan ik je niet eens kwalijk nemen. Misschien doe ik dat later zelf ook.'

Crash grinnikte zenuwachtig. 'Zo vader, zo...'

'Je wilde mij er niet bij hebben, behalve als ik nuttig voor je

was. De laatste tijd heb ik ontdekt dat niet iedereen zo is.'
Crash haalde onrustig zijn schouders op. 'Hoor eens, ik was
nog jong. Ik wist niet wat ik deed. Maar ik ben veranderd, jongen. Ik heb nu ook gevoelens, échte gevoelens.'
'O ja?' Sam glimlachte droevig. 'Ik vraag me af of Crash Lopez
ooit in zijn leven van zijn gezin zal houden.'
Het bleef even stil. Toen gebeurde er iets vreemds – nog
vreemder dan de rest. Ottoleen slaakte een soort jammerkreet,
als het geloei van een sirene.
'Hij houdt wél van zijn gezin,' wist ze met moeite uit te bren-
gen. 'Hij is zelfs een geweldige vader.'
'Jij was er niet bij,' zei Sam.
Ottoleen keek op hem neer. 'Ik heb het niet over jou, akelig
joch!' snauwde ze. 'Jij hebt al genoeg problemen veroorzaakt.
We wilden je alleen maar terug vanwege het geld. Ik heb het
over zijn échte gezin.'
Iedereen staarde haar aan. 'Wat bedoel je, Ottoleen?' vroeg
Crash.
'Onze baby.' Ottoleen legde een hand tegen haar buik. 'Beloof
me dat je wel van ons kind zult houden, Crash.'
'Bedoel je dat je zwanger bent?'
Ottoleen knikte en lachte schaapachtig door haar tranen heen.
'Gisteren heb ik de test gedaan. Ik wist niet wanneer ik het je
moest vertellen,' fluisterde ze. 'Het enige waar jij aan dacht
was dat… dat vervelende joch van je.'
Crash spreidde zijn armen en nam zijn snikkende vrouw in
een stevige maar liefdevolle omhelzing.
'Baby, baby, baby,' zei hij. 'Ik ben zo trots op mijn kleine kat-
je.'
Ottoleen drukte haar gezicht tegen zijn borst en maakte nu
een heel ander, vreemd geluid.
'Miauw,' zei ze. 'Miauw, miaaaaaauw.'

Ik keek even naar Sam. Hij schudde zijn hoofd. Ondanks de spanning en de zenuwen van die hele toestand moesten we allebei toch lachen.

Charley

Er kwamen de vreemdste geluiden uit dat kantoortje. Eerst wat gemompelde gesprekken, toen veel geschreeuw en ruzie, daarna een stilte, en ten slotte een hoog, doordringend gejammer. Ik had er heel wat voor over gehad om te weten wat daar gebeurde.

Toen, net op het moment dat we dachten dat die soap-opera de hele avond zou gaan duren, ging de deur van het kantoortje van de rector open.

Matthew

Sam en ik kwamen het eerst naar buiten. Tot onze verbazing stond er een hele groep mensen op ons te wachten in de hal van de school.

Een paar seconden bleef het stil toen we uit het kantoortje stapten. Toen sloeg ik een arm om Sams schouder, en we lachten allebei.

Blijkbaar was dat duidelijk genoeg, want opeens begon iedereen te applaudisseren alsof het weer de schooluitvoering was en we samen een prachtig nummer hadden gedaan.

Uit het groepje mensen maakte zich een kleine gestalte los, die op ons toe rende en haar armen om Sams nek sloeg.

Zia

Ja! O, ja!

Matthew

De chaos was compleet. Crash Lopez en Ottoleen kwamen snotterend uit het kantoortje, mevrouw Cartwright stond te schreeuwen om de orde te herstellen, mevrouw Khan probeerde Zia bij Sam vandaan te trekken en mevrouw Sherman scheen ruzie te hebben met Tyrone – misschien omdat zijn leuke vriendinnetje opeens een jongen bleek te zijn. Charley en Elena stonden bij Jake en zijn vader, die hen verbaasd aankeek terwijl ze hem vertelden wat er precies was gebeurd. Ze hadden heel wat uit te leggen.

Ik bleef wat achteraf staan en keek een tijdje toe. Mijn ouders lachten tegen me vanaf de andere kant van de hal en mam stak haar duimen naar me op.

Opeens kreeg ik het te kwaad. Heel even maar. Alles werd wazig, ik had een brok in mijn keel en voelde mijn ogen prikken. Ik schraapte mijn keel, snoof eens diep, trok mijn schouders recht en liep naar hen toe. Dit was niet het moment om te gaan grienen als een meid.

Als dit verhaal een nummer van The Doors was, welk nummer zou het dan zijn?

'Strange Days'?

'Ship of Fools'?

'Take It As It Comes'?

'Wild Child'?

Zelf zou ik kiezen voor een minder bekende song 'Break On Through to the Other Side', zoiets als 'Doorbraak naar de andere kant'.

De doorbraak van Crash Lopez en Ottoleen was dat ze vader en moeder van een dochtertje werden dat ze Elizabeth noemden, naar de koningin van het land waar ze haar reis naar de wereld begonnen was. O, en Crash heet tegenwoordig weer Tony. Hij is nu eigenaar van My Private Cloud, een restaurant in het centrum van Santa Barbara.

De doorbraak van Matthew, Elena, Tyrone, Charley en Jake is dat ze iets met elkaar kregen dat verdacht veel op vriendschap leek. Ze ontdekten waar sommige mensen een heel leven voor nodig hebben: dat je geen punt moet maken van het verschil tussen jongens en meisjes. Misschien maakt dat verschil het leven wel zo vreemd en interessant.

En Sam Lopez? Wat was zijn doorbraak? Geen aanpassing aan het normale leven, dat staat vast. 's Zomers vliegt hij nu naar Amerika om een tijdje vakantie te houden bij zijn vader en zijn stieffamilie aan de kust. De rest van het jaar woont hij in Londen bij zijn nieuwe posse, de Burtons, en met Zia. Hij maakt muziek en hij heeft zijn eigen plek gevonden.

Het klinkt misschien als een rare toestand, maar soms is een rare toestand wel oké. Soms is een rare toestand gewoon een ander woord voor jouw eigen leven, precies zoals je bent, niet zoals iemand anders vindt dat je zou moeten zijn.

En geloof me, dat voelt best goed.